曾经唐门

郭群 著

图书在版编目（CIP）数据

曾经唐门 / 郭群著. -- 西安：太白文艺出版社，2017.2（2022.1重印）
ISBN 978-7-5513-0938-7

Ⅰ. ①曾… Ⅱ. ①郭… Ⅲ. ①长篇小说－中国－当代 Ⅳ. ①I247.5

中国版本图书馆CIP数据核字（2017）第010637号

曾经唐门
CENGJING TANG MEN

作　　者	郭　群
责任编辑	申亚妮　姚亚丽
整体设计	可　锋
出版发行	陕西新华出版传媒集团 太白文艺出版社
经　　销	新华书店
印　　刷	三河市华东印刷有限公司
开　　本	787mm×1092mm　1/16
字　　数	273千字
印　　张	15.25
版　　次	2017年2月第1版
印　　次	2022年1月第2次印刷
书　　号	ISBN 978-7-5513-0938-7
定　　价	39.00元

版权所有　翻印必究
如有印装质量问题，可寄出版社印制部调换
联系电话：029-81206800
出版社地址：西安市曲江新区登高路1388号（邮编：710061）
营销中心电话：029-87277748

小说是行走在路上的镜子,始终以虚构的形态折射百变人生的真实面孔。

——郭　群

目 录

引　　子	借"诗"还魂	1
第 一 章	三个女人一台戏	6
第 二 章	牛刀小试承业堂	17
第 三 章	七里胡同八里道	31
第 四 章	三水唐家女掌门	43
第 五 章	路在"思路"常变中	51
第 六 章	女人天生就不幸	64
第 七 章	一塘（唐）死水要活流	75
第 八 章	商号就叫天成铭	85
第 九 章	三水唐家生意经	94
第 十 章	创业艰难故事多	103
第 十 一 章	天成铭更应上层楼	117
第 十 二 章	西进重蹈丝绸路	127
第 十 三 章	"金城硕望"比金贵	136
第 十 四 章	王婆卖瓜重在"卖"	144
第 十 五 章	他是衣锦还乡人	150
第 十 六 章	三水唐家这棵树	155
第 十 七 章	"黄褂子爷"的"大家法"	160
第 十 八 章	女人如花花似梦	169
第 十 九 章	河上未是风雨恶	180
第 二 十 章	天塌下来也要顶	190
第二十一章	为官为商都一理	205
第二十二章	花自飘零水自流	220
第二十三章	我在天上	231
后　　记	一些陈旧的新故事	235

引子

借"诗"还魂

　　某个除夕前的冬夜,大雪纷飞,模糊了整个天地。夜深人静,现今被叫作旬邑县的唐家村,除了偶尔一两声狗吠和某家性急的孩子等不到过年就偷偷燃放的三五个爆竹,整个村子几乎陷入寂静的沉睡,再听不到别的声息。

　　靠近村中心的坡头,就是那棵空心朽木的百年大槐树旁边,有一家铆着大泡钉的沉重的现代铁门突然开启,随着嘎吱一声刺耳的金属摩擦声,先是一束惨白耀目的亮光投射出来,接着,就从那束带状亮光中踉跄出一个人来。他刚迈出门槛,身后就紧跟着闪出高矮胖瘦参差不齐的几个人,如影随形。

　　大哥,噢,我们的……作家,你……不要紧吧?

　　几个人杂乱不一的称呼,搅动着嘴里冒出来的丝缕热气,一股浓烈的酒精味道,顿时在夜空轻盈地飘荡起来。

　　去!谁……谁是你们的……大哥!

　　说话的人舌头打卷,显然短了半截,吐字已经不利索了。你们……可……听好啦!我……不是……我!我……

　　喝高了,喝高了,快送大哥回家。

　　回家?我,不是已经……回来了吗?你们……都给我,仔细听好!我就是唐……唐敬忠,是你……你们所说的"黄裰子……爷"……

　　嘿嘿。有人忍不住乐了。我们的大作家,要穿越了。

　　去,去你的吧!我没有醉,我从来没有比今儿个……清醒。你们请神祭祖,烧香磕头,刚才,不是还津津乐道,热火朝天地谈论"黄裰子爷"的故事?说什么是个男人,就要像咱先人唐敬忠一样,一辈子,活出点儿……响声!

1

有人接话道，那倒不假，我们的"黄褂子爷"呀，他可永远是我们唐家人老几辈的光荣和骄傲哩。

错！我告诉你们，流水落花春去也，唐家……当年的盛世繁华早已不复存在，留下的仅仅是个无可复拾的空壳，支离破碎的影子。唐家历时四十三载，先后建成的八十七座高规格、高品位的豪华庄园，时过境迁，仅存孑遗。如同一头雄狮，头身早已无存，不过留下一根尾巴而已。新中国成立以后，它自然被收为国有。其间历经不同年代，更名多次，什么三水唐家庄园、旬邑唐家地主老宅、阶级教育展览馆、唐家民居博物馆等等。岁月累添，流水似年啊！唐家庄园，虽经多次修缮，仍毁损居多……

这个人有点儿神经兮兮，摇晃一头纷乱华发，双手伸向无边的夜空，冷笑一声，又开始大放厥词：

我，唐敬忠，也没有什么所谓的辉煌和传奇。我……唯一能够说的，就是，都不容易！你们……和我们，过去和现在，都活得非常艰难。假如，一定要说我曾经立身扬名，有过什么荣华富贵，那仅仅说明，我们，还都在艰难中，活着，或者……曾经活过……

大哥，你弄颠倒了吧？你还没弄清楚自己到底是"黄褂子爷"的几代子孙呢，咋就乱了辈分，自称是"黄褂子爷"了？

有人这样调侃着提醒他。

你……听我说。我给你们讲一个很久以前……下回分解的……故事。我理解你们的良苦用心，听你们关于重修家谱的精心策划、宏大设想，这……既让我欣慰、可喜，又，深感悲凉。有什么用嘛！阳春烟景，已成前尘往事，而你们，也都垂垂老矣，还希望死灰复燃，让唐家……再世重生？至于你们，想把我也挖掘出来，将所谓"黄褂子爷"的……故事，演绎成小说、传记，改编成电影、电视剧，用艺术的，形式放大，把唐家遥远的过去，传播得……久远。难为……难为你们啊！

他继续冷笑，从口中喷出来的丝缕气息热烘烘的。

好吧……好吧，那么，我就成全你们。我回来了，从冥冥中，回到我的……三水唐家，一个……梦样的地方……尽管，我显得陈旧，也难免有些……古怪、庸俗，我执拗地站在你们面前，你们会不会感到……惊讶，无所适从……

几个人互相搀扶，摇摇晃晃，在雪地里缓缓前行，莹洁的雪地白纸一张，留下歪歪斜斜一行凌乱的脚印。

雪花飞舞，纷纷扬扬，挂起漫天雾幔，已经分不清这些人谁是谁了。只听见有人悄声赞叹，窃窃细语：酒壮怂人胆哩！看来，咱们的作家诗意盎然，已经有一点儿进入状态了……

是啊！高门深院，雕梁画栋，我的三水唐家，你在哪里？多少次，我流连忘返，心驰神往，希望在故园的环境氛围中，浸淫思绪，放飞想象，不断凝望历史深处的祖辈往事以及头顶的浩瀚星空……进而，客串某些历史性的角色，并且一直演绎下去。

因为，不知从何时起，我觉得自己已经沉浸在祖先的生活之中，沉浸在跨度二百多年的历史里了。作为地主，我们曾经拥有土地近两万亩，牛驴一千余头，骡马近两千匹，羊一万余只，佃农五百余户，仅年收租子少说也有粮食三千余石。作为享誉西北的最大商贾，我们在全国十大商贸繁华之地之一——关中泾阳，以"天成"为字号，先后开办天成铭、天成合等十大商业字号，主营水烟、茶叶、丝绸、珠宝、瓷器和金银器皿等货物。正所谓"生意兴隆通四海，财源茂盛达三江"，我们的商号遍及陕西、甘肃、新疆、四川、安徽、江苏、福建、浙江等十三省五十多个县，商业街坊多达九十余所，素有"汇兑中国十三省，包捐知府道台衔；马走外省不吃人家草，人行四方不歇别人店"之谓……

唔，我的脑海中浮现出各种时刻。遥想当年，我和夫人第五晞妍以及后人，多次被朝廷诰命封赠，那时的唐家，进入了真正的鼎盛时期。民间都纷纷议论我们唐家财势浩大，官爵显赫，金银满贯，骡马成群，丫鬟奴仆不计其数；举家老小吃的是山珍海味，穿的是绫罗绸缎，戴的是翡翠珠宝，住的是豪华庄园，摆的是夏樽、周鼎、玉石灯、玛瑙盘和琥珀盂，过的是"出门不离车马轿，全堂执事锣开道"的豪富生活。不错，那就叫锦衣玉食啊！我眼下已经是唐敬忠"黄褂子爷"了，毋庸置疑，我自然希望以祖宗的名义，旧地重游，梦还明清，梦回唐家，还要……重上绣楼。

当然，我也得告诉你们，其实，我唐敬忠……真的……算不了什么，乾、嘉二位父子皇帝恩赐我黄马褂子、七品官服以及其他皇家饰品，无非是彰显尊荣、炫耀辉煌，可是这到底是我们唐家和我的世袭荣耀，还是许久以来甩不掉的精神桎梏，连我自己……也说不清。当然，也没必要去说清楚它。总之，一切都是过程，一切也都……过去了。只是，我要你们记住，三水唐家，不是神话，亦不是传说。它的风花雪月、盛衰荣辱，延续近三百年。所有唐家的历史记载，多有谬误与不足。不仅是我们的祖先究竟来自何方——四川还是山西，仍然莫衷一是，而且百多年的发家史上，只有众多杰出男性独占鳌头显赫风流，却少了卓越女性，这是不该有的缺失。

你们想想，没有女人的世界，将是多么不可思议、残缺不全的世界。自古发家致富，都是男人挣钱，女人持家，道是"男人是耙耙，女人是匣匣"。我们三

水唐家，一直沿袭男主外、女主内的既成家规。在过往那些外柔内刚的玉面佳人身上，我们，或将学会……如何在这个令人哭笑不得的世界上，有尊严地度过复杂纷乱的时代，并使它具有非凡的意义。我们需要拓展视野，突破自古以来商业社会那些既有的庸俗与狭隘，寻找与祖辈契合的商业价值，尤其是……人类的，精神附丽。附丽，你们懂吗？

有人摇头，窃窃私语。这么说，"黄褂子爷"也会像作家，高谈阔论、侃侃而谈？

有人插嘴说，咱们的大作家啊，难免口若悬河。你就让他尽情尽兴，发挥一回吧！

你们……不要嘀咕。我问你们，可曾记得《红楼梦》的男角儿的一句名言，"女人，是水做的"？你们瞧瞧，这漫天飞舞的雪花，多么婀娜、美妙、轻盈！水的精灵，绝代风华。啊……雪之舞……雪之舞啊……

　　雪之舞是天之骄啊！
　　是一篇引人入胜的浪漫故事。
　　女孩、少女、姑娘和母亲，
　　是她炫目天地、傲睨苍穹、
　　圣洁美丽和亘古不变的……芳名。
　　晶莹剔透，全是纯洁无瑕的爱的花絮。
　　美艳绝伦，印证着至美至善心的凝铸。
　　雪花洋洋洒洒、铺天盖地，
　　把一腔看得见的恣肆真情汪洋吐纳，
　　酣畅淋漓，谱写成响遏行云、感天动地、豪放壮美的不朽……旋律。

听听，我们的"黄褂子爷"变成大诗人啦！

什么……死人？你们真的以为我已故去，成了死人？不，在我看来，凡是活过的人，不论是稀里糊涂、慌慌张张潦草地活，还是一丝不苟、脚踏实地，认真地活，其实……都不会，死。你们难道不知道"事死如生、事亡如存"吗？就像这雪花，瑞雪兆丰年哪，它会死吗？就算它化而为水，水又蒸成气，循环往复，魂魄犹在！

　　雪之舞是灵之动啊！
　　是一次脱胎换骨、涅槃再生的心路旅程。

女神下凡、亦真亦幻、化为香魂、翩然而至。
丝缕片羽，飞翻、跃动，
那是她清纯脱俗、美不胜收的袅娜……倩影。
阳光沐浴，自我澡雪，燃情消融，羽化升腾，
绝不是肉眼凡胎简单涂鸦的潦草终结。
神圣辉煌，开启的是生命又一次光彩夺目、崭新华丽的帷幕。
普天之下、万木欣荣，
到那时，分享雪的高贵、雪的精神。
长歌千古、吟诵不已的是雪那
引身而去、卓越非凡、俏丽不朽的……丰姿。

好诗！果然是一首……好诗……

你们，又说错了。不是……诗好，是女人……好。女人……如诗、如画，她们，永远是这个世界上最美的风景。

她们……我一生一世一直仰慕和敬重的当家长嫂易红娥……与我患难与共的夫人第五晞妍……还有圣洁静美、人如其名的向荷花……她们穿过遥远的时代景深，风尘仆仆……地迎面……向我们走来。

第一章 三个女人一台戏

易红娥：是他搅乱了我的心

对了，我就是易红娥。那时，我豆蔻年华，还是三水县太峪镇名商易能仁唯一的千金。

据说我出生不久，便受父母之命、媒妁之言的绑定，被许配了人。男方与我家堪称门当户对，是三水唐家财东的大少爷。

据说，那天太峪镇适逢庙会，热闹非凡。父亲与唐家祖辈的大掌柜，以一方大户人家财大气粗的威势，在露天戏台下摆了对饮的酒场子。他们一边喝酒划拳，一边有一搭没一搭地看一眼台上的演出。

台上那天上演的是《杨八姐游春》，佘太君绞尽脑汁为难包大人，机巧用尽，正在婉言拒绝皇帝老儿要娶杨八姐的不伦求婚。只看彩礼单开得千古奇绝、智慧无比。戏子们更是狗掀门帘——耍尽了舌头。

你要选我的女儿杨八姐，没有彩礼你莫想成亲……我要那一两星星二两月，三两清风四两云，五两火苗六两气，七两黑烟八两琴音，火烧龙须要三尺，楼粗的牛毛我要三根，公鸡下蛋我要八个，雪花儿晒干我要二斤，天大一块梳头镜，地大一个洗脸盆……

观众听得畅怀，哄然大笑，我父亲和唐家的大掌柜正喝得面红耳赤，也不由自主地咧开大嘴跟着傻乐。就在他俩一时意兴酣然之际，他们口无遮拦，顺势就把各自儿女的生辰八字竹筒倒豆子般，哗哗地抖搂出来，当了让彼此大快朵颐的下酒佐料。

酒后癫狂，信誓旦旦，两个男人，各自都十二分显摆，两张毛茸茸的大嘴龇着孪生般的黄板门牙，臭味相投地瞎咧咧着，烧酒和疯话全在酒杯咣的一声撞击之中，铮然有声地碰在了一起——结亲。

儿女姻缘，一辈子的大事，就这样戏谑混闹，定了终身！可笑的是，作为他们的儿女，却浑然不知，一直还蒙在鼓里。

我们人老八辈的先人，把子女当作私有财产的陈腐观念亘古不变，他们理所当然地可以把后人的命运作为游戏取乐的由头筹码，还一本正经地当场胡乱抓扯了个摇唇鼓舌的媒婆，穿针引线，充任佐证兼当说客，要求男女两家一言九鼎，不能更易。

那媒婆徐娘半老，风骚轻佻，巧舌如簧，能说会道，吐出来的话生倔冷硬、铁板钉钉，极有穿透之力：男子汉说话算话，可不能放屁砸脚后跟。

据说，我那时出生还不足六个月，乳牙尚未长出呢。就这样稀里糊涂，吮着易家亲娘的奶水，却被"预售"，成了唐家的女人。

太让人咋舌了不是？

当此时刻，那个比我大了七岁的毛猴猴丈夫，据说，可并不怎么安分，他不爱好眼睛顶在头顶、摇头晃脑地背诵那些"之乎者也"，得空就逃出他们家的私塾，一天到晚只想着撵兔子、掏雀蛋，满世界撒野疯张，搞得鸡飞狗跳。

十多年来，这个我命中注定要嫁的男人，从未与我谋面。他的长相模样，我只能在不断成熟的少女想象里自描自画，反复酝酿揣测。我不知他是高是矮、是瘦是胖，鼻子是横是竖，会不会酒糟鼻头紫红发黑。

入乡随俗呀！那会儿的规矩，女孩不出嫁过门是不得见丈夫面的，只有挨到洞房花烛夜，红绸盖头一揭，男女双方不管麻子、跛子，还是聋子、瞎子、傻子，就只能听天由命，一辈子入籍认倒霉了。

时代老旧，人心难测。我们那里早就有了编派媒人的顺口溜了，你听听吧：

请媒人，把媒说，他（她）在两头图吃喝。说的婆家八头好，吃穿一世不用愁。水旱地，有多顷，还有两口水车井。阶梯门，花门帘，高门楼，大庭院。青石条，刷白墙，房上使的松木梁。吃的细米加白面，人人穿绸又挂缎。说是女婿长得嫽，还在念书上学校。人很聪慧又能干，保准将来当知县……

诸如此类招摇撞骗的虚谎妄言，难免搅得我慢慢长大懂事的那颗女儿家的芳心如一团乱麻纠缠不清，十八只吊桶打水——七上八下，有时竟折腾得彻夜难眠。

我之担心，唯恐也像民谣所唱"洞房里头见真相"，最后落得一个哭笑不得的苦命结局：

揭了盖头把彩亮，偷眼先把女婿望。妈呀！红秃痂，光亮亮，黄表脸儿猴娃相。低头不觉泪两行，才知上了媒人的当！

我父亲自诩上通天文，下晓地理，神机妙算，是四邻八乡人所共知的"易能人"。只是，他再有能耐，又如何能体会女儿春情萌发的幽幽心思！

尽管他的思想比较通达开明，比如允许我在工于女红、梳头裹脚——疼痛钻心地打理好我的三寸金莲之余，跟上两个上私塾的哥哥认几个字，读一点儿"之乎者也"的四书五经。

在太峪镇，唐家的承业堂，其实就坐落在我们易家龙虎货栈的斜对门。只是那时还不太起眼，多少显得有些矮小寒碜。

和我娘家龙虎兄弟的生意比较，不管是规模还是效益，他们唐家——我那时自然还是要称呼唐家为"他们"的，简直可以说是小巫见大巫，相差了大半截。唐家那时主要经营一爿豆腐作坊外加一些油盐酱醋食杂小吃，而我们易家的龙虎兄弟，除了当地的特产山货，还经营皮毛布匹，偶尔还进一些异地外埠的时鲜货物。比如水烟，就是我大哥最早从甘省省城兰州引进到三水地盘的抢手货。它让祖祖辈辈吸食旱烟的渭北黄土旱塬人第一次开了眼界，当然也无形中高人一头，抬举了龙虎货栈在太峪镇这块小地盘上的威慑力和横傲霸气。

但是，乡间俗语有话道"风水轮流转，今日到我家"。有段日子，像被一阵风刮起，镇上人的赞誉悄没声息地倒向不起眼的唐家承业堂，大家说那里的东西货真价实，买卖公平。特别是那位主事的少东家，聪明伶俐外加和蔼可亲，在他的带动下，所有伙计短工一律满面春风，热情诚信，童叟无欺。因此生意日益好转。

此风吹进了易家大院，不用说也搅动了我深藏闺中的少女之心。这是因为，我已经得知，那个颇具才干而不同凡响的少东家不是别人，正是数月前突然闯进我的心，和我难分难舍热乎过一阵子，却又无声无息不闪面的那个白面书生"负心汉"。想起那次不期而遇的一见钟情，让我脸红心跳，真是难以启齿。反正，从那时起我就心绪烦乱，寝食难安，日日等他、盼他，望穿秋水，度日如年哪！

是他搅乱了我的心，可又是谁勾走了他的魂呢？

我不相信，他会为了经营自家的一爿小小的商铺作坊，从而淡漠了我。不信。孔圣人早就有言"吾未见好德如好色者也"。凭良心说，他此刻爱我之心，比爱他家的生意又何如？子曰"所谓诚其意者，毋自欺也。如恶恶臭，如好好色"呀！

我正是抱了如此这般难以言表的隐秘心事，不动声色，悄悄地潜进了我哥哥的龙虎货栈。

我隔街眺望，暗里窥探那个等着我的人——那个风度翩翩的潇洒少年，那个让我少女情怀春潮澎湃、既爱又恨的梦中情郎。

初春之际，大地还阳，庄稼人大都忙于地里的活计。不是逢集的日子，太峪镇的街上人影寥落，街头巷尾乱窜的狗倒比人还多呢。整整一个上午，几个屈指可数的顾客在承业堂进出之后，有很长一段时间，门庭冷落，连晒在门头招牌上的阳光，也显得懒洋洋的，无精打采。

坐在龙虎货栈橱窗后面的我，已经有些百无聊赖，没有什么风景可看，便开始打瞌睡了。我正欲起身离去，却见对面店铺飘然走出一位亭亭玉立的妙人。那女子个头中等，身条匀称，走路时腰肢扭动，风扶弱柳，声息出时，莺啭燕鸣。她上身穿一件淡绿印花布衫，下身着青布阔腿裤子。偶一回头，愈见其清纯脱俗，真个是眉似春山，眼如秋水；再看脸蛋，如帛裹珠，白里透红，水嫩光鲜。只是眼角眉梢，含云带露，婉转之际，似怨似恨，那份哀怨无助和矜持孤独，让人看了既怜又爱。

那女子在承业堂门口徘徊片刻，正当难以决断何去何从之时，店铺里疾步匆匆，走出来一位少年男子。他的出现，让我眼前突然一亮！这正是那个让我昼思夜想的人啊！

那天他穿一身蓝色短衣裤褂，外加一件绣有富贵吉祥图案的杭绸马甲，衬托得他的面孔愈加白净俊朗。只见他一把拉住那位美妙佳人的纤纤小手，急不可待地劝说着什么。那女子点头复又摇头，突然又嘤嘤地哭了起来。男子手足无措，半天才想起从怀里掏出一方雪白的布帕，抬手递到女子眼前。女子略微踌躇，接过手帕，轻轻地擦拭了一阵眼睛。男子又靠近了她一步，且将脸面直接对着女子喁喁私语，还不断将臂抬起，指手画脚，说了个没完没了……

这时，我只能看到男人的背影而不能正视他的脸和表情。我情不自禁，心里翻腾出一连串的疑问：

她是谁？和他是什么关系？是他的亲戚还是姊妹？

看他们那样亲密无间、两小无猜的样子，我的呼吸不由自主也变得急促和粗重，都能闻到呼出的气息里面明显含有一种泛酸的味儿。自古以来的世俗偏见，似乎都认为女人的感情最易变迁，水性杨花！岂不知男人朝三暮四，更是墙上芦苇——头重脚轻根底浅，随风摇摆。瞧瞧眼下，不久前还借机闯进我们家——当然也是闯进我心里

的那个他，曾经在我跟前"姐姐、姐姐"甜言蜜语哄得我五迷六道、神魂颠倒的唐敬忠，对，他就叫唐敬忠，这个像山间竹笋，嘴尖皮厚的佝偻男人，转眼又围着另一个青春女子，开始大献殷勤，摇尾乞爱了。真叫人呀——失望！

他，会不会也让她晕头转向呢？

我怀着十二分的莫名恼火和二十四分的心灰意冷，断然起身离去。我刚刚踱步出了龙虎货栈，不期迎面走来两位气宇轩昂的公子哥儿，打首那位年方二八，长得眉清目秀，竟有几分女性的姣美妩媚。标致俊秀的他，唇若涂丹，面如冠玉，墨发飞扬，笑容清朗，无意中微微颔首，瞥我一眼，竟不由得让我心旌摇荡，始觉得面红耳热。身后的少年步步紧跟，明显是他的家童或者随从。他们与我擦肩而过，然后嘻嘻哈哈，连说带笑，径自奔向对面的承业堂。

我的心很快冷淡下来，对自己暗暗地说，无非是"少陵原上少年笑，长歌纵马卿逍遥"，又是殷实人家无所事事的纨绔子弟罢了。心里虽然如此这般蔑视、排斥，眼睛却放逐而去，不由自主追踪着那两个男子的行迹。

只见他俩走到承业堂门前，突然驻步，那为首的小伙，驻足铺面门前并不马上进去，却好奇地打量起正在那里卿卿我我依依不舍，絮语长谈的一对儿。

他注视了一阵那位哭哭啼啼、擤鼻涕抹眼泪的美女，反常的是，并没有被她梨花带雨的楚楚动人之相打动，反而神情淡漠，露出不屑，甚至还有些不胜厌烦的鄙夷；与此同时，他的目光更多地投射在那位怜香惜玉的可恶男子身上，仿佛他身上有某种磁性，久久不肯离去，也无法挪开。这番情景不可思议。

而我，此时正望着那对恋恋不舍的男女；同时也望着这对莫名其妙的男子——有人在城楼观山景，有人在看观山景的人。我不知道在我们这三者之外，还会不会有人在观看我——我的故事，我们的故事。

许久，那男子终于移步走进店铺，但他仍然一步三回头，睿智犀利的目光依然不肯离开在门口窃窃私语的那对男女。

我看见那男子靠近柜台，和铺面上的小伙计嘀咕了一阵什么，又不时回头观望着门口亲密交谈的男女——奇怪的是，他的目光如炬，总是将一种掩饰不住的敌意，毫不客气地投向那位以泪洗面的妙人。相反，却对那位甜言蜜语、哄骗了不知多少纯情少女的男子投以爱恋的目光。

这个谜一样的男子的谜底，没过多久，就被我揭示了。

原来，她是个女扮男装风风火火的姑娘。正是她在后来漫长的岁月里，在三水唐家的创业史中，成了和我一辈子荣辱与共、相互协助、搀扶度日的妯娌。

我和她，还有那个玻璃花瓶一样的神秘女子，我们三个女人便活生生地在这里上演了一场悲喜交加的人间大剧！

第五晞妍： 我要给自己相女婿！

我娘家在淳化县的庙田镇刘家洼。本娘子复姓第五，芳名晞妍，原为大秀才第五尚阳家的小女儿。虽然我娘家不及唐家富裕闻名，但也有三进三出的四合院，使唤的是仆人和长短工。

最主要的是，我的祖父曾就读关中书院，好学能文，为当时的著名学者。和爷爷相比，我父亲也不逊色。他才高八斗，学识过人，曾为乡贤，先后担当监学、监丞，掌管过县、乡学堂。总之，我的娘家虽不是官宦之家，至少也算书香门第了吧？

正因为比较显赫的家境身世，再加上我虽雍容不足但也清秀有余的青春容貌，十六七岁，上门说媒的人就络绎不绝，快要踩断我家的大门槛了。

我呢，偏偏生得不很安分，打娘胎里就带来一种能不够的性格，凡事要叫我认输比叫我去死还难。所幸我的父母知书达理，对于束缚女人的老一套规矩，比如缠脚之类的陋习不屑一顾，让我免除了女孩子家需要忍受一辈子的痛苦折磨。父母不仅要我读书，还允许我赶集逛街，满世界疯跑，狂野得像个假小子，自由得又像只愉快的小鸟，可以在蓝天上任意飞翔。

当然，只要不飞到天外边去就行。

这不，听说三水县的太峪镇比我们庙田镇要热闹得多，特别是还有个唐家的承业堂，公道交易，信誉很好，我想去见识见识，于是立刻起身便走了。

我带着家童，跟往常一样，自己也女扮男装，打扮成一个风流倜傥的公子哥儿，一路无羁无绊，连蹦带跳，朝太峪镇跑。

这一去，冷不丁撞进了一个别开生面的世界，于是便有了我终其一生的漫长故事。

这些自然是后话。而当时，却是我所有故事的开头。简单说，我和唐家三少爷唐敬忠不期而遇了。

我一辈子也不会忘记，那天他穿的是一身蓝色短衣裤褂，外披一件绣有富贵吉祥图案的杭绸马甲，紧袖束腰，英姿飒爽，加上足蹬一双黑色的软底中筒靴子，看上去气宇轩昂。比起他当时站在承业堂铺子门外的风流潇洒劲儿，更惹眼的，是他身边一位身材苗条、仪态端庄，长相俊俏似天仙的妙人。这一对俊男美女相得益彰，随随便便往门外那么一站，立即成了小小太峪镇上一道引人注目的风景。

瞧那女子，真情切切、爱意绵绵，所有的心事几乎都写在了脸上。她好像有什么事非常焦急紧迫，但又吞吞吐吐、欲说还休。男子委婉地劝说着什么，言行举止，无不流露出他对这个女子的疼爱。两个人缠缠绵绵，比比画画，热热乎乎，黏了吧唧，看上去非要说个十年八载才有个完结似的。

他是谁？而她，又是谁？是他的夫人，还是他的相好？

我心里突然就飙起了一阵浓烈的醋意，那醋意很快又成了呼呼燃烧的火苗。须知，本女子想知道的事情，从来就没有人能难得住。在女人里面，我就是那种说一不二、干脆利索的角儿。

我端直走向承业堂大门，在那里久久地注视了一阵子那对男女。随后就胸有成竹，进了店铺里头。

喂，看见了吧？就是那对男女，在门边嘀嘀咕咕正黏糊着的那俩，男的是谁，女的又是谁？他们在说些什么？

我凑近正在给顾客提秤称盐的小伙计身边，手背过去，毫不含糊地塞给他一吊铜钱，眼睛却一直盯着前面那两个快要好成一个人的一对儿，声音压得很低，可意思的表达，却也像刀子裁纸一样斩劲利索。

打实告诉我，这钱就是你的了。

小伙计还真叫聪明伶俐，不动声色地应酬着顾客，看也不看我一眼，只是耳语般说道，那是我们的东家唐三少爷，名叫唐敬忠。那女的嘛……

小伙计依然"顾左右而言他"，眼睛瞅着那对儿难分难舍的男女——回答倒是充满了调侃和恰当的幽默，她呀，名叫向荷花，看样子嘛，至少是很有希望成为我们未来的三少奶奶吧……

哼，三少奶奶！我当时一听，腾的一下，心里那团妒忌的火苗就变成一股邪火，压抑不住地跳跃升腾起来。

我叫你个……奶奶的……做美梦去吧！

邪火在我心里烧得炽烈旺盛，我浑身滚烫。热辣辣的我，就在心里面暗发毒誓，哼，叫你个奶奶的……靠边去吧！这辈子嘛，恐怕是轮不上你了。

回到家，心急如焚的我，早已顾不上女儿家的青涩和羞臊了，我厚着脸皮，大言不惭地直接禀告我的父母：

我要给自己相女婿！

我说得扬扬得意，还大言不惭地郑重宣布——这辈子，我可是非他不嫁！

咦——你个野女子，脸皮比城墙还厚嘛！娘装出一脸鄙夷，抿着嘴，拿鼻子在嘲笑我。她哼了一声，忍不住问，那你给妈说说，那男娃儿长得个什么样儿？

眼大有神，耳大有轮，嘴大有唇，鼻子大——像坟……

我没说完，自己先笑得直不起腰了。

死女子，就会个贫嘴！

娘挥手就要打我，其实，她哪里又舍得打呢？不过是在空中虚晃做了个样子。她笑着骂我，一个女儿家，没羞没臊，哪有自己给自己找婆家的？再说……

说什么呀，不就是长安的古城墙么？我见识过的，它比我还差远了。

娘没有辙了，扑哧一声，也笑了起来。

娘没说出的话我全晓得，她是希望我给第五家引来一个倒插门女婿，以弥补父亲膝下无儿的缺憾，也好替我三个已经出嫁的姐姐为他们二老尽孝。

倒是父亲不以为然，他放下整日爱不释手的线装古书，捋一把稀疏的胡须，用欣赏的目光瞧热闹似的说，我娃勇敢，自立自强，能自我决断终身大事就好。

母亲白了父亲一眼，这一回可是真的不满地说，都是你一味娇惯，让她不知道天高地厚了！

不是那么回事。父亲放下手中的书，走过来拍了拍我的肩膀道，我娃虽然生为女孩儿身，却难得如此大丈夫气概，说不定还是一个巾帼豪杰哩！好啦，这事就包在为父身上，我会尽力而为的。

我心里一热，屈膝跪倒在父亲面前，诚心谢他通情达理的大恩大德。心里却同时在说：还要谢您手里的书哩，让您成为有学养的开明之人。

事情就这样复杂而简单，短暂而漫长。最终我美梦成真，成了唐家三少奶奶——唐敬忠的夫人唐第五氏。

向荷花：我知道……他是谁

我是三水县冯家窑镇一个石匠的独生女儿。由于老父亲有一个摆弄石头的小手艺，我家虽不是名门望族，可家境还相对比较殷实。

我的父亲也颇为开明，他不但不让我缠脚，还要我像男孩一样，去镇上的学堂念书认字。"子不学，非所宜。幼不学，老何为？玉不琢，不成器。人不学，不知义。"他就像和尚念经一样，最爱援引《三字经》里的话教诲我。

我们家住在沟畔，没有楼房，但有的是窑洞。我们家的窑洞可不是一般的窑洞，是靠沟畔的土崖挖进去的大窑。在我们冯家窑镇以及方圆百里，我们家的大窑都是很出名的，其中一孔窑大到能住几百个兵勇。那窑里盘着十几面大炕，里面又用木板分隔出十几个套间。窑内套窑，旁边不仅有类似单间的拐窑，还有可以从某个拐窑拾级而上的顶窑——如同楼层一样的窑上之窑。除此之外，还有暗

道机关，从某个拐窑可以直通沟壑的纵深地带。如遇不测紧急情况，随时就可以撤出逃走。这孔大窑在它的鼎盛时期，是我娘家那个家族的公共场所，他们在里面婚丧嫁娶，举行聚会、演戏各种活动。收麦忙天，遇上连阴雨，甚至在里面碾麦打场。当然也储存过粮食、柴草，圈养过骡马牛羊。后来，由于家族的衰落，最后也是最好的用场，便是做了学堂。

学堂里唯一的教师爷，人称唐大先生，年过半百，老眉老脸，很不受看，但听说家境富裕，是由三水县最有名气的大户唐家分离出来的一个本家。只是不知为何，这位唐大先生不好好待在家里享清福，偏要到我们村上来教书。真是莫名其妙！

学堂总共三十多个学生，女学生只有五个。不过在唐大先生的眼里，几乎可以说只有我一个女生，其他学生一概都是"娃娃"之称而没有性别特征。

唐大先生对我另眼相看的直接原因，就是我确实引人注目。

我发现只要我去上学，他就分外亢奋激动，总要找出种种借口，要我去他备课办公的那孔窑洞扫地擦桌子，干这干那。然后就给我倒一杯水，一定要我坐在他的对面，假惺惺地翻出一本毛边儿的线装古书，摇头晃脑，给我朗读什么"青青河畔草，郁郁园中柳。盈盈楼上女，皎皎当窗牖。娥娥红粉妆，纤纤出素手……"他还不厌其烦，反复问我懂不懂。我懵懂无知，只会一个劲儿地摇头。他就直戳戳地看着我，那目光火辣辣的像一根烧火的棍子，直到把我逼视得不好意思地低下头。每每这时，他就喋喋不休地开始给我解释，说这段话讲的是有一位妙龄美女，倚窗微笑，如何容光照人，就像——眼前的我，皎皎有如轻云中的明月，照亮了他的眼睛……

絮絮叨叨，不厌其烦，如此，等等。

我实在不明白，他在《三字经》《弟子规》和《女儿经》那些满篇仁义道德的正经课文之外，为什么唯独对我讲起这些古里八怪的艳词丽句来。

有一天，唐大先生让我过去给他烧炕。我刚烧完，正准备转身离去，他突然转进来坐在炕沿上，问我课文背过没有。

我一时慌神，没有背出当天的课。他一把拉住了我的手，把手心翻过来看了又看，我以为他要用戒尺打我。平日里，他就是这样惩治背不过书的学生，我也被他轻轻地打过手心。当然，更多的时候他就是这样教我认字，貌似耐心和专注地注视着我的嘴唇，细声念出那些字词的发音，而且他会借机抓住我白嫩的小手，教我用毛笔一撇一捺写出"人"字，或者写出一个"女"字。

我写字的时候，他会死死地盯住我的食指在每个字上面移动，直到看着我手心出汗，用力压得指甲发白，仿佛这样就能让我把那些字眼的意义给抠出来……

但这一次，他既没有打我，也没有装模作样教我认字，而是将我猛然揽入怀中紧紧地抱住，抱得我喘不过气来。他使出了全身的劲，吐着舌头，狗一样直喘粗气，还不时努着嘴，颤动舌头，硬要亲我、舔我。

嫁……嫁给我吧。他牙疼似的，哼哼唧唧地说。

我不无厌恶，拼命地挣扎道，你不是有老婆吗？这么老了，还要我嫁给你？

有，好几个呢！他气喘吁吁地不断摇头，但是我不爱她们。有两个比我还大几岁呢，长得又很难看；另一个病死了；还有另一个，让我给休了；还有另外两个，老是给我生不出儿子。这……不就等于没有么？

我挣脱他的拥抱，不悦地问，既然你不爱，为啥还要娶她们？我心里暗想，我要嫁也要嫁给一个自己心仪的男人，怎么会嫁给你呢？

他觍着脸皮，诡异地狞笑道，那不是我的事情，是家里父母包办的。再说，她们都不如你年轻好看，我只想让你给我生个儿子。

不不！我继续挣扎，拼命挣出他环抱的双臂。

你不知道，儿子对我有多么重要。我是我们家的掌门人，没有儿子，就意味着我的家产将无人继承，你懂吗？

他继续拉住我的一只手不肯放松。

不行。那和我有啥关系？一文钱的关系都没有。

嗨，你嫁给我不就有关系了吗？

不行。我还小呢，别说生儿子，鸡蛋我都生不出来，你另找个人给你生儿子去吧。

我只想要你……

不！我大声喊，可我想要的不是你！

你想要谁？

这……你管不着……

我说这话时，眼前突然一亮，脑海顿时浮现出一个白面书生的身影和他英俊的脸庞，我知道……他是谁！

那一年，我虽然不满十六，毕竟也情窦初开，隐约知晓一点儿男女之间的事情，更莫说男大当婚、女大当嫁的道理。

两年前，他也在这里上过几天学堂。他很心疼我，我也打心眼里喜欢他，经常把他带到我家里去玩耍。他也经常带我到野地里去放风筝、挑野菜、摘野花。应该说，我之所以喜欢来这里上学，多半都是因为能在这里天天见到他。可惜，后来他转了学堂，而我们冯家窑镇上的学堂，则来了这个令人讨厌的唐大先生。

这个唐大先生，是个十足的热衷空谈的幻想家，或者像后来别人所讥讽的，

他是个会说不会做的天桥把式。只是他对女人却从来不尚空谈。据说他杀伐决断，就像一个善于捕获的猎人，一个女子只要被他的枪口瞄准，十有八九都是逃不脱的。

我怎么也没想到，自己也会成为他的一个猎物。

开始，我以为他不过是一时冲动，说些疯话而已。谁知他居然当了真，铁了心，最终亲自找上门去求我父亲。父亲对于这桩年龄悬殊太大的老少婚配，本能抵触，决不松口。你想，这可是拿自己的黄花闺女给一个半老头子去做小，当第七个老婆，他感觉很没面子，又怎么能接受呢？

可后来，万万没有想到的是在唐大先生大量的银锭子的威力下，父亲竟然也利欲熏心做出了让步，将不知情的我推向深渊。

第二章　牛刀小试承业堂

易红娥：　也许这就是命吧！

人常道，哪个少年不钟情，哪个少女不怀春？

回想当年，我易红娥情窦初开，和不期而遇的"初恋"有缘无分，却还要纠缠一生。

故事的前因后果，部分是我听到别人口口相传的"据说"，部分则是我亲身经历，耳闻目睹，直至深陷其中。

唉，也许这就是命吧！

那年，我大哥易红龙二十四五岁，长得人高马大，粗黑的辫子蛇一样虬结，凛然不可侵犯地盘踞在头顶，常常一身黑衣黑裤，腰缠一条二寸宽的红土布腰带。他脾气暴烈而又蛮横不羁，说话武声大气，动辄直眉瞪眼，生生赚得乡里坊间一个恶名"一呆龙"。

那年春上，他走州过县，远足一趟金城兰州，自以为经见世面，大功告成，为我们家的龙虎货栈进回一种本地还很稀欠少见的水烟。为了推销他新进的稀罕玩意儿——水烟和新鲜别致的烟壶，他头脑一热，就开始犯浑，竟然将炕桌搬到街道当中，干起强买强卖的营生。

哎——走过路过，千万不要错过啊！饭后一壶烟，赛过活神仙哪……

他一边吆喝兜售，一边吞云吐雾，咕噜咕噜地示范吸烟，不停地吹嘘抽水烟的种种神妙奇功。

可惜看热闹的不少，肯掏腰包、拿出白花花银子赶新鲜时髦来品尝的，却寥寥无几。

恰逢其时，一个愣头青皮小伙计牵一头驮货的灰毛驴儿，莽莽撞撞闯了过来。人头攒动，前呼后拥，那驴突然受到惊吓，四条腿一时乱了方寸章法，一抬前蹄，不偏不倚，正好踢翻了大哥那张低矮的水烟桌子。

17

好狠斗勇的"一呆龙"大哥，本来就强势威武，见此情景，立马气冲斗牛，声震若雷的一声大吼：瞎塌咧！看你个碎驴日的给我怎么收拾！

他这一嗓子本来就够人惊悸，偏偏又有一个彪形大汉从我家龙虎货栈里闻声蹿了出来。

咋啦？大哥，谁欺负咱啦？

此人五大三粗，也是虎背熊腰，眉宇之间显见凶神恶煞之气。他不是别人，正是我的二哥易红虎，外号"二愣虎"。

我家这两个硬扎结实、威风八面、闻名遐迩的哥哥，是我老父亲腰板硬挺、见人从来鼻孔朝天不低头的支撑和骄傲；易家这等虎踞龙盘之势，也是我们龙虎货栈生意兴隆、财大气粗的坚实基础。

此时此刻，他们兄弟虎啸龙吟，一哄而上，顺手搂去，就将小伙计手里的驴缰绳一把拽了过来，随即唾沫四溅地吼叫着要人家赔偿。

可怜那小伙计，不过十五六岁，一脸青涩稚嫩，早已被这汹汹气势吓得发呆，魂飞魄散了。

先别说小伙计有没有被龙虎兄弟唬得屁滚尿流，反正，那头驴却已经坚挺不住尿了劲。只见它的一对儿后腿本能地劈叉，臀部跟着耸起，破锣似的嘭的一声，先放出一个臊气冲天的轰雷响屁；继而哗哗啦啦，云遮雾罩，瞬时淋漓痛快地喷撒出一大泡热气腾腾的黄尿来……

如此这般，我家"一呆龙"的那些个金丝水烟、烟壶、炕桌、矮凳一应之物，眨眼就被冲了个溃不成军，遍地狼藉……

眼瞅着龙兄、虎弟气急败坏，一时兴起，耍蛮使横，正要将驴牵往我家抵押作赔，忽然人群分开，气宇轩昂地走来一位相貌俊朗的书生。他抚整衣冠，稍一偏头，将一根乌溜溜的大黑辫子潇洒地甩到背后，然后双手一拱，彬彬有礼地走上前来。

两位大哥暂且住手，在下便是这驴驮子的东家。果然要赔，也应该是我家小伙计把驴牵到府上，又何劳您亲自动手呢？

说着，他落落大方地转身，轻轻拍了拍小伙计的肩膀，从容不迫地说，柱子，别怕，只管牵着驴跟我走就是，我自有道理说辞。

适逢集市，围观起哄爱瞅热闹的人就跟看戏一样越聚越多，没想到那个白面书生说话算话，真的还领着小伙计，把驴牵到了我家。

易家大院，坐北朝南，三进三出。

进头门往里，是一条用石门关大青石铺就的甬道。踏石北去，迎面有木石结构的小型牌楼，正对牌楼的是一座青砖砌就的照壁。穿过牌楼绕过照壁，便是正院。院子正中，有三棵石榴树，此时花开正艳，灼灼耀目。两侧分立的东西厢房，是陕西关中那种建筑造型独特的"半边盖"厦房。

这种样式，据说都是因我爷爷和我父亲常去口外关中进货，模仿那里的房屋型制精心建造的。也有人说，后来声名显赫的唐家大院，也有仿照我娘家此等式样的明显痕迹。这也难怪，因为那些豪华阔气的庭院，绝大部分都是在我掌管唐家时盖起来的。自然，这还都是后话。

要说我娘家的院子，平常日子，一般人是难得进入的。除非像这一天，借着瞅热闹看嚷仗的机会，众人才能跟随沾光，一路蜂拥进了我家的庭院。

有意思的是，那白面书生和他的小伙计，气昂昂地牵着毛驴进了我娘家的院子，径直向堂屋走来。

嗨、嗨！你还往哪里走？把驴就给我拴在石榴树上！

"一呆龙"又开双腿，威风凛凛地当院一站，高声嚷道，我看你，难道还要把驴牵到堂屋不成？

这位大哥，算你说对了。白面书生不卑不亢，鄙夷地一笑，胸有成竹地说，在下正是这个意思，我不仅要伙计把驴牵到你家的堂屋，还要让这驴嘛……嘿嘿，卧到你家的炕上面去呢……

胡说八道！大哥大步上前，横刀立马，铁塔一样镇守在堂屋门口，虎视眈眈地说，笑话！那怎么行？！驴有驴圈，怎么能卧进屋子，上人的炕？

书生微微一笑，双手作揖，文质彬彬，但又不无讥讽地随口而道，仁兄所言极是。原来你也通情达理，颇懂乡规民约、人情世故！如此说来，炕桌和水烟，这些原本屋子里头、炕头上面的享用之物，你却拂逆常理、常情，偏要摆到街道当中，这若不是欺行霸市、横行霸道，又该作何解释呢？

只几句话，当下便噎住了我的两位龙虎兄弟。他们一愣，哑口无言，面面相觑了一阵，竟憋得满脸通红，半个字也吐不出来了。

常言有道，商有商道，公理公道。你要胡来，我们姑且容忍；可我们家的驴脾气也不大好，它要胡蹬乱踢，你们是否也该海涵接纳？这也叫作以其人之道，还治其人之身，天经地义……得是？

文明出其不意战胜野蛮，还将其打了个落花流水，或者说是屁滚尿流吧。反正，众人大笑起哄，都喊书生讲的在理，实在太好——或许，无意中，还代他们出了一口平时遭受我们龙虎兄弟欺负的窝囊气，也未可知。

大哥自知理亏，二哥也觉得没趣。他们双双自认倒霉，生生地感到栽了面子，只能蛮不讲理地频频挥手，像驱赶苍蝇蚊虫那样撵着书生、伙计和满院子看热闹的闲杂人等，去去！都去，牵上你的驴驮子，滚蛋……

就在这时——对，正是这个"就在这时"，或许所谓无巧不成书吧，小女子我，就忽然从绣房里袅袅婷婷地走了出来。

我才疏学浅，虽不敢自诩国色天香，但毕竟生长在大户人家，自小养成了贤淑气质、林下风气。还有雪白细腻的皮肤以及俊俏的脸蛋，更显得与众不同，引人注目。

其实，我早已躲在竹帘门背后观望多时。按说待字闺中的女儿，大门不出，二门不迈，本不该抛头露面的，可鬼使神差，也不知我那天着了什么魔道，不由自主，就破了这条陈旧发霉的规矩。

我的眼睛，当时肯定是春水荡漾、灼灼放光的。有意无意的目光一闪，便粘在了那位风度翩然的白面书生身上。

那小子蓦然回头，不期然与我四目相接，碰在了一起——天哪！那一刹那，我自觉眼前金光四射，眼波生姿，心脏狂跳不已，突突地悸动开了！

我相信，这就是命中注定，是我一辈子开不了口的一见钟情啊！

同时，我坚信不疑，他也被我的花容月貌深深地吸引，几乎看傻了眼，目光像一根笔直的椽，直戳戳地望着我，似有失魂落魄之状，一时三刻，不知东西南北身在何处了。

接下来，奇迹便发生了。

那书生似乎领悟到了什么，顿时满面春风地回转身来，神情怡然自得，面向我的两个余怒未消的哥哥，十分虔诚大度地款款施礼。

两位仁兄在上，今日之事，愚弟多有冒犯。认识就是缘分，交往不论输赢。刚才，权当小弟取悦你们开了个玩笑。君子一言，驷马难追。既然我已说了，这头驴和驮子上的货物，算是小弟的赔礼，诚望两位仁兄笑纳，千万不要推辞。

说罢，他真的将驴缰绳从小伙计手里拽过去，亲自塞给我的大哥——就在他的"不意"回头之间，又似乎"特意"向我颔首，明媚一笑。我觉得天上的太阳登时掉到了我的眼前，晃得我双眼都睁不开了！

然后，他不容分说，拉起一旁瓷呆发愣、不知所措的小伙计，风度翩翩地径自出门而去了……

故事当然没完。

第二天一大早，我们易家的那扇厚重威严的黑漆大门，就被人有分寸地给叩响了。

此间，父亲去山外进货还未归来，我的两个哥哥在店铺守夜，还在酣然大睡。看家护院的老长工胡子伯闻声而起，打开头门一看，门口立着两个赶车的年轻后生，虽然一律小伙计打扮，可他一眼就认了出来，其中的一个正是前日来送驴子的那位书生。

只见他连呼老伯，说要见见我家当家主事的大掌柜呢。

我正好在堂屋听见，一撩门帘便走了出来。

心下猜想，十有八九他是要反悔赖账，想将毛驴要回去吧？俗话说，嘴上没毛，办事不牢。他一个毛头小伙，少年气盛，仗着一时的豪气冲动，嘴唇上下轻轻一碰，便将一头毛驴外带一驮子山货那么轻而易举地送出去，就算他家大人认可这种荒唐行径，那他自己岂不也是个败家子吗？

怎么？我迎了上去，凤眼圆瞪，有意板着脸孔诘问，是不是一夜睡醒，又变了卦？

哪里、哪里！他乐呵呵地说，目光炯炯，直盯得我心慌神乱，都有点儿手足无措了。

其实呀……哼哼，我们家，也不稀罕一头没有调教好的毛驴。

我说这话，与其说是奚落和讥讽他，毋宁说是为自己壮胆，同时，也有为自家开脱的意思。你想想，无端地收受别人一个驴驮子，显然毫无道理，揆情度理，也说不通。虽然驴踢了我家的摊子，但也是我家兄弟做事欠妥，确实有点儿横行无忌的意思。

一身伙计装扮的书生，俊秀儒雅，眉目间透着英气。他神采奕奕，笑若春风，恭恭敬敬地向我抱拳施礼，他口中诺诺念道，妹妹包涵，你误会了。大丈夫立身，一言九鼎。我一早赶来，只是……给驴送一些青草饲料。因为，你家突然多出一头牲口，怕是一时草料不备难满足吧。他的声音沉郁顿挫，富有磁性。

哟！难为你心细如丝，还想得这么周全，你怎么就不问问，到底该把我叫什么才好？

小生今年十六，正好八月十五日生人，不知姑娘芳龄几何？

我的脸霎时通红发烧，只好如实奉告他说，要是这样的话，你就得把我叫姐姐了。我们虽然同庚，但我是端午节的生日。

我这样一说，不承想他蹬鼻子上脸，顿时得寸进尺，居然笑逐颜开地拱起手道，姐姐好人才！小弟三生有幸，愿在此一拜，但愿你肯赏脸容小弟再来拜访。

快别……我一时慌张，不知所措，虽说心里甜丝丝地掠过一阵畅快的甜情蜜意，却也像揣了只兔子，别别蹦跳，难以按捺。特别是他随后又说的话，更叫我心动眼热，几乎就要流出泪来。

只要姐姐你心里高兴，我每天都可以为我家的驴——噢，不对，应该是你家的驴来送饲料的呀！

你……咋就这么豪爽勤快？

我说着，已经娇羞难当，不由自主地将脸用手里的一方白绸帕子捂了起来。

他忽然压低声音，直言不讳——应该是胆大包天地说，姐姐是冰雪聪慧之人，难道还看不出小弟我不过是找个借口，掩人耳目呗。只要天天能看见姐姐如花似玉的小粉脸脸，我愿意一天跑上他三十个来回，哪怕把腿跑断，也心甘情愿啊！

去！没皮没脸，净胡说八道！我赶紧挥动手帕，羞涩地阻断他的大胆表白，还不把你的青草饲料赶紧抱进来呀……

送毛驴又送青饲料的好事，或许应该叫作"好戏"，连轴上演，一连数日持续不断。

这首先让我两个贪心不足的哥哥扬扬自得——白捡了一头毛驴，还有人每天给送饲料。利欲熏心的他们，根本就不会——压根也不愿细想，这其中究竟还隐藏着何种不可告人的秘密。

少女少男，隐秘往来，其中自有不言而喻的文章。而每一次到来，他都要别出心裁地带一样取悦我的东西。从看似平常随意摘取的一枝含苞待放的杏花，一筐青翠欲滴刚刚萌芽的苜蓿，到一兜核桃、红枣，或是一提省城西安出产的桂花水晶饼点心。

我也趁机跟他拉话，眉目传情，暗送秋波，同样是——怎么说呢，自然是情意绵绵，十二分受用。

每天，我都有意无意地盼望着他、期待着他。而他，就像是藏在我们家大门外边，总会按时按点地出现。虽然说男女授受不亲，我始终与他保持着一种可望而不可即的距离，但是生活毕竟一下子变了，成了一件单一的事情。而世界，似乎也只剩下了两个被激情燃烧着的青年男女。他们——也就是我们，除了思念对方，火辣辣地期盼着那个东方破晓太阳初升的清早，就好像再也没有什么事了。

有一天，我看他外面穿的褂子掉了一个纽襻，就让他脱下来再去牲口圈里喂驴。

他出去后，我竟然身不由己，很快将那褂子上所有的纽襻，都故意拆了下来。然后，又慢条斯理，温柔细腻，密针细线，一个一个地缝上。

我这样煞费苦心，仅仅为的是让他多待一会儿，坐在我旁边喝茶、说话，我也好看着他那总让我看不够的神采飞扬的样子。

真的，他的确是值得一看的：那么单纯可爱，又那么温文尔雅。你瞧他的眼睛，简直是透明的泉水，清澈见底；又像是一面明镜，闪亮动人。而镜子里映照的，正是我……

尤其是他对我日渐大胆的表白和随口而来的频频示爱的歌唱——那些只给我

一个人悄悄吟唱的情歌，一遍遍总让我脸红耳烫，又一遍遍让我听了还想听，总是听也听不够：

> 你的笑容像花开苞，你的小脸像水蜜桃，你的小嘴是酒盅呀，你的眼睛荡秋波。你从我的梦里来，八百年前就见过，你是我前世的小甜姐，盼望你是我今生的好老婆……

我真的能成为他的好老婆吗？

嗨，说起来，丢人现眼事小，真正让我心里没底且忧虑重重的是我自己都没有把握。

唐敬忠： 我就是有点驴脾气

我小时候，爱跟人"顶愣"，也就是抬杠。别人说东我说西，别人说高我说低。乡下人说我长着"反骨"，是一个不踏犁沟走的犟驴。

其实我并不是那么爱认死理，只是凡事爱琢磨，好讲个实际。比如读书，父亲先送我进本村的私塾，后来又送进县府的官学，读来读去，都是那些之乎者也孔孟之道。不是我厌学，更不是那些书没有道理，只是我总是觉得，那些内容都有些古板陈旧，缺少一种新鲜活气。

如所谓的君子重义、小人重利，我觉得这话说得有些绝对。试想，皮之不存，毛将焉附？没有利在，君子的所谓义又从何说起？红嘴白牙，一味空谈，简直有些蛊惑人心。所以君子重义，其前提应该是先有利在，仅仅是指君子在利益面前不贪不占，能够自我节制把控欲望。真正的君子之风范，是能够情怀天下，让利而已。还有，特别是能够乐善好施，兴利除弊——这就是我字"善斋"，号"余堂"的一番歪理吧！

十五岁那年，父亲患了痨病，两个哥哥早早辍学，开始接替父亲忙于田园管理和土地耕作，而父亲在太峪镇经营的杂货铺子，因为没有硬扎人手打理，生意清淡，眼看入不敷出。大哥建议关门收摊，二哥也觉得没有种庄稼踏实可靠，主张转让别人，全家一心务农。

他们的理由都很扎实，说农业是我们安身立命的根本。我们唐家自高祖唐英碧以降，三世以来，打从四川逃难来到陕西三水这个地方，就一直依靠苦吃苦做务弄庄稼，才慢慢站稳了脚跟，在这里安家落户。耕读传世，勤俭持家，使我们

唐氏家族日渐兴旺，已经成为当地有名的殷实大户，并逐渐分化出三门宗氏。作为二长门的嫡系子孙，我们决不能离经叛道，违背祖训轻农经商。

我当时听了他们的主张，又一根筋钻起牛角尖了。

我说，两位兄长，祖上的规制不是死的。既然我们一条道儿只是耕读传世，父亲为何还要在镇上开铺子呢？

两位兄长一时语塞，互相看看，居然都憋得脸红脖子粗。还是大哥最后开了腔，他说，那你要去问父亲大人。二哥则理直气壮地反问我说，就你读了几天书，歪道理多！不管咋说，父亲这一躺下，铺子没人照看，你总不能让伙计们去打理吧？反正，我没那个本事。

既然这样，我去试试？我对两位兄长说，学堂放假，我给父亲帮忙照看铺子。

你？大哥有些吃惊，忍不住睁大了眼睛，你才十五六岁，能行？再说，你不能不读书啊！

我说，书还要读，但不一定非得在学堂里读。我把书拿回来，晚上在铺子看，不会的地方，再抽空去请教先生。经商念书两不误，不是更好吗？

大哥还是不放心，他说，你小小年纪，恐怕承受不起那些麻缠事务。听说单是那对在太峪镇上一手遮天、吆五喝六的龙虎货栈的龙虎兄弟，你怕都对付不了。

我说，咱做咱的生意，又不是跟他比武，为啥要怯火他们呢？

我这人就是有点儿倔劲，只要瞅准的事，十八头牛也拉不回来。我来到镇上，理顺铺子的生意，形势稍微有了点儿起色。没想到的是我们家驮货物的毛驴竟然还真的跟龙虎货栈的龙虎兄弟狭路相逢了。

那天我带了伙计柱子去邠州进货，翻沟越岭，驮了一百多斤干枣和核桃。虽然是些常见的普通干果，但因为农村人入药和食用量大，所以比较走俏。没想到，行至半路，柱子引的驮货的毛驴踢翻了占道卖水烟的易红龙的摊子，一场冲突便由此而起。也许是我年轻气盛，太容易冲动，在与"龙虎"相争明显得胜的有利之时，突然鬼使神差地翻转主意，居然连驴带货，拱手相让。惹得众人起哄，贻笑大方。

在我走出易家时，许多旁观者忍不住讥笑我冒白气，甚至有人说我是色迷心窍——大概看上易家小姐易红娥了！

我不得不承认这些人眼睛毒，一言中的，看透了我的心思。

老实说，在我第一眼看见易家小姐时，突然觉得自己都不是自己了。什么叫"巧笑倩兮，美目盼兮"？什么叫销魂蚀骨、不由自主？莫说一头毛驴、一驮子山货，我要是皇帝，只要能和喜欢的人亲近，就是要我的江山，我也会在所不惜的。

要知道，我毕竟是个懵懂少年，血肉之躯，本能感受异性吸引，依稀窥得男女之情。情急心切，热血奔涌，哪里还顾得上仔细计较得失利害？

我是喜欢荷花妹妹的。她是老石匠向大伯的老生女，常常跟她父亲来铺子为豆腐坊凿磨子。当年，我们在铺子后院的菜园子里昏闹疯玩没个完，还模仿大人成亲，拜天地，两小无猜。眨眼她长大了，愈发出落得花朵儿一样美。这个神闲气静的向荷花，曾经是我发小玩伴，跟我好得像一个人，拆也拆不开。可现在，突然冒出来个美若天仙的易姐姐，又让我神魂颠倒起来。

我真不知道如何抉择。我曾经信誓旦旦说大话，要把我们的承业堂做到全省最大，我真的要是一头钻进温柔乡，岂不是让家人失望，让世人笑话吗？

易红娥：谁让你闯进我的心

也许，是我易红娥此生福薄命浅。我终于知道了他突然疏离我的原因了。

不是他见异思迁，也不完全是因为他身边原本就不缺少追慕他的漂亮女孩儿。应该说是命运的手，阴差阳错，让我们的父辈做了乱点鸳鸯谱的终生安排——我已经在前面说过，我们各自的父亲用婚约的形式，已经将我"一言九鼎"预先许配给了别人。我将嫁给的男人，并不是他，而是他的大哥。

事情就是这样简单而复杂，温柔而残酷。

既然我们做不了自己的主，就只能把自己的命运交给赐予我们生命的长辈。而我们的父辈，又如何解悟我们的心事？他们不愿了解也不会了解，因为在他们的观念中，儿女不过是自己的私有财产，想赠予何人，想怎么处置，那是他们自己的事。

是的，我就是那个时代的悲剧样本。我的悲剧，始于我父亲给我钦定的那个娃娃亲男人——并不是他。

果然不是，真的不是！单是如许，倒也罢了。我权当闺中春情酿造了个缠绵的梦，一咬牙关，将他从心头狠狠抹去，也不算是什么难事。

问题是，命中注定，老天偏偏要我抬头不见低头见，不但天天看见他，还要跟他在一个饭锅里搅勺子——怎么说呢？他竟是我名正言顺的男人的弟弟，三水唐家的三少爷，大名鼎鼎的唐敬忠。

爱之不能，恨又难生。人世间最尴尬、最痛苦的事，莫过于手捧一个烫手山

芋，吃不下，又扔不掉啊！

一年后的腊月初八——我记得很清，一辈子都忘不了的清晰。因为，那天是"抵发"我的日子，此地也叫作"添箱"。就是正式出嫁的前一天，男方将整箱柜的聘礼抬到女方家里来接受验视，同时也是娘家给女儿"装箱"展示嫁妆，举行嫁出仪式的好日子。

那一天，他终于来了，那个让我魂牵梦萦、既爱又恨的——唐敬忠。他作为男方家人抬箱送礼，为他的大哥来迎娶我。

尽管此前真相大白，我们已经了然各自的身份，可是藕断丝连的情思，还是让我心如刀绞、痛不欲生。

那天的唐敬忠，虽然一身簇新穿戴，但神情却黯然消沉。"验箱"完毕，趁着屋子没人的一刻，他打怀里掏出了一对玛瑙玉镯，无言地拉过我的双手，温情脉脉地将它们分别套上了我的双手腕子。

这是我给你的新婚礼物，也代表我的心。他说着，眼睛已经红了，声音也开始颤抖。我想过跟你私奔来着，可又怕大逆不道，伤害了我的哥哥和家人。现在，我再叫你一声心肝姐姐，从明天起，你可就是我的嫂子……孝悌长嫂了。他哽咽了，又道，在先，你离我远，我却觉得很近；从明天起，虽然你会离我很近，可我只能……远远地，望你……和尊敬你……话没有说完，他和我就都哭了。

唉，谁让你闯进我的心里来呢？我长叹一声说，不怨天地和爹娘，这都是……命运的错。

唐敬忠：薄利经营有学问啊！

都说同行是冤家，可我还是没料到，我和我的冤家同行却成了打不散、拆不烂的亲家。

命运简直是个"咒"，时光更是一把杀人刀。就在我爱慕的易红娥即将成为我的长嫂前，我的父亲和她的父亲竟然相隔不到一个月相继去世了。他们虽然走得令人始料不及，但酒桌上率性拍板的儿女亲事，总算是没有落空。他们像完成了一件至关重要的大使命，也就心满意足匆匆上路了，好像两个人来到世上，就是为了这一件事。

两位父亲这一走，想不到的是龙虎货栈的生意江河日下，简直是没了光景。他们的店铺常常是整日不开张，萧条到门可罗雀无人顾啊！

让人百思不解的是，头顶同样一块天，我们的承业堂则日胜一日兴隆繁荣起来。镇子太小无秘密，街谈巷议，都说奇了怪了，唐家那个"白气"傻小子，也不知撞了什么运，生意做得风生水起，门庭若市。

他们摇头，想不明白，便直叹世事难料。出手大方、一掷千金，连驴带驮子白白送人的唐家三少爷，不仅给他们唐家赚了个如花似玉的大嫂子，还为他的承业堂赢来一个仗义疏财、礼敬亲家的好名声。

谁说傻子不聪明？自古少年出英雄。他们夸的少东家不就是我——唐敬忠嘛！

不仅有人夸，还有登门拜访来取经的。我怎么也没想到，甚至连"二愣虎"这样向来目中无人的冤家加亲家，也觍着脸皮俯尊屈就来找我了。

亲家小兄弟，你得了啥窍道了？这生意转眼兴隆，到底是……咋整的呀……

老虎变成猫，说话也乖顺了。他吞吞吐吐的，也在拐弯抹角变相地夸我。你呀，真是红萝卜里调辣子——吃出没看出。愣是个人小鬼大啊！咋就不知不觉把个破铺子经管得热火朝天的。最近，没少赚钱吧？

我也不谦虚，先是递过去一杯茶，然后豪气万丈地一拍胸脯道，这个算得了啥，不过杀鸡用了一次宰牛刀罢了！小小太峪镇，再怎么折腾，又能弄出多大的光景？

嘿，不简单啊！二虎哥——对，我得叫他亲家哥，他的眼睛鼓得像铜铃，好像就要从眼眶里蹦出来，双手一击赞叹道，我看小弟这个样，还真不是平地卧的一只虎，早晚能成大出息。

不敢当。我忽然变得谦虚低调地调侃他，你才是真老虎，我嘛，顶多不过一只鸡……

他嘿嘿笑了，有点儿不那么自在。我们那块有行酒划拳玩老虎、杠子、虫和鸡的小把戏，他领会我指的是输给他毛驴和山货的那件事，倒也不藏不掖敞开了心。

你还计较那件事吗？我们兄弟的脾气暴，小弟你就包涵点儿。大水淹了龙王庙，再怎么说，咱们两家是亲戚，不打不成交嘛。

他说着，往前凑近，显出低眉顺眼的可怜样。怎么样，你不能看着你哥生意烂下去啊！就帮帮我们，支个招让铺子火起来吧。

这一说，倒是难为了我。我一时不知该说啥。

父亲临终前，我曾发过誓让他放心，我一定把生意经营好。要说，我也没有啥诀窍，就是私下想，做生意也就像人看病吧，要做到对症下药才有效。太峪镇这地方总的来说比较偏僻，加上交通不发达，百姓需求的东西常没货，我就在进

货渠道上打主意。

　　进什么货，我自己心里要有底。那时我随身揣个小本本，外带一截铅笔头，凡是进铺子的人，我都问他需要啥。这样一摸底，针头线脑、煤油洋火，还有木耳、黄花等干菜，大致的需求品种和采购量就出来了，然后我就带着柱子去采购。每次要进什么货、进多少、从哪里进、什么牌子的、需要多少钱，都在本子上记得清清楚楚的。

　　进完货临走前，我在内衣里缝一个大兜子，把钱全装进去，以防丢失或被盗。我不仅在土桥、职田全县跑，还下邠州，上淳化，去耀州，奔乾州，哪里有我需要的货，就往哪里跑。好在年轻不怕苦，再加上柱子靠得住。柱子是父亲在邠州街上捡回来的孤儿，父亲一直把他当成自己的娃养活，他把父亲叫干大。论孝敬父母柱子胜过我们几个亲儿子，我们也自然把他当成了自家人和亲兄弟。

　　有时进货来回要四五天，为了省盘缠，我们进货从不住旅店，货进好打包后，找一个僻背的地方，把货物堆起来，给驴添上草料，晚上我们就睡在驴旁边的货包上，一边睡觉，一边照料货。至于吃的，那就更将就了，有时就是两个馍，有时一碗面条进肚就算一顿饭，一天伙食费花不了几个钱。有一次进货，遇上了阴雨天，道路泥泞没法走。我们躲在路边一孔没有门窗的塌窑里，三天三夜只啃了一个冷馒头。我因此受了寒，加之吃不进东西，头昏发烧又咳嗽，浑身无力，每个骨节都酸疼。我既没有时间进旅店，也没机会去求郎中，只能咬着牙往回挺……

　　要想干成事，就得能吃苦——乡下人就叫"下得苦"。像这些，我能够给虎哥说吗？他们龙虎兄弟，又能做得到吗？他们整天高高在上坐在柜台里，热茶水不离口，水烟袋不离手，好吃好喝，悠游自在；来了顾客，想理就搭个话，不想理就不吱一声，客人好像是来求他；有的货就卖，没的货只一个摇头就将人打发走。这样的生意要能做成那才叫怪哩。

　　天底下的商铺千千万，有的门庭若市，而有的却货品销不出，死气沉沉。尽管原因千差万别，但经营失败的店铺，大都有一个通病，那就是不把别人往眼里放，没有善待顾客，也没有善待供货商。基于此，我在经营活动中，始终坚持"来的都是客"，买不买东西，全都当朋友待，一个客户也不敢怠慢。

　　尊重顾客，我的感受，首要的是要平等相待。每一名顾客都有自己独立的人格，都有自尊心。所以，无论在任何情况下，包括因价格等问题与顾客发生争执和摩擦，我和伙计都坚持克制和把握自己的情绪，做到言辞恳切，态度平和，举止文雅，不失礼貌，不伤害顾客的尊严。遇到难缠挑剔的顾客，更要有耐心，要以礼相待，决不将其拒之门外。认真听取意见，能够改进的立即改进。我们这样做，就给顾客留下了良好的印象，他们不仅成为我们的回头客，还给我们做了宣传员。

做买卖，也许最忌讳看人下菜，就是将自己的顾客分为三六九等，区别对待。我知道这是一种极不明智的做法。凡是与我们铺子打交道的人，不论贫富贵贱、职位高低，我们都一视同仁。正因为我们能坚持这样做，所以顾客都喜欢到我们铺子来购买物品。诚实待客，更主要的是要坚持做人第一、赚钱第二的经营原则；始终坚持一个理念，就是不挣掺杂使假的黑心钱，选择以质量求信任、求发展这一条长远的生存之路。为此，我每次进货，都尽量亲自出马，仔细挑选，认准正品，坚持看样订货；货到必须细心验收，货样不符不入库。经营中一旦发现卖方做了手脚，就坚决退货不再与之交往。

龙虎兄弟曾经说我傻，但是我认为，我这是吃小亏占了大便宜。做生意盯的是钱，想挣钱就要拢住客户。不守信任，谁还敢和你来往？顾客在你这儿上了一次当，就绝对不会再上第二次，甚至连他相关的亲戚、朋友、邻居等，都不会再买你的账。你失去了顾客，没有了生意，自然就没有丰厚的利润，最终吃亏的还不是你自己？

他们龙虎货栈不正是吃的这个亏吗？可这个话，我又怎么能告诉他？

做生意，一定要设身处地为顾客着想。你多替顾客想一想，顾客自然会满意；反过来也会替你想，他多掏几个钱买你的东西也心甘情愿，甚至还会帮你拉来一些客。这道理就是替别人想等于是为自己在赚钱。总之，要让顾客留下满意，不能让他们留下遗憾。我们承业堂的日杂商品，大都是庄稼人离不开的东西。比如来买锄头的，有的顾客买一把锄头，有的顾客只要锄头不要锄把子，开始我们就将锄把子卸下来，后来干脆将锄把子免费送给他，只收锄头的钱。这样叫超值服务，有时还顺手赠送一些小礼品，结果客人很感谢，一来镇上就直奔我们的店，一传十、十传百，引来了不少新顾客。可这些个道理，龙虎兄弟怎么能懂？他们觉得自己是大掌柜，只能别人来求他，哪有他们为别人着想的理？

王婆卖瓜自卖自夸，这是一般人眼里生意人的基本形象。但我常常反其道而行之。世界上哪里有十全十美的东西？我卖东西，主要讲货品性质特点，不过分夸大其词，有时还坚持把货品的不足告诉顾客。对一个经营者，你的职责除了出售商品，还有一项重要的义务，就是引导顾客认识自己所购买的货品的特性和不足，使顾客在购买货品前，能对优缺点都知情，少花冤枉钱。我们坚持这样做，不但没有吓跑顾客，相反却拓展了生意范围。他们给了我们两个字的评语——诚实。

说实在话，承业堂在我接手后的短时期内，能够火起来，其实真没有什么诀

窍和秘密。当时镇上的小百货店,大多都没有我的生意好。这里面没有多少能力的差距,有的或者只是不同的赚钱心态罢了。有的人把赚钱看成是"争钱",顾客买我的东西,我就该与他"争"价,丝毫不肯让小利。其实,高明的赚钱方式,是与买主分享利益才对。顾客买了我的货,他感到实惠和便宜,才会愉快地掏腰包,下次才会再来我这儿买东西,因而回头客很多,生意也稳定。所以说,这薄利的背后,有着不尽的财源。总之,经营杂货铺子给我最人的启示就是,薄利经营有学问啊!

而这学问,龙虎兄弟又怎么能懂?

第三章　七里胡同八里道

易红娥：　真是个弯弯曲曲难预料

人生的路啊，真是弯弯曲曲难预料。天知道，我没有成为他的妻，一不小心，居然成了他的大嫂子！

我就这样过了门，成了三水唐家长子的媳妇。人们开始叫我唐易氏。

而现在，我不得不说说我那个名正言顺的大男人了。

他其实不是个坏人，也不是个丑人，只是一个过分老实的庄稼汉。听说他小时候还机灵爱捣蛋，整天庄前村后撑得鸡飞狗跳墙；可长大后，就变成了一根木桩子。人们都说他比木头多了两个耳朵。

嫁给木头人，对一个怀春的姑娘意味着啥？我实在难以预料，会有多少哭笑不得的难堪事情等着我。

自然，我爱面子的龙兄和虎弟，为了把他们唯一的妹妹或姐姐（我比虎弟大两岁）体体面面打发走，当然也少不了请客备席，热热闹闹花点儿银子办一场。

我母亲去世早，出嫁的那一天，是族中的二婶来给我绾髻的，标志我少女时代的终结。她给我细心地梳妆打扮，为使我脸庞更加光彩洁净便给我"择脸开面"。二婶用两根长长的红色线线，绾了一个扁"口"形的"绞头"，手拉两端，另一头咬在口里，一上一下，交叉着拔去了我脸上绒细的黄汗毛。那一刻疼得我神经一张一缩，咬紧了牙关。

二婶便一边拔绞，一边窃窃私语小声教诲我，好闺女啊，忍着点儿吧！我们做女人的，天生就比男人要多受罪。你可要准备好，至少还要疼三四回哩。

还要……三四回啊？

你可当啥哩。小时缠脚算一回，出嫁开脸又一回。告诉你吧，今晚洞房花烛夜，男人可是要开你的花苞苞，再疼，你也得忍住，明白我的话了么？

我似懂非懂地点点头，并不完全清楚她说的是什么。

但一想到那种疼，我不由得心惊胆战，连忙说，我不要、我不要！

二婶嘿嘿一乐，道，傻女子，你不要什么？我可给你明说了，从今儿开脸后，你就不叫黄毛丫头了。你要为人妇、为人母，生儿育女相夫教子守妇道。咱们女人呀，好比一块地，你要吃要穿要活命，不种庄稼不打粮行不行？你不让男人刨挖犁耕撒种子，你到哪里去要儿女？对了，只要你能生娃娃，那就是你一辈子的好收成和好年景哟。

当然……二婶瞅着我，神秘地笑了笑，一拍我浑圆结实的屁股蛋，煞是认真庄重地说，我可提前把话给你撂明了，今儿晚上要忍住，不管咋疼都别叫。其实嘛，也就是一阵子。最疼的，是以后生娃娃。这都是咱女人注定要受的活罪！当然呐，她又挤眉弄眼地暗示我，这也算是咱当女人命定的福。

我不明白她的话，瞪大眼睛望着她。她嘿嘿一笑道，要不然，天底下老老少少的，不论男女所有的人，一辈子头一份儿顶顶重要的孝，咋都要献给当娘的呢！

我就这样迷迷糊糊听着二婶的女儿经，带着几分害怕和几分心虚，还有几分悲悲切切暧昧的情，在一阵阵噼里啪啦的鞭炮声中，被一顶八抬大轿迎进了三水唐家财东的门。

听我讲这一段陈年谷子往年事，你可以想象到，我上身穿着大清时期女人结婚大红大紫的绣花服，下身着一件红红火火的绸裙子，正坐在披红挂花的轿子里，头顶大红盖头布，长一声、短一声地哭泣着——美其名曰为"哭嫁"。

我的指甲用指甲花涂得红红的，抹了头油的头发从后面绾起一个高耸的髻儿，周围还插了几朵薄纱制作的小花朵。我哭着，听到呜呜哇哇的唢呐声，想象吹鼓手鼓着腮帮子，喇叭口儿朝天亢奋地吹着，后面则嘻嘻哈哈追逐着一大群大呼小叫的毛孩子……

只是我至今弄不清，我们当地约定俗成的旧礼数，为啥女孩儿出嫁时——管你愿意不愿意，作为一种固定的程式和礼数，你都得哀哀怨怨放声哭？

难道，这也是女人的命？不管怎么说，哭叫总是软弱的象征呀！难怪自古人都说，女人，你的名字叫弱者！

还说我那木头人，倒是个善厚到家的实诚汉。

记得那天到婆家，拜堂行礼前，还要按照民俗讨个红红火火的大吉利，所以必须跳火盆。

我头上还顶着红绸盖头布，脚下试探着走路又没有一个准，在一片嬉闹声中，正畏首畏尾不知怎样举步好，没想到，在我前头牵着红花引绸布的他，突然回转身，冷不防一下抱起了我，惹得满院宾客大笑乱起哄。

有人说不算数，一定要新娘自己跳。

只听我这老实疙瘩傻男人，掏心窝子撂实话，咦，使不得呢，烧着了好看的红裙子是小事，要是烧着了我的新媳妇可怎么好？

有人嚷嚷取笑道，你瞧瞧，好个没有出息的货！媳妇进门还差一步呢，新郎官就开始体贴心疼了！看来，他将来可不是当家的主。

我听了这些话，冷冷的心顿时感觉暖烘烘而又痒酥酥，暗自思忖，这辈子跟着的人也许还是个靠得住的主呢。

对于男人来说，一生最得意的，莫过于常言所谓"洞房花烛夜、金榜题名时"。可我那个大男人，那一夜却缩手缩脚，唯唯诺诺，像个没有长大的小孩子。

闹洞房时揭盖头，本家子的姑嫂一大群，嘻嘻哈哈簇拥着他，他竟好像要上杀场，举步维艰，蹑手蹑脚不敢往前凑。前前后后、反反复复，颤抖着手指头，硬是把个不足二两重的红布布，当成了千斤巨石揭了三四次，引逗得满屋子笑声要爆炸……

更深夜静人散去，红烛映衬新人面。

让我欣慰的，是他长相不难看，浓眉大眼红脸膛，结结实实一壮汉。他只是规规矩矩地坐在我对面，紧张得手脚都不知往哪儿放。时不时，还偷觑我一眼，似乎干了啥坏事，就赶紧羞羞答答垂下了头。

我心里好气又好笑，真想问他是男还是女，莫非他是新娘子？

时间在红烛的消融中，一寸寸地短下去，洞房里的冷场让人压抑得受不了。

窗外传来院子里"听房"耍闹的客人们压抑不住的嬉笑声，还有迫不及待带有启蒙与教唆的顺口溜：

　　七里胡同八里道，
　　转个弯弯娘娘庙。
　　娘娘庙，修得高，
　　小两口进庙把香烧。
　　娘娘微笑来指教，
　　两口回去快睡觉。
　　出了庙门跌一跤，
　　捡个帕帕把娃抱……

我突然想起二婶交代我的话，她曾经在耳边反复叮咛我，新婚夜里千万别马虎，就是说，新人一定得同床。

因为第二天一大早，当婆婆的要"验红"，这可是女人事关节操清白的大事情。如果婆家见不到处女红，翌日新娘"回门"不仅没面子，还有可能被有理有据地休了。

理想的情景是，婆婆"验红"很满意，很快就会给娘家送去大红喜帖子，按惯例写着"闺门有训，淑女可钦"等字样，用以肯定和称赞新娘人品的贤淑与端庄。

唯有如此，才算新娘黄花闺女时代结束，圆满了结婚大事的礼数。

想想我易红娥，那时红衣红裤还有红脸蛋，乌黑油亮的头发绾头顶，一双水灵灵的眼睛亮晶晶，可就是怎么吸引不了新郎官羞羞答答的大眼睛呢？

是的，他的眼睛还真不小，而且长得很像他三弟的那双眼，只是透不出那种机灵劲——唉，他三弟！不，以后也是我三弟，新婚之夜闹洞房，男男女女一大群，唯独不见他的影！我心里说不清是个啥滋味。

我的木头人不说话，无论如何，这更让端坐炕头的我干急没有辙。实在没办法，我就鼓足了勇气问，是不是我长得丑？

没、没、没！他赶紧嘿嘿一笑说，你真的，嘿嘿……很好看！

是吗？怎么个好看法？

嘿嘿，嘿嘿……就像画上揭下来的一样，嘿嘿。

既然说好看，你咋不喜欢我？

没有啊，嘿嘿，谁说……不喜欢，嘿嘿……

喜欢，为啥不看我？

嘿嘿，你真的太好看。嘿嘿，我是……不太好意思。

我看他额头已冒汗，两手十指交缠纠结在一起，要不就别别扭扭地，一个劲不停地搓他那根硕壮的辫子梢。

你是害怕我？

嗯。嘿嘿……

难道我是个老虎？

嘿嘿。不，嘿嘿，我不……害怕。

那你为啥不往我跟前坐？

我……他磨磨叽叽地站起来，试探性地凑过来，怯生生地坐在我旁边铺着大红被褥的炕沿上。

嘿嘿，我……

他几乎是战战兢兢地说，我怕你，嘿嘿，嫌弃我，我笨手笨脚的，嘿嘿，是个粗笨人。

我看也就是。我不高兴地责怪他,你咋就光会傻嘿嘿?

嘿嘿。他悄悄地抬头望一眼我,仍然是一声让人要抓狂发疯的嘿嘿笑声。

干脆就叫你个"傻嘿嘿"算了。

这回他倒是很干脆,爽快地回答我,只要你开心,嘿嘿,随便怎么叫。

我彻底抓狂了。

眼看三更天过五更到,远远近近,已经听到此起彼伏的鸡叫声,这个榆木疙瘩老实蛋,还是不提上炕"睡觉"那俩字。想到天亮婆婆就要来验红,我的手心不由得捏出了一把汗。

那年月,女娃的名声比天大,比金贵!否则,一辈子在婆家咋做人?

忽然想到在娘家,曾经和闺中女伴私密说笑话,道是有个女儿嫁了个不解风情的傻女婿,新婚夜同样不谙男女鱼水相欢事。新娘就假说肚子疼,要女婿给她揉一揉,揉完又说要喝水,接着又要吃花生——还哄新郎说,只有他用嘴喂她花生豆,才会止住肚子疼……

总之,如此这般吧,我也如法炮制了。好不容易一步一步启发加诱导,终于让傻子贴到我身边,顺势而行,最终完成了人生大转折。也总算是了结了那件意味着我成熟立世和身份转换的大事情。

从那天后,女孩变成女人。我不再叫作易红娥,而是按照习俗惯例,被叫成了唐易氏。

这一夜的转变不简单,它让我跨出了人生道路历史性的一大步。我虽然不能主宰自己的婚姻,但我勇敢地主宰了一次自己的身体和欲望。

女人哪,谁说只能听从男人来摆布?我的新婚之夜,其实是一堂启蒙课,老师就是我那个只会嘿嘿的傻男人,正是他的过分老实和懦弱,激发了我敢想敢为的"丈夫"气。自然,这也可以看成是我此后当家主事的小预演,是我日后成为三水唐家说一不二大掌门的一次精神大历练。

试想想,一个弱女人,倘若都不能掌控自己最原始的愿能与命运,又怎么去引领一个大家族发家致富过日子?

应该说,一切都发轫于新婚那一夜。

到后来,就连我那个老实到家的傻男人,每每跟我亲热想做那事,都只管一语双关、没脸没皮、没完没了地喊叫道,他想要"吃花生豆"……

唐敬忠： 人生也像做生意

大哥成亲办喜事，娶的却是我的心上人。

唉！这话我只能藏在心，羞于启齿永远不能说。难道人生也像做生意，有赚也有亏，世上阴差阳错事，总是不遂意。

我们唐家自古有家训，道是"耕读传世，勤俭兴家"，但是给大哥办大事，母亲还是松了口。她把我们兄弟四个叫到一起说，我给你们露点儿底，别说娶一房媳妇，我和你父亲一辈子拼命下苦力，都是为了你们四兄弟，给你们娶媳妇和盖新房的黄金和白银，其实已攒足。

大哥是新人，这一次婚礼当然不用他操心。二哥负责请客人，四弟专门去请乐人，回来跟母亲一起招呼来客，我被母亲委以重任采买物品。

婚宴的大厨子给我开了一大张荤素菜单。猪、羊、牛、鸡，这些肉材都好说，整头整只买来宰杀就行了，但那些鲜嫩蔬菜很难寻。我们唐家村是旱塬，种地全靠天下雨，广种薄收是常态。为了多打粮，百姓很少种蔬菜。久而久之，人们的饮食习惯就是吃面食。面条像裤带，饼子像锅盖，馒头像拳头，辣子一道菜。只有过年过节，婚丧嫁娶，设宴待客，才想方设法，东寻西找弄些时鲜蔬菜来上席。

偏偏碰上是淡季，我跑了好几家菜园子，都因为缺货扑了空。这些菜园子，为了浇灌的方便，大多在沟底。我带人翻沟爬坡，汗流浃背一趟趟地找，最终在距离五十多里路的邠州龙高沟，买到了需要的大部分蔬菜。菜园子的主家一算账，却把我吓出一身汗——青菜算下来，不仅比肉贵，还要贵几倍！

天！怎么会是这样呢？

在商言商，青菜卖了个肉价钱，我不能不在心里算一笔账。

大哥的婚事办完了，我心里的账却没算出来。不过，我明白了一条经商的铁规则，那就是物以稀为贵。旱塬上的青菜卖得贵，原因是农民种菜种不起，条件制约没有水。塬上的有些村子，别说水浇地，人畜饮水都困难。打井太深缺本钱，很多人家只好在自己院子打个窖，等着老天下雨存雨水。这种水既苦又涩，长期饮用人还会得大骨节病，俗称柳拐子，一走一瘸，造成终生的残疾。

可是，为啥别人就能在沟里开地造水田，种出鲜嫩的蔬菜来？我们唐家就住在沟畔上，出门不远就是沟，怎么就想不到去沟里种菜，难道是沟里没有水？

我们唐家，像飞鸟口衔的一颗种子，不经意间就飘落在了县北不远的黄土塬上。曾经有人说，从这里沿沟道曲里拐弯不到十里路，就可以到县城。真要是如此，为何不在沟里同时开一条路，直达县城多方便！

那几天，我像在做梦，脑子里装的全是沟底子的事。我索性把镇上的铺子交给了柱子，让他带着伙计做生意，自己揣了几个馍，就独自一人悄悄地下了沟。听说沟里常有狼，有时还会有野猪，我就捡了一根木棍子，既当拐棍也防身。

对，找泉去。

我不是突发奇想，是隐隐中感受到某种不可抵御的神秘力量在召唤。我自信，我们的祖先虽然是外乡人，但他们绝对不会随便在此安家落户的。地址选在这里，就有选中的道理。如果想知道原因，看看这里的地势山脉就明白：唐家村依山傍沟，塬顶是一片北高南低簸箕形状的深厚黄土坡，前面是视野宽阔的沟壑和川道，能守也能藏，进退皆有据。按照我们人老八辈祖先的话，那就是"头枕青山脚蹬川，风水俱佳荫后人"。我们唐家祖祖辈辈，就守在这只大簸箕里头，避风向阳，享受着上苍的恩赐。

沟道里覆满了杂树荒草，压根就没有成型的路。偶然一段羊肠小道，曲曲弯弯，路面突然塌陷道路中断时，我就连滚带爬往前探。我想先看有没有水，如果沟底是干沟，一切便都是枉然。

初春季节，深沟川道。也许是被我的热情感染，迎面扑过来的风已经不觉得怎么凛冽，反而让我深深地呼吸到了一种清冽的沁人心脾的甜爽气息。我的脚步，不知不觉迟缓下来。走近一个沟岔道时，前面隐隐约约传来一阵叮叮咚咚的声音。

唔，我忍不住屏住呼吸，继续侧耳细听——是流水的声音！

泉水叮咚，果然是泉。

我循声望去，沟底深处，一股清澈的溪流正悠然奔流，只是一时找不到它的出处——泉眼。

我在溪流边停下脚步，蹲了下去，然后以手为勺，舀了一点儿清泉，吮进嘴里，立即感到一股清新爽意，凉酥酥、甜津津的滋润穿肠而过。又舀了几下，小溪就被我弄脏变得混浊了，成了一股黄泥水。我叹了口气，摇摇头，自言自语道，古人说的没有错，这真是所谓"在山泉水清，出山泉水浊"啊！

不管怎么样，总是有了泉水。我下决心要找到泉眼之所在。顺着潺潺的溪流，我继续循声望去，只见一堆黄泥旁，果然咕嘟咕嘟地正向外面涌动着一个个小水泡，水泡闪过，便汇成了那一股涓涓的细流……

我莫名惊喜，脑袋里即刻充满期待和幻想：把泉眼修好，在下面筑坝蓄水。然后在这里开地、种菜、修路，让唐家村的老少爷们儿，人挑牲口驮，把泉水弄到塬上，家家户户享用这清清的山泉水，那该有多好！

易红娥： 这副担子太沉重

进了唐家的门，我接受婆婆教育的第一课，就是唐家自古以来的家训——耕读传世，勤俭持家。

婆婆是个好婆婆，说的少，做的多。在她身体健硕刚强的头些年，凡事总是先上手，做出样子给你看。

农家有习俗，新媳妇过门后打从新婚之夜后的第二天，就要每天早起，先给公公婆婆问安倒尿盆，然后洗漱完毕，再去厨房给一家人做早饭。

那天我很早就起床，轻轻推开婆婆的门，却发现婆婆早已起来端坐在炕头。她微微颔首，轻轻一笑，回答我的问安道，我说媳妇呀，你们年轻人瞌睡多，一个月以内，我要叫你睡懒觉，趁着是新婚，你就娇气点儿。只要我还能动弹，问安倒尿盆，给你全免了。我说的是正经话，你只管一心一意把你男人伺候好。

婆婆别有用心的话，出乎我的意料。我能体会到她的话外之音是什么，不觉腮红脸热，腼腆地说，婆婆的话我记住了，只是您老都早早起来干活了，我们做晚辈的，怎好赖在被窝睡懒觉呢？

傻女子，婆婆突然变了一种亲昵称呼，用柔软声调分外温存地对我说，我也是女人，都打年轻过来的。咱们做女人的要生儿育女呀，天生就比男人多吃苦、多受累，我不疼你还疼谁？男人年轻时都好那一口，这要靠你把持住，只是别贪得过分就是了。

这番体己话，说得我既难堪又感动。我母亲去世早，是婆婆让我真切地重新获得失去了多年的那份慈母的爱。

从此后，我每天依然早起床，晚睡觉，尽可能不让自己清闲着，常常从婆婆手里争着多干家务活。

唐家这阵儿，已经是个大家庭，塬上有一百多亩地，牛驴马骡大牲口就有几十头，还有几十只羊和十几头猪。常年雇工十多个，农忙时还要请短工。公公过世后，这个大家庭里里外外的大小事都靠婆婆管。

婆婆不仅说了算，更主要的是会做给你看。她不只是一家的主心骨，更是一家的好榜样。她好像不会吆喝指挥人，会的只是让你长眼色。

她让你扫院子，她会先拿起扫帚，不声不响，仔仔细细地将旮旯角落都扫到；她想让你喂牲口，就会走到槽头端起大簸箕、提起水桶拌草料；收麦黄天，婆婆会拐着一双跟我一样的三寸金莲尖尖脚，走到地垄头，捆起跪腿——小脚女人跪着干活的那种护膝套，第一个挥镰开割收麦子……

正是婆婆这样不声不响地做样子，时日一久，不论是家里的儿女晚辈，还是雇工和用人，都会自觉勤勉加卖力，个个都像多长了一双眼：婆婆要想去扫院，走去一看，院子早早扫得干干净净了；婆婆要想下厨去做饭，厨房里锅碗瓢盆整整齐齐，各色饭菜早齐备，热气搅着香气一起在蒸腾；婆婆想去喂牲口，圈里早已垫了新干土，槽里也搅好了草和料……

偶得空闲，婆婆也给我讲家史，讲她婆婆给她讲过的唐家祖先逃难事，以及落脚陕西三水的那些老古经。

听她说，唐家的祖先最早是在四川省的广元市。那里有个北川乡唐家河，山清水秀，气候宜人，特别是土地很肥沃，能种水稻、玉米和红薯。唐家河离县城只有十几里，村子五六十户人全姓唐，是一个持续繁衍发展起来的大家族。人们能记起来的祖先名叫唐应弼，当时四兄弟，他年龄最小为老四。

唐应弼的大哥是个教书的，二哥曾经考功名，是一个仅次于举人的廪生，三哥和他则务农，全家种着一百多亩水坝地，所获粮食除吃用之外还有节余，在村里也算个富裕户。

老先人唐应弼，小时候也在他大哥教书的私塾上过学。他识文断字，勤劳好学，精通农活，乐善好施，因此和村邻关系很和睦，二十多岁就当上了村里的乡饮正宾。乡饮正宾据说是明清两代由官方考察、民间推举的年高德劭的本籍致仕官。可惜世事变化太无常，他们遇上了乱世，乱世中国一团麻。当时有四个割据一方的土皇上：一个是清朝的多尔衮，一个是大明的崇祯帝，另一个是扯旗造反的大顺李自成，还有一个就是所谓大西国的张献忠。

要说这张献忠，不必妖魔化，实实在在就是个杀人不眨眼的刽子手。传说他有一次在野外解手，随手扯了一把野草当手纸，没想到他抓到的是荨麻，登时疼得他杀猪一样哇哇叫。于是乎，他就蛮不讲理地迁怒于川人结了怨，一口气说了七个"杀"，后称"七杀令"，采用的就是"围场合拢"的焦土灭绝术。

那个惨，真是杀人如麻、血流成河啊……

相传明末崇祯前，天府之国还称人口三百万，而到顺治十八年（1661），清代首次户籍普查清理时，四川人口就仅剩八万余了。

国不泰，民何以安？俗话有道是，君不贤，臣投别国；父不慈，子奔他乡呀！北川唐家河也无一例外地屡屡惨遭杀戮。唐家先祖四兄弟惴惴不安，于是聚在一块儿商量怎么办。前思后想，左右权衡，他们最后决定，翻过秦岭奔陕西。

他们选择过了八月十五就动身，没想到正是中秋这一天，天刚蒙蒙亮，八大王张献忠的军队就呼啦啦包围了唐家河。兵匪们抢东西、拉牲口，大人小孩一律赶到村外的空场上……

唐应弼人机灵，事先就把准备逃难的东西藏进了红苕窖。乱军包围村子时，他拉起老婆和儿子，赶紧躲进窖里去藏身。直到第三天，匪兵洗劫完，他才爬出来，去找他的三个哥哥与家人。最终的结果是，他在村人遇难的尸体堆里，看到了他的三个哥哥和其他家人。

他坐在河边号啕大哭，哭了整整一上午，最后在妻儿的哀求劝慰下，才赶紧踏上了逃难的路……

唐应弼老先人，带着妻儿千辛万苦来到三水县，在当时叫作郭家湾的地方，临近沟边找了一孔破窑洞，安下了一个家。

此地先前颇荒僻，人少土地宽，撂荒的土地随便种没人管。他们一家老小三口人，凭着每人一双手和手里的老馒头，经过十几年苦吃苦做苦挣扎，终于在这里扎下了根。

到了我们这一代，已经是第五辈人。

婆婆说，我们唐家真正的根，其实是老实、本分加勤奋。

我经常疑惑不解地偷偷想，婆婆不识字，说话却怎么像圣人？

也难怪，我那老实疙瘩的丈夫唐敬贤，就是我们唐门遗风的活标本，真像一头只会干活的老黄牛。他到地里干农活，常常是不叫吃饭不回家。村上人都说，唐老大种地好把式，使的劲儿胜过埋头拉套的老黄牛，细心赛过穿针引线的大姑娘，活活的一个后稷又转世。每天一大早，他唯恐落在婆婆后，早早起来就出了门，一路赶到地里去，还要边走边拾肥，牛屎、马粪、羊屎蛋，常常能捡一大笼。他给长工们说，庄稼一枝花，全靠粪当家。没有屎尿臭，就没有白馍香。这些粪都是咱家牲口拉的屎，自然应该用来肥咱的地。

老二唐敬孝，也是个憨厚直性子，高大魁梧，长得比他哥还高半头。下巴上面无端多出一块小疤痕，据说小时候爱打架，被人用竹棍戳伤过。论起干活出力气，一点儿也不比他哥敬贤差。村里人就分别叫他弟兄为大农头和二农头，也有人喊他们的绰号"闷牛"和"倔驴"，是说他们一根筋。两人都有些倔脾气，常常为了一点儿小事情，就面红耳赤争不休。比如哪块地里种什么，还有哪个长工去干啥活，兄弟两人经常尿不到一个壶里去。老二爱钻牛角尖，认死理。老大嘴笨说不过，也就爱生个闷葫芦气。

当然，虽然不服输，毕竟是当哥的，凡事都会让三分。婆婆往往不插言，只是等到最后才对老二说一句，听你哥的话，他是老大呀……

老三唐敬忠、老四唐敬信和我们其他人，习以为常心甘情愿当看客。所谓家和万事兴，这个家，单从父母给儿子起的名——贤、孝、忠、信，就知道家风纯正。

总的说，和和顺顺，日子还算是很安宁。

大家都安分，各干各的事。婆婆也就有了空，她一没事干，就显得清闲得有些失落。这时她就会来到我的屋子里，温柔地拉起我的一只手，叫我放下手头的针线活多歇会儿。有时候她高兴了，还会把我当成小丫头，要求我让她给我梳一梳头。偶尔，趁我不防备，她会突然摸摸我的小肚子，笑嘻嘻地说上一句甜蜜的悄悄话，我的好儿媳呀，你啥时候能叫你婆婆抱孙子？

也正是在这时，婆婆好像是有意无意地耳提面命我，家有千口主事一人哪！治家艰难也容易，只要你会心会意长眼色，不偏不向、主持公道，一碗水尽量端平就能行。

她还面授机宜，和蔼可亲地教导我——柔声细语地说出了她两句话的治家小窍门，那就是"起个头、补个缺"。大概就是说，凡事做个样，别人哪里没做好，再去帮帮做圆满吧！

我真的还没长心眼，压根不解婆婆给我说这些话是啥意思。只觉得有她在前头，我们干什么都顺心顺手不发愁。就好像一栋房，婆婆就是那房梁和柱子，我们这些檩椽无忧无虑被她支撑着，就只管顺顺当当避风遮雨安安宁宁过日子了。

人世的不幸难预料，也合当"天有不测风云，人有旦夕祸福"那句话。我儿子三岁刚刚追着奶奶跑的那一年，婆婆突然一病不起患上了不治之重病，她一连数日只吐不进食，请遍了当地的名郎中，汤药吃了一大筐，都只见病重不见轻。

有一天，婆婆把我叫到了她身边，挣扎着坐起来，靠在被垛上，颤颤巍巍地揽过炕角里一个红漆木匣子，从里头拿出一串铜钥匙。然后她拉着我的手，像是用尽了平生的力气，对我说出了最后几句掏心话。

红娥呀，你是一个好媳妇，我一直也把你当闺女。看来我是不行了，生死也是平常事，你们都不要太伤心。按说吧，我已经有孙子，也该心满意足放心地去，只是这个家，还有些舍不下。你男人是个只知道干活的老诚人，老二又是个倔脾气，他和老三、老四还都没成家，所有这一切，我都要，托给你……

婆婆说着，艰难地抬起手，把他的四个儿子都招到炕前头，让他们齐刷刷地都跪下。她重重地吁了一口气，然后指着我，又把他四个儿子挨个看一遍，再后来就一字一顿地说，你们都听着，我们唐家祖祖辈辈老规矩，当家理财从来都是长子长媳或长孙。你大哥太实诚，管家理财他拿不起，从今天往后这个家，你们都听你大嫂的，她就是咱唐家以后的大当家……

婆婆最后的一句话，谁也没想到是专为女人说的，往后咱家立规矩，女子不缠脚，缠脚不下地。

这句话，饱含多少血泪与辛酸？我明白，这是她一生一世特别的痛，也是对与她同病相怜的我，一份独特的关爱与开恩！

婆婆说完话，当天就咽了气。

不幸来得太突然，我当媳妇的那份快乐轻松、不担沉的日子也太短暂。婆婆一去世，我才顿时感到塌了天！

偌大一个家，几十口子人，千头万绪都要我这个拐着一双小脚的弱女子操心挑大梁。

这副担子有点儿太沉重，我真的很怀疑能否挑得起——心里当时直发虚，真的没有一点儿谱。

第四章　三水唐家女掌门

易红娥：十年后再看咱光景

清晨，黄土旱塬的唐家沟畔，传来一阵噼里啪啦火爆热辣的爆竹声。

冬去春来，万物复苏。这一天惊蛰，唐氏家族的第一座精巧别致的明清风格大宅院，开始破土动工了。

宅地中央是一张大方桌，上面依次敬奉着唐家先祖唐应弼和夫人唐魏氏以及我早年仙逝的公公唐崇清、先年归西的婆婆唐高氏等人的灵位。

我和丈夫唐敬贤带领三个弟弟在前面，家里的佣工上百号人紧随其后，恭恭敬敬地祭拜，整整齐齐地向祖先们磕了三个响头，转身又向两旁伫立的工头巧匠跪拜敬酒。

这百十号人，都是我们从附近各地精挑细选来的能工巧匠。

然后，由我那个老实疙瘩男人高喊一声"开工"，唐家崭新的一页就这样在大兴土木的庄园建设中揭开了。

盖什么样的房子，盖多少栋、多少间？我一时心里没底，还是三弟敬忠考虑得长远。他由于多年负责承业堂进出货事宜，跑的地方多，见的世面大，加上四弟敬信打小喜欢画个画，两人合作，就成了总规划师和总设计师。我们的计划，是先给四兄弟盖好四座庄园，然后逐步给所有门人同族兄弟都盖起来，按照当时家族分支增加、人口增多的趋势，三弟说至少得盖七十到八十多座庄园，保证每家都有一套。

要知道，这该是何等了不起的宏伟蓝图！在西北黄土高原，贫苦农民住的可都是土窑洞和茅草棚，一般地主，也不过住土木结构的房子就了不起了，而我们唐家，不仅要盖最好的木石砖结构房子，还要比照皇宫豪宅精雕细刻，把房盖出花样来，让子孙后代都说好。

吁——看着这热热闹闹一派繁忙兴旺的景象，我才轻轻地舒了一口气。因为

我知道，这修建宅院房屋，事关子孙后代百年基业，首要一条就是要风水好。

我们这三水唐家，阴阳先生有说法，背靠大高原，面向黄土沟，十里以外看唐家，是在一个盆地中；十里以内看唐家，又在一块高地的顶部。地势开阔，空气流畅，藏风聚气，避祸纳福，果然是一块风水俱佳的好地方。据说为选这地方，祖宗们当年可是没少费心思，阴阳先生就请了好几个。他们分别勘察后，不约而同把唐家庄园的根基选在了这里，多少还有点儿传奇色彩。

我抬头仰望蓝格盈盈的天，在心里默念说，婆婆啊，您应该放心了！这几年，我可是没有辜负您的信任与重托。我们在原来耕地的基础上，又添置了近百亩地，同时还准备在沟底买一眼泉，泉水旁边要添置几十亩河滩地；在老三的精心管理经营下，我们太峪镇唐家的商铺承业堂规模扩大了好几倍，相继新开了杂货店、酿酒坊、榨油坊以及豆腐粉丝小作坊。我们唐家，比起原来又富裕了很多。

我还想说，婆婆呀，您留下的黄金和白银，我不但一斤一两都没用，反而成十倍增加了储存的数额，相信今后会更好，十年以再看咱唐家的光景……

唔，媳妇！我似乎听到婆婆柔声细语在夸我，我没看错人，我把当家理财的钥匙交给你，本来就放心。

二月春风似剪刀。迎着拂面不寒的杨柳风，我在工地上巡查。家里家外的用人工匠，你来我往，穿梭似的前来请安与问事，口口声声叫着我"大当家"，不知不觉，一种乐陶陶的感觉让我情不自禁竟有些飘飘然。

忽然间，从老宅子传来一阵紧似一阵的吵闹吼叫声，听得出来是口角纷争，却气势汹汹，很有些不依不饶的样子。我赶紧给工头师傅交代完事，转身往老院子走去。

大嫂子，你快进去看看吧！

是四弟敬信疾步匆匆迎面跑过来，虽说他是个明理懂事的读书人，可到底还是十六七岁未经见世故的大男娃。我看他辫子晃得像打秋千，稚嫩的脸上已经出了汗，连说话都有些犯结巴，不觉感到很可笑。

咋回事呀，他四叔？

嗨！他摇着头，气喘吁吁地说，二哥在那里胡言乱语发酒疯呢！我劝了他几句，他非但不听我，还骂我跟你们是一顺子，合在一起挤对他。

我们？我不解，茫然地叹了口气。我们是谁呀，他又是谁呢？都是亲兄弟，都是一家人嘛！

四弟苦着脸，无可奈何地搓搓手，你还不知道他就是那个驴脾气？转不过弯时，就爱钻牛角尖胡发邪嘛。

到底为啥事？

他说，对他不公平。

呃！这是哪里的话？我嘴角嚅动着，不知说啥好，心里却一惊。我记起了婆婆的话，治家之道，最忌讳的莫过于厚此薄彼、一碗水端不平……

我听得出来，二哥是嫌你让我分管了建房这一摊事。四弟那张还没长出一根胡子的娃娃脸，一时间愁云密布哭丧着，浓黑的眉毛也拧成了两疙瘩，眼看就要哭鼻子。

二哥口口声声骂我懂个屁，还说我只知道"之乎者也"念死书，什么吃闲饭……拉野屎。我顶了他几句，他不但不服气，还要扇我耳光子。要不是大哥闻声赶来拦住他，他真的要打我……

四弟说着，抽抽搭搭地，果然委屈地哭起来。哭着，从褂子里摸出一本账簿子，伸手就要还给我。

大嫂子，看来我干不成了，这些都是采买建房材料和雇工支付的账。

我没有接他的账簿却拉起了他的手，沉吟良久才笑着缓缓说，四弟呀，你别难过。你二哥是你亲兄弟，手心手背的，彼此分不清，吆喝你几句也没啥。一家人过日子，难免碟子碗筷有碰磕。就算现在不让你管家，你总不能一直长不大吧？再说，过几年，等给你二哥、三哥成了亲，嫂子也要给你娶媳妇成家啊，这可是咱娘托付给我的大事哩。

我，我不要……

你不要啥？我轻轻地将他递过来的账簿挡回去，逗他乐，咋，你不要媳妇？那是你还没到时候，再过一两年，你就会急猴猴了！

四弟一下破涕为笑了。毕竟，他还是个大孩子啊！

唐敬忠：她的苦心我知道

黄昏时分，西天浮动起一团吉祥的火烧云，整个唐家村都沐浴在一片霞光里。睡了一后响的二哥唐敬孝，酒劲儿已经全消了，长嫂就着下人把我们弟兄四个都叫到了宅地建房的木料场。

她要干什么呢？

我们到了那里，她指着面前一堆木头说，这是给宅院正厅的大房选的材料，木匠师傅有要求，正房使用的柱子和大梁，一定要东家自己来敲定。

我们唐家的四个大男人，围着木匠师傅初选的木料转，看着一堆粗细不等的

圆木头，转了一圈又一圈，最后不约而同地选定了几根端直顺溜的百年好楸木。

木匠师傅连连点头道，几个东家的眼力都不错！这几根木头啊，也正是我们相中的好材料！用它们做大梁和柱子，保准百年基业牢，世代无虞啊！

就在这时候长嫂却偏偏站出来，跟我们弟兄们唱起了反调。她指着几根明显不合适的圆木头说，我看这几根也行吧，为啥非要那几根？

我们四兄弟面面相觑，一时不理解她的话。

木匠师傅也用疑惑的目光瞅了她一阵，然后解释说，大当家有所不知，这些木头自然都是些好木头，关键是要物尽其用，合理使用才能行。比如说，若把做大梁柱子的木头解开做檩条，那就是糟蹋材料哪！相反呢，把本该做檩条、椽子的木头，硬要拿来做梁柱，结果很清楚，房倒屋塌的事那就在所难免了。

长嫂会意地点点头，环视我们唐家四弟兄，然后自言自语地沉吟道，好像……还真是这个理。

我顿时明白了她的用意，因为，她的苦心我知道。

本来嘛，这个木工头也是唐家的一个老亲戚。他是临潼人，那地方自古就是皇家的别苑，他经见和亲手修造的高级宅院不少。我们请他做工头，也相信他能带人盖出好房子。他年龄大，又加上是亲戚，说话也就照直不拐弯，一高兴，居然拿我们几个人打比方。他嘿嘿一笑对大嫂说，就像你们家，人尽其才啊，各负其责，你看安排得多得当。老大、老二精农事，是远近闻名的种地好把式，你就分别让他们负责塬上的地；老三脑子活，又读过书，常常在外面跑，你就让他分管镇上的商铺作坊赚活钱；还有这老四，虽然年龄小，账目可理得清，特别是他还会画画，这次施工的许多房屋样式，都是他跑了好多地方，动了脑子画出来的，现今管建房当然最合适。

长嫂点点头，我见她用平静的目光注视着那位木工头，感同身受地赞许道，您老说的有道理，这让我十分受启发。其实，我也一直在担心，总怕弟兄们分工不合适。咱们一家人不说两家话，趁此机会，你们也表表看，我有啥地方安排得不妥当，只管说出来好商量。

她扫视着我们弟兄，最后把目光落在了二哥的脸上。

二哥知道长嫂是说他，将头一歪眨了眨眼，嘴角一抽，似乎想要说什么，最终却没发一言。

猛然抬头间，只见长嫂在瞅我，她那深潭似的眼睛里，温情脉脉地藏着许多无言的话，千言万语，我一瞥就读懂了那意思：老三，我们还是知己吗？

是的，那里有鼓励，有安慰，更多的是期待、配合与信任。她一定听说了，二哥和四弟吵闹前还曾和我有过一次激烈的交锋。

二哥提到了多年前那头被我牵到长嫂娘家的毛驴和一驮子货。他怀疑我有意讨好长嫂，白白将一头毛驴送出去，为的就是我好和易家合伙做生意、发外财。还骂我耍奸溜滑不爱务农活、好吃懒做是败家子。他毫不留情地训斥我，说那是巴结讨好长嫂——谢天谢地，多亏他只说我巴结，还没敢信口开河说我们两个曾经有私情，彼此之间有好感。

二哥埋怨长嫂当家偏心了我，而不怎么待见他，还说长嫂宁愿让老四一个小屁孩子管建房，偏偏不让他去插手。

总之，他又犯了那驴脾气，怎么说也说不通。

我听了这些传言后，心里着实不平静。想想我们一娘所生不见外，都是一样死犟活倔的驴脾气，也就原谅了他。不过我听大哥说，长嫂那一夜也翻来覆去睡不着，甚至掏心里话给他，想把管家的一摊子交出去。

是大哥闷闷不乐半天不吱声，憋了很久，才试探着问，你想交给谁？

长嫂说，这还用问吗？当然是交给你。你们唐家有祖训，必须由长子、长孙来当家。大哥听了一激灵，简直就像被蛇咬，赶紧推辞分辩道，这不行，你可别难为我。我要是那块料，咱娘去世时，咋不把管家的钥匙直接交给我？我就像木匠师傅说的话，不是能做大梁和柱子的大材料，顶多是些木橡、檩条的什么小材料。

那就给老二，让他来当家。

唉！大哥摇头叹气说，你怎么哪壶不开提哪壶呢？别听老二他乱发脾气瞎咋呼，他比我又能强多少？

要不，就让老三来。长嫂推荐我。大哥说，你呀，就别推辞了，这不是娘的意愿么？你不能违背呀！再说，他嘿嘿一笑夸奖道，你不是管得挺好么。

长嫂说，我是你婆娘，你当然要说好。

大哥信任我，啥话都跟我说。他说长嫂反复几次问大哥，除了你，对于你的三个亲兄弟，尤其是三弟敬忠，你看我真的没有偏心？

大哥说，老三是在干正事，尽管他年纪轻，我也曾担心他干不好镇上的铺子，可事实上，我和老二的担心是多余的。大哥对长嫂说，仔细算起来，这几年他为唐家赚的钱最多，要说到贡献，三弟也该是头一份。

长嫂听他这么一说，连连点头道，你也这样看，我心里就踏实了，说明我支持三弟没有错。

我知道，长嫂所说的支持我，主要指的是我决意要经商，特别是主张买下沟底子的泉子和水地，她几乎不假思索，十分爽快地就答应了我。沟里的盘山土路已开工，紧接着我就要掘泉筑坝修水地，争取让种下的蔬菜种子今年就见收成。

她给大哥说的这些话，不用说也是想让大哥认同支持我。

长嫂的心思我应懂，也能看出她做事的智慧和气魄。我心里也不得不佩服，母亲确实没看错，她是我们唐家合格的大当家。

易红娥： 我心里倒有个大谋划

唐家在沟里修泉子，这和大兴土木盖房子一样，都是荫庇后人造福百代的大事情。

三弟对此自有一番大道理，我当然相信他见识广、思路宽，也有这个能耐。

为了发挥他聪明伶俐的天性与善于周旋的本事，我多少也顺水推舟迎合了他的心。我猜测，他之所以坚持这样做，也许，其中不乏想避免天天和我见面的尴尬和难为情吧。

不过我相信，不说他的人品正，单凭我和三弟心有灵犀一点通的那份知遇情，至少，他不会私吞挪用或者胡乱挥霍银子当败家子。

这是塬上住宅开工半月后的中午，我特意叫上一名小伙计陪我到沟里，给在那里正挖泉子的三弟他们亲自去送饭。转过一道沟岔，就看到几个雇工忙忙碌碌在干活，可现场却不见三弟人。

有人迎过来告诉我，说二大爷下来了，三少爷正陪他在那边的窑洞里面说话。

我思忖，二弟该不是还在闹情绪吧？

我踮着脚，悄悄走到窑门口，立即听见了三弟的说话声。那声音富有磁性，过去就曾吸引过我，而今仍然很诱人，那言辞语调沉稳且清朗，感情真挚又饱满。只听他说，二哥你大概不知道，这次盖房的那些料，从砖瓦到木头，可全是长嫂亲自精心挑选的，你知道是为啥吗？

不知道。二弟低沉沙哑的粗嗓门，嗡嗡地回答道，我怎么能知道？

那你知不知道，为啥长嫂要叫四弟管理盖房这摊子事？

他年纪小，会听她摆布呗。

年纪小你没有说错，那是有意要历练他。最主要的，还是他心细账算得清。你想想，这事你干得了？当然了，你还不知道，大嫂安排四弟负责盖房这事也是为了你。

为了我？

那当然。你真不知道？因为这次的正厅大房子就是专门盖给你的，准备明年要给你娶亲，那里就是你的新房子。长嫂安排四弟去监工，也好让你避嫌不给别人留话柄嘛。

是这样吗？

那还能有假吗？长嫂为你到文家庄子去提亲，聘礼都送了两三回啦。

这……这……

这什么呀，好我的二哥哥，你很快就要当新郎啦。

是……是吗？

秉性耿直的二弟愣怔了片刻，突然连声叹气。他惊诧莫名，牙疼似的一个劲儿哦哦着，听得出后悔不及很惭愧。他前所未有地以歉疚的口吻说，三弟，要真是这样，那可就是我对不住咱大嫂子了，我要给她赔礼道歉去！

我就在这时进了窑。

我说赔个啥礼呀，你弟兄俩在这说啥悄悄话？

三弟顿时面红耳赤，仿佛背着我做了啥坏事。二弟则猛不防双膝一屈，扑通一声跪在了我面前，大嫂子，是老二，我错怪了你……

快快快，快给我起来。我慌乱不迭地说，你这是要折杀我吗？我可受不起。

二弟嗫嚅道，今天我才信了这句话，长嫂如母啊。你对我一片诚心善意我看不到，偏偏狗咬吕洞宾——不识好人心。大嫂子，能原谅你这二杆子弟弟颠颠不懂事吗？

我扶起他说，我们是平辈，本是一家人，就别说两家话了。在一起过日子，不可能没分歧，只要都是为了这个家。没听人说，全家一条心，黄土都能变成金呀！

长嫂说的对。三弟也点了点头，蚕眉一挑，飞扬起一种浩荡轩然的神气。他笑笑说，二哥心直口快，是个性情中人。其实他呀，人如其名，还真是个大孝子。小时候，不管是娘出门下地去干活，还是去舅舅、姑姑家走亲戚，他都手里拎着一根棍，前前后后不离身地跟着娘。人家笑他是小跟班，他说他是娘的保护伞，拿棍是为了让娘当拐棍，紧急时，还可以当打狗棍。

是呀，我也听娘说，我们唐家从老祖先开始，看重的就是"文"，唐家二世中有叫文辉、文耀和文焕的。到了父母这一辈，绵延接续推的是"崇"，三世四兄弟，分别是崇庆、崇礼、崇武和崇宣。也难为了公公动脑子，不愧是到过三原慰行书院念过书的，跟我只上过私塾的父亲真不同。他给我们起的名字，不是家禽就是野兽，我虽然叫红娥，但好像是一只鹅；我两个哥哥，干脆就是龙和虎，让人听着都怪害怕。

我这么一说，大家都会意地笑了。我也笑着说，可是咱唐家，你听听，父亲

给你们弟兄四个起的名，敬贤、敬孝、敬忠和敬信——贤、孝、忠、信，我琢磨着，这不正是我们唐家崇尚人品道德发家兴业的金招牌么？

我看到三弟惊异地睁大了眼，忽然一拱手，虔诚地向我躬身道，长嫂所言极是——是的，他从来对我的称呼都是有别于二弟和四弟，很少叫我大嫂子，而是唤我为长嫂。他说，听你这样一番诠释，真叫我们不胜惊喜大开眼界了。如此看来，我们真应该好好攒一把劲儿，把我们的家风发扬光大才是呀。

我不好意思，不由得脸红耳热，赶紧羞涩地说，三弟过奖了，不过是爱胡思乱想罢了。我心里倒是有个大谋划，咱们唐家在我的手上，至少要发展到盖他四座像模像样的大院子。那时候，就用你们弟兄四个的名字——贤、孝、忠、信，分别给这些院子取上名。当然了，从字面的含义来分，你两个哥哥贤和孝，要侧重持家和兴业；而你和四弟的忠与信，则更多地应该报国益民哟……

孝贤持家兴业，忠信报国益民！三弟眯着眼睛一阵沉吟，忽然睁大眼睛，惊喜地重复道，此言不差，实在是大气又攒劲儿啊！

说着，他和二弟都不由得拍起了手。

二弟咧着嘴直乐，一个劲地说，就是，大嫂子说的好。咱们家有你当家我服了，也要你操心多辛苦啊！

是的、是的。三弟明眸闪闪，频频点头呼应着，呵呵一阵笑，乐得像吃了蜜。

长嫂如此胸怀，又一次让我们刮目相看了。有你执掌家务事，我们往后的日子若不辉煌，都没有道理了。

三弟一时高兴，喜不自胜地说，不妨展望一下我们弟兄四个名字里共同拥有的这个"敬"字吧——不就是要我们大家都要敬业吗？这才会有唐家未来的好前景。

常言道，人心齐，泰山移。只要家风正，不愁不中兴。居家过日子，最难得的是拧成一股绳，只要劲往一处使，心往一处用，还愁没有好光景？

我说着，想到三弟暗中如此帮衬我，忍不住发自肺腑地说，我能在唐家得到你们的爱戴和尊敬，也是我的福分。

第五章　路在"思路"常变中

易红娥：　女人就是男人的泉！

悾惚又一年。

晚秋时节，唐家村所在的太峪镇，整整一道旱塬草木枯黄，一派萧瑟。秋风起时，官道上灰尘飞扬，黄土扑面。天气一天比一天透出了冬季即将开始的寒气与冰凉。

这是正午时分，在太峪镇通往唐家沟畔那条干得发亮的硬土路上，咯嘞嘞一阵阵喧响，人喊马叫，奔过来一溜头十几挂木轮子车。那些牛拉车、驴拉车在村东头沟畔畔上的一长排钻天杨树下刚刚拴稳当，就见赶车的一个个拎筐提笼抬驮子，一窝蜂地向沟道里的盘山土路拥过去。

在他们后边，有一群男男女女，有说有笑，也消消停停地尾随着向沟底下走去。他们的脸上，有一种掩饰不住的欣慰、欢悦的喜气，情不自禁地悠然洋溢着……

他们，正是我们。

具体说，就是我易红娥和我们唐家财东一大家，领着丫鬟、伙计下到沟里去看泉子，逛园子来了。

老大、老二和老四，加上我那个活蹦乱跳、拾闲乱跑总不安分的五岁小儿子，四个爷们儿都赶来了。只差老三两口子，我们这个家的大小主子，就算到齐了。

三弟不是没有来，他和他的媳妇正在沟底子等着我们哩。准确地说，是他们两口子特意邀请我们，专程去沟里面赏秋。

虽然已是秋尾巴，塬上、沟底的风光却是两重天。放眼望过去，河道两旁一川葱绿色；道路两旁平展展的块地水田，在阳光下闪闪发亮，烁金耀银，像一面面镜子铺在地面上。稍高的台地上，是长势喜人的萝卜、白菜、蒜苗、韭菜，还

有洋芋和红薯。此间，正有雇工在忙碌着收获，准备出售那些鲜嫩的菜。

难怪人说，我们的沟底河滩是唐家村的小江南呢！

此情此景，让人振奋，更让人感叹。屈指算来，不到两年时间，三弟开泉修田种蔬菜的理想就变成了现实。我深深地吸了一口沟道里湿漉漉、甜津津的清新空气，更让人心旷神怡、脑醒意爽，恍入万物复苏的阳春季节。

三弟的媳妇，名叫第五睎妍，是个性格开朗的活络人。虽说她过门只有一年半，跟家里大小人等已经很熟识，关系处得极融洽。跟我一样，这个现今也被人叫作唐第五氏的新人，闻声赶来，迎接我们，显得礼貌周全、落落大方。

我的这个新妯娌，虽不是豪门闺秀，也算是殷实人家、书香门第的深闺娇娃。她是我颇费周折，百里挑一，为三弟选来的终身伴侣。

婆婆说过，一代媳妇三代儿。我要对得起婆婆的嘱托，不敢在这人生大事上稍微马虎有差池。特别是对我们的三弟，我还有一种说不出口的补偿心理，我对他的另一半，比他自己可能还要重视和苛求呢！

你就瞧我的新妯娌第五睎妍吧，她身材苗条，相貌端庄，肌肉紧致，腿脚矫健却不失稳重。对，她居然没缠脚，这在当时已经很稀奇，免受了女人一半罪，也正好圆了作为受裹脚之害的我与婆婆最大的祈愿。

面若桃花的三弟媳略露羞涩，给我们一一施礼，道过万福，就在前面款款引路。她说三弟正安排伙计给塬上来的菜贩子批发青菜，随后就到。

她说话时，露出一口洁白漂亮、排列整齐的珍珠贝齿，肌肤白里透红，脸上天鹅绒般光滑，看上去分外悦目。三弟媳芳龄十九，正当女人花开娇艳繁盛之时。虽然身着上红下绿的宽摆衣裙，仍能看到她曲线有致的体形和发育健美的四肢。那修长的双腿和浑圆饱满的臀部，走起路来便能彰显出一种韵致；婀娜多姿的身影徐徐而来，散发出一种幽幽的清香。

我们踏着田埂小路，径直走向沟底山根。三弟远远看见，一边招手一边朝我们匆忙跑了过来。

他脸上喜气洋溢，乐呵呵地张着嘴巴，三步并作两步赶到我们跟前。果然如常人所说，人逢喜事精神爽，瞧他红光满面，仿佛又年轻了几岁。看得出，他对他的新娘无疑是十分满意了。

大哥、二哥和两位嫂子，还有四弟，你们可都来啦。太好了，我让睎妍和伙计们给你们准备了一桌特别新鲜的可口吃食。噢，对啦，要不咱们先到泉边去转一转，品一品直接从泉子打上来的水……

他说着，猛一转身，猫逮老鼠一样一把抓住了我儿子的手，不经意间露出他那份尚未褪尽的顽童天性来。他不由分说，像往常一样将我儿子抱起来举过头顶，原地兜了一圈，故弄玄虚地问，你猜猜，三叔给你准备了个啥好玩意儿？

我知道。我儿子高兴得手舞足蹈，前几天你说过，要给我抓一只松鼠，对不？

要不是呢？三弟挤眉弄眼故意逗他。

一准没有错。我儿子歪着脑瓜肯定地说。

就你鬼精灵！等一会儿，三叔到那边窑里去给你拿来。

泉边放置了几排灌满水的木梢桶，上面挂了十几个木勺子，围在那里争相饮用着泉水，好像在品尝琼浆玉液。喝了桶里的还不行，非要亲自在泉子里舀水喝。管理泉子的伙计看见我们走过来，急忙上前打招呼。众人听见来的是东家，纷纷闪到泉子两边，把我们一家让到了泉子的前面。

我探头向那泉子里一看，只见小碗口般粗的一股泉水叮叮咚咚弹琴似的喧响着，源源不断地从泉眼涌出来，汩汩地注进了青石围砌的水池子。

清澈的泉水明净而透亮，十分惹人喜爱。泉水如镜，站在泉边，每个人都能看见自己的模样，在泉水中影影绰绰地浮动。影子的背后，不断漾动的则是秋高气爽的蓝天白云，这时你就会觉得自己不是站在沟底，而是浮在天上，浑身都会感到某种怡然轻灵。

三弟颇有文人气，示范性地带头喝了几口泉水，就触动了勃发的诗情，一向矜持不爱显山露水的他，竟禁不住咂着嘴，吟出一首朱熹《活水亭观书》的诗来：半亩方塘一鉴开，天光云影共徘徊。问渠那得清如许？为有源头活水来。

我接过别人递来的一勺泉水浅浅地呷了一口，也像品尝美味佳肴那样咂一咂嘴，然后慢慢地吞咽下去，只觉得口腔清爽喉咙滋润，一种凉津津的舒坦劲儿，渐渐在腹内扩散开来。

真是好泉水呀！我不由得脱口赞道，难怪四邻八村的乡亲都争着到咱泉子上来驮水呢！这水啊，还确实神。

三弟媳站在我身边，笑吟吟地道，听说这泉水做醋醋香，酿酒酒醇，常年用它洗脸，还能让肌肤白嫩更细腻呢。

她说着，将一方白绸帕子递给了我，满面春色地劝我，大嫂，你再用这水洗洗脸吧，保管你头脑清醒，一下子就有了精神气儿。你看它清凌凌、明汪汪的，实在就是神话里所说的琼浆玉液了。

我取笑她，哟，难怪你下到沟里就不想回去了，我还以为是三弟缠住了你呢！

第五晞妍霎时双颊绯红，娇羞满面，俊俏的脸蛋愈加艳丽动人了。三弟在众人的笑声中颇显窘迫，憨厚地咧了咧嘴，恰到好处地岔开了话题。他指着泉水旁

边石头砌就的出水槽说，因为水量不是很大，白天泉子的水等不到涌到泉口，就被村人肩挑驴驮弄上塬去，供应全村人和牲口日常生活的需求；但一到晚上，泉水就溢上来，满地横流，让人感到十分可惜。为此他和伙计们商量，就在下面挖了一口蓄水塘，把流出来的泉水积攒起来。三弟不无自豪地说，这样既可以随时保证浇灌菜地，又可利用蓄水在塘里养鱼。这不，还不到半年，最大的鱼已经长到了两三斤。今天叫你们来，除了吃新鲜蔬菜，还要让你们学一学吃鱼，也好好开开鱼荤啊！

我看三弟眉飞色舞，一脸得意，几乎有点儿不敢相信，恍惚感到他换了个人。仅仅是一年多吧，他似乎不再是那个沉默寡言的书生，而是一个情趣盎然的诗人了。这个功劳，该归谁呢？

我忍不住瞥了我那老实男人一眼，只见他光是咧嘴嘿嘿傻笑——仍然还是个"傻嘿嘿"。再去看三弟，却见他目光闪烁正落在我的身上。当我看他的时候，他又目光一闪，惶遽地躲开了我的目光。

我的目光，最后又回到了三弟媳的身上，从她容光焕发的俊俏脸蛋上，我好像看见了奇迹发生的答案。看起来，女人于男人，实在就是一眼颐养身心的好泉水啊！

作为唐家的女掌门，当我遵照婆婆的遗嘱，给二弟娶了媳妇成家之后，就一直在操心三弟的婚事。为了补偿他的感情空白，给他寻觅最合适的终身伴侣，那才真是让我费尽了心机。我相信一个母亲对她的儿子，也不过这么上心。我心里的目标是，那个人一定要长得比我好看，人品和才能也一定要比我更胜一筹。也许这是我的一份偏袒私心，也许既是对我自己同时也是对他的心理慰藉吧！

想起给他的相亲，那还真的有一点儿故事呢……

第五晞妍：这个巧合太"巧合"

我终于如愿以偿，成了三水唐家三少掌柜的结发妻。

都说千里姻缘一线牵，我听过这话，只能掩嘴偷笑。只有我和上天知道，那一次巧合全是我第五晞妍巧用心思的"巧安排"。

太峪镇唐家的承业堂，因为年轻的少掌柜为人和气文雅，待人真诚，货真价实不欺诈，赢得了十里八乡的好口碑。再加上他又长得挑脱、挺拔，一表人才气质好，几乎是人人见了人人夸，那些未婚的青春女娃远远看见他，都会眼睛放光心荡漾。难怪承业堂的店铺门前一天到晚人不断，其中不乏慕名而来专程来瞅他一眼的姑娘娃呢。

不怕人笑话,那些三天两头借口买货来瞅唐少掌柜的众多小美人里,其中就有我第五晞妍。

自从那天我在这承业堂门口看见他,心里就像着了魔,寝食难安一直放不下。我清楚竞争对手太多,还听说,他们唐家过门不久的大嫂子,一直在托人为他寻媳妇。得知这个消息后,不仅是我们三水县,甚至毗邻的淳化、邠州所有的媒婆,都争先恐后地跑来给唐家提亲。络绎不绝的求婚者,简直要踩断唐家大院的高门槛,但最终几乎都撂下一句灰心丧气的埋怨话,人家唐家是大户,门槛儿太高大,一般人家的女娃没法攀、没法跨……

据说唐家的大嫂子放出话,她要给她的三叔子选的内当家要是个才貌双全的美妙绝佳人。就在这期间,承业堂的小伙计柱子被我收买,成了我爱情的小线人。从他那里得到一个好消息,说唐家大嫂子要陪她三叔子在腊八之日去淳化县赶庙会,目的是求神拜菩萨给小叔子寻觅意中人。

我一听,这不是天赐良机吗?也应了"踏破铁鞋无觅处,得来全不费功夫"这句古语啊!我自然更清楚,我们淳化庙前镇的腊八庙会不一般,尤其是庙里的菩萨很灵验,只要有祈求,大都会如愿。灵机一动,我也去赶庙会,去会会我心仪的人儿。机不可失时不再来呀!我对自己说,终身大事情,我一定要抓住这一次"会"。

后来我听大嫂子说,那一次也是她嫁到唐家的第一次出远门,当然也是第一次劳驾三叔子做陪伴。唐敬忠开始还不理解,犹豫不决不想去,只是见大嫂子一片真心为了他,也就应承跟来了。

他们一行四人,唐敬忠前面骑着马,大嫂子带了丫鬟乘坐一辆雕花漆彩的莺歌轿车,而赶车的车把式正是我的线人柱子。

正中午时分,他们赶到了寺院。我当然比他们到得早,一直在寺院门口徘徊没进门。看到他们风尘仆仆赶过来,我才赶紧走进寺院里。寺院内有两进佛堂,佛堂边是数楹僧舍,院内花木繁茂,古木参天,再看善男信女,摩肩接踵,佛像前面,香火旺盛,人来人往,果然是非凡的热闹。

观音堂前,我看到唐家大嫂子和她的三叔子走过来。正欲烧香拜佛的我,装作无意间从佛前站起来,提足了精神气,调动我的明眸皓齿,蓦然回头,秋波闪闪,有意无意地,狠狠地"盯"了唐家三少爷一眼。

我相信,这一眼绝对非同一般,那是一个十八九岁青春女子全部情感的释放;回首间,我已经看到了唐家三叔子惊心动魄的表情。惊鸿一瞥,电光石火,他显然受到了意外震撼,那种神魂飘荡之状,赫然可见。等我转过头再去看他一

眼——那一眼,定是标准不差的蛾眉婉转,摄人心魄。

岂止是男人,后来大嫂子告诉我,她在一旁看得真切又仔细,当时心里就说,就是她了,不会错!这佳人美得让人喜出望外灵魂出窍。

正是那一刻,她轻移莲步走过来,笑盈盈地颔首对我说,敢问这位小妹妹,你到这里……求的什么签呀?

这一问,让我脸红心跳很紧张,一时居然无话说,我担心她是窥破了我心中的"鬼"。

不会是财运和福寿吧?大嫂子说着,嫣然一笑,一双标致的丹凤眼,目光如炬,双颊绯红显得更加俊俏。这也让我见识了名不虚传的三水唐家女掌门的风流和美貌。

说到这里,她莞尔一笑,脸颊显现出两个令人迷醉的小酒窝。她得体的举止,悦耳的嗓音,更衬托出她高贵典雅的迷人气质。她的出现,也让我眼前唰的一片亮晃晃,再一次验证了作为女人的我对于同性的判断:最好的女人,一定是风韵楚楚、婉约生动。她们那种颇具格调的端庄和成熟,便是开启男人笨拙心智的神奇金钥匙。

小妹,要是我没猜错的话,你今天一定是来求姻缘。恕我冒昧,能告诉我你的芳名、住处吗?

这大嫂子真了得,不仅一眼看穿了我的心,还直率坦诚不拐弯,直接打问我的来意。那一刻,我的眸子一闪烁,眼底水汪汪,梦寐以求的机会在眼前,我立即透出了平素的干练与柔情,略显含羞点点头,说,大姐客气了,小妹复姓第五,俗名睎妍,就是附近刘家庄子的人。

这可是太巧了。大嫂子说,我今儿个也是带着兄弟来求姻缘的。她说着,抬手指了指站在一旁静心观察我的唐敬忠,我也忍不住又一次回过头去,第三次望了望唐家三少爷。

那一瞬,他的眼神正燃烧,频频放出奇异的光,滚烫烫、热辣辣的,让我躲也不是,看也不是,一时好惊慌。那目光,蓦然间与我的目光碰撞出了火——一份同样惊心动魄的炙热与刻骨。

也许,这就是《诗经》里所说的"窈窕淑女,君子好逑"了!

大嫂后来对我说,人同此心,心同此情,千古一理呀!我是过来人,你们俩当时眉来眼去的一接触,显然就失魂落魄难自持了,怎么会瞒得了我的眼?她说她当即全部读懂了我俩的心思,回到唐家的第二天,即遣使媒婆赶到我们刘家庄,明示她不惜一切务必要玉成此婚事。

婚事顺畅遂愿,正是天作之合。

我第五晞妍成了唐家大嫂子的新妯娌，因为颇能识字断文和算术，更得到大嫂子的喜爱和器重。

这不，我才过门一年多，大嫂子就让我辅助丈夫唐敬忠管理商铺，负责账务，眼下又兼管照看菜园子。时间一久，我们妯娌亲密无间如姐妹，我也向她和盘托出了那次庙会巧合的戏剧性安排。出乎意料的是，大嫂子没有取笑我，相反赞叹我想爱、敢爱也能爱，有胆有识，是个女丈夫！

人和人，真是性格不同命不同啊！她说着，意味深长地叹了一声道，我就是缺少你的这种勇气和胆识。当然，也许不只是我，有多少女人，一辈子都得不到自己的真爱情……

易红娥：三弟的眼光我相信！

要说我们唐家所处的三水县，正在渭北黄土深厚的旱塬上，这地方一年四季缺雨水，塬上的地基本是靠天下雨吃饭的旱地，缺水浇灌，加上气温低，很少种蔬菜。

寻常庄户人，平日极少吃蔬菜，最多是一点儿油泼辣子蘸上醋水水，就是好茶饭。物稀必为贵。因为菜价高，一般人家也买不起，偶尔吃点儿菜，都很稀见地给起了个名，叫作"引进儿"。意思是说，能把粗茶淡饭引进嘴就行了，那是不能放开肚皮多吃的。只有逢年过节或是婚丧嫁娶，才能咬牙跑到几十里外的县城去买点儿菜。有这样一个流传甚广的说法，在这里菜比肉都贵，油比水便宜。

此言不差也不假。

有道是，敲锣卖糖，各干一行；七十二行，行行出状元。古圣先贤孟子不也说，人皆可以为尧舜嘛。看来这话挺有理。凡事只要你善做并笃行，一心一意能坚持，你就一定会是你所爱的那一行当的人尖子。

看看三弟唐敬忠，就是例证。这么短的时间里开出十几亩水地种的菜，收入竟赶上了我们塬上上千亩土地赚的一大半，真的是了不起！

三弟看准的事，必定要干成。那一股子不服输的坚毅和倔强，如今全用在了管理泉子和种菜上。起初，他们还只是简单地种些本地常见的菜。后来，他开动脑筋想办法，又引进了很多新菜品，什么洋葱、洋芋、洋柿子，还种了黄瓜、西葫芦。

单是大蒜这一样，几乎四季有收成。大蒜发芽他卖蒜苗，蒜苗卖完卖蒜薹，

最后他又卖大蒜。开始卖菜，他还派人驮运到集市上去放在承业堂里卖，后来因为生意好，各种鲜嫩的蔬菜都供不应求了。四面八方的顾客络绎不绝直接赶到沟里来，也使原来这条荒凉寂寞的穷山沟一下子变得热闹繁华，人来人往，天天像赶集。

我们沿着山根走了不多远，就看到了一排依山挖掘的几孔土窑洞，这是三弟和长工伙计平时的歇息处。

窑洞虽然很简陋，但是收拾得很干净。三弟媳第五晞妍把我们领进中间一孔大窑里，一股香气扑鼻的饭菜味就迎面蹿过来。只见窑内当中摆了一张古色古香的大方桌，上面已经摆了很多菜，热气腾腾。有凉拌黄瓜洋柿子、韭菜炒鸡蛋以及山菇炖小鸡等，七碟子八大碗，还真是丰盛呢！

我们围着桌子坐下来，算上关照我儿子的贴身小丫鬟，刚好八个人。

用人正忙着斟酒顺筷子，我那精猴儿子拉着他三叔蹦蹦跳跳跑进来。他手上拎着一个竹编小笼子，里头装着一个小巧的木轮子，一只小松鼠被囚在那里头，被动地蹬得笼里的小轮子哗哗转。不用说，这就是他三叔送他的小礼物。

我儿子凑到桌子前，忽然发现桌子中间的大瓷钵里头盛着一尾清蒸大鲤鱼，惊喜莫名地就要用手抓，多亏丫鬟眼疾手快一下子拉住了他。他生在黄土旱塬上，不要说吃鱼，见一次鱼都很难。

三弟叫我们来吃鱼，其实就是图新鲜。他在我儿子的旁边坐下来，和蔼可亲地告诫他，小馋猫，你可别乱动筷子哟，长幼有序你懂吗？先要礼让大人吃，才会显得有教养。还有，你没吃过鱼，要别人帮忙剔掉刺，要不然，鱼刺卡住了你喉咙，那可就麻达了。

难得见三弟这样周到细心待孩子，我打心里很惊奇，真要刮目相看他，没想到结婚这才一年多，过去沉默寡言的他，不仅外貌变了样，性格也变得活泼开朗了。

庄户人说，男人不结婚，永远长不大，这话有道理呀。我忍不住打趣说，三弟现今成熟啦，也该想着当爹吧？

弟兄们全会心地笑，三弟媳一听脸绯红，难为情地低下了头。

我为她开脱，故意找话说，我这还在纳闷哩，咱们花了那么多银子和心思，给你俩准备的那院敬忠府，好像还不如你这沟底子的窑洞吸引人，你们两口子不会想在沟底子安家吧？

怎么会呢！三弟一边招呼用人继续上酒菜，一边笑呵呵地说，其实，还是长嫂有远见，能够宽容理解人，当初支持我下沟经营这眼泉子和水地，才有了今天这光景。

我心里说，虽然当初我同意你下沟来，其实心里也没底。可是看看眼前这一切，忍不住赞叹道，还真没想到，这一眼泉水果然会给咱唐家带来了白花花的银子啊！看起来，这种菜不比种粮差，倒腾一点儿生意，还真的有收益。

三弟点着头，礼貌地站起来，首先提议给老大和我敬了一杯酒，然后弟兄们又在一起碰了杯。大家一高兴，话就自然多起来。弟兄们笑语哗然，其乐融融，这让我感到很欣慰。我易红娥嫁到唐家来，过门不久就当家，这些年操持得还不差。这时我不禁又想到了婆婆临终前的嘱托，随口就说了一句，二弟和三弟你们现在都已经成家了，两位弟媳又都漂亮和贤惠，这也是你们托咱娘的福啊。只可惜咱娘托付我的事，我还远远没做完。我说着，目光转向了四弟，不无诚挚地对他说，等啥时候你也成了家，我就可以松一口气了！

四弟望了我一眼，不好意思地低下了头。

终归是三弟聪慧又洒脱，他再次端起一盅酒，给老大和我敬过后，突然立着不说话，只是站着默默地看我们，欲言又止光是笑。

我突然发现，他今天的一身打扮不寻常，脱俗之外挺有点儿特别，长辫子乌溜溜地一丝不杂乱，辫梢梢还系了一根黄头绳，再看那黑缎子的马褂套在蓝绸子的长袍上，让人感觉潇洒又飘逸。不经意中透出一种大气象，或者说，就是所谓的仙风道骨般的雅致来。

举座都在观望他，知道他肯定有话说。

果然他放下了酒盅，双手抱拳一施礼，款款地说，我要感谢大哥和长嫂，这些年为我们几个操了很多心。常言说，知恩不报非君子。正是因为这，为了我们这个大家庭更兴盛，我今天想和兄嫂弟兄们商量一件事。

啥事只管说吧。竟是二弟代替我开了腔，他说，今天大哥、大嫂都在场，我们弟兄难得聚齐在一起，有啥事，大家也好商量。

那倒也是。三弟微微一笑后，重重地点了点头。

唐敬忠： 要盯准经商这条路

自从我下沟种菜管泉子，还真的让我非常受用多感触。你们看，原来一眼自然生成的小泉子，当时只觉得让它白白流走太可惜，所以就建议长嫂买下来。接着，我们又在沟里置了地，把一股泉水全部利用几乎没浪费，真是一潭死水流活了。

我说到这里，大家都随声附和道，是呀，这话可一点儿也不假！

我接着说，这让我想到咱们家祖宗几辈只是种庄稼，千辛万苦，虽也慢慢富起来，并在三水县也有了些小名气，但是和我在外面跑生意见过的大户相比，其实还差很远哪。

大哥接过我的话说，那是，人家山外是平原，又是水浇地，咱不能跟人家比。我大哥确实是个老实人，他嘿嘿一乐劝我道，没听人说吗？山外青山楼外楼哩，咱们要知足，比不了，就不跟他们比。

我笑道，大哥说的也有理，只是我感觉，发家光靠农耕是不行的。农耕就好比一潭水，如果不经商搞流通，这水不仅是死的，最终还会变臭浪费掉。

大家都看着我不言声，也许是没弄明白我说的啥意思。

我沉思片刻接着说，我们祖训以农为本，以农养家，以农致富，勤俭持家和耕读传家的治家理念，虽然延续了好几代，但现在要顺应社会发展改一改，至少要盯准经商兴业这条路。

经商兴业？大哥和二哥不约而同地反问我，咱们在太峪镇上不是已经有商铺吗，你还要怎么去经商？

我没有立即正面做回答，只是笑了笑说，今天趁弟兄们在一起，我有个想法说一说。大哥和二哥都是务农的好把式，是不是让二哥下沟来接替我？太峪集上的商铺和作坊嘛，一应事务就交给四弟去管理。这些年，他在长嫂耳提面命的培养下，成熟老练了许多，已经能够独当一面了……

那你呢？大哥没等我说完，立即瞪大了眼，急不可耐地追问道，那……你要去干啥？

我望着他，摇了摇头说，我当然不会闲，我想去口外把咱们的承业堂，扩大经营开到泾阳、三原那一带……

那哪成啊！大哥急忙把头摇。看来，他这个老实人确实是榆木疙瘩不开窍。他说，你去那么远，离乡背井的，谁能关照上你呀？再说，生意也不是那么好做的，你没看小栋子他舅家，原来的生意多么好，他外公去世没两年，说垮一下全塌了，连本都没了……

长嫂这时望了我一眼，大声制止大哥道，你急啥嘛，先让三弟说，他读书多、见识广，就好好听听他有啥想法。

我停了停，低头喝了口用人递过来的鲜鸡汤，稳定了一下情绪接着说，我是这样想，俗话说，蜗牛把家扛在身上，蜥蜴喜欢在墙上栖身。我们要发大财，就要眼睛往大地方瞅，不能局限于唐家村。

二哥一听直摇头，问我，你想到外面去折腾吗？那可不是件容易的事。

我对他说，别的地方我是不知道，泾阳县那地方我可是去过的，离西安、咸阳都很近，交通又便利，贸易很发达。仅仅泾阳县，大小商号就有数百家，很多货物都在那里集散和转运，甚至已经通达西域各国家。那里商铺林立，热闹非凡。白天人流如潮，车水马龙；夜晚则灯火通明，歌舞升平，一派繁荣景象。如今在咱陕西省，除了东府的同州和西府的凤翔，这里也算是一处非常繁华的商家云集处了。我听那里的商家这样说，开门营业一天，胜过种地一年。试想想，这其中有多大的利润呀！所以说，无农不稳是对的，无商不富也有道理。我们何乐而不为呢？

二哥这时又插话，你说的好是好，可是到那里要买房置地，还要雇人盘货物，买进卖出，那得投多大的本钱哪？咱们这些年，大嫂子当家，光景一年比一年好，要知足，不敢太贪心。

大哥、二哥都不同意，我一时也难以说服，自感面红耳赤很焦急，不知不觉把眼光投向了长嫂。

因为她是大当家，说话不能太随意，何况这是事关我们唐家未来前程的大事情，她不能不费思量。

正在这时候，没想到四弟抿了一口酒，到底是年轻人，居然站起来，抑制不住兴奋的热情说，我看三哥说的行。事在人为呢，要想发大财，就要敢作为。胆子有多大，事才能干多大。船怕风浪就不叫船了，那叫大木勺。我不怕大哥你生气，说一句实在话，小栋子他舅舅做生意，那是没走正道儿，老是坑蒙拐骗，时间久了，哪里还有回头客？从长远看，三哥说的对，你若坑别人，最终也是害自己。所以我以为，不管是种地还是做生意，要紧的就是善为本、信为贵……

四弟的一番话，真得让我刮目相看了，我为他的成熟而欣喜。他的话没说错，想想也是大实话。所谓天有不测风云，人有旦夕祸福。长嫂过门到我们唐家的前一年，好像是商量好的，她父亲就同我们的父亲相继亡故了——那两个曾经生养和培育我们的人说走就走了，连个招呼都不打，忽然就像一片云彩飘散得无影无踪了。

对于长嫂家来说，更是祸不单行。没有过多久，她的龙兄虎哥赶车去邠州拉货，车到九里坡，一个转弯小颠簸，粗壮的木车轴离奇地折断了，驾辕的骡子拖着一辆独轮车，受惊滚下了山崖。大哥易红龙当即一命归西，二哥易红虎虽然捡回了一条小命儿，却从此成了走路离不开拐棍的三条腿。

遭遇不幸变故，更见世态炎凉。人心不古如冰霜，债主严相逼，雇工来讨账，拿的拿、抢的抢，卖房赔地，可怜他们曾经显赫一方的太峪镇的大富户，一夜间家破人亡，衰落到穿无御寒衣，食无隔夜粮。家道中落，不堪家庭债务

纠缠和拖累，两个嫂子见风使舵，脚底抹油，比赛着双双改嫁。人走茶凉，连两个年幼的侄儿都带了去。还是我们唐家按照母亲的旨意，收留了她的跛子二哥易红虎，愿意给他一口饭，让他在唐家帮着看家护院子，干点儿力所能及的杂务活。

平心而论，当年长嫂的两个哥哥在镇上，那就是一个字——霸！他们仗着自己有点儿钱，再加上五大三粗有力气，所以横行无忌，经常干些强吃讹要，让人戳脊背的事。要不是这样儿，为啥有人做手脚，锯了他们的车轴子？都是心术不正，作恶太多积怨太深哪！

我见长嫂沉默不言语，就心平气和地接着说，四弟说的对，其实呀，不管是种地还是做生意，根本还是要做好人。人品不正，诸事不成。人心向背定成败。只有德高望重，财气才会旺盛。就说咱们家吧，祖辈本来是外来户，为什么只经了两三辈人，就能在这里站住脚？除了我们祖祖辈辈能吃苦，还有一点最重要，那就是善为本、宽待人、宁肯吃亏不坑人。

说到激动处，我不由得提高了嗓门，就看咱长嫂，她每天鸡叫头遍就起床，鸡叫二遍还会到畜圈、厨房去查看，天一亮，又到厨房帮下人们去做饭。她常说，人是铁、饭是钢，一顿不吃心发慌。要让人把活干好，首先要让人吃饱和吃好，吃不好就干不好，这是硬道理。她是大管家，一直和大家一块吃同样的饭。特别是对用人，非但不另眼看，还特别体贴照顾。管吃管工钱，还允许长工们每天回家可以给家人带几个馍。谁家揭不开锅，可在大灶上借面粉，缺多少，给多少，等新粮收获后再归还。

四弟也点头附和我道，单是这一条，长工们都心怀感激。他们讲，东家对咱好，咱也要尽心尽力去干活，要对得起唐家人。所以，咱家的长工干活不用人监工。还有，娘在世时给长嫂说不让她下地，可她还是事事都带头，夏天收麦跪在麦地里，割一镰挪一步，叫我们看了都心疼。我们家能这样子，不分主仆同吃同劳动，雇工和用人自然对咱们很敬重。

是的，我站起来说，四弟刚才说得好，这也是投桃报李呀。就说我们经营这泉水和菜园子，为啥弄得这么好，就是对人善。别人卖菜掺水分，恨不得一斤当两斤，咱们却总怕亏别人，一斤菜偏偏要打折按八两算，说是给人家刨水分。人心就是一杆秤，好坏优劣自分明，咱们坚持这样做，生意哪能不兴隆呢？

我说了这么一大堆，竟说得举座都不吱声了。

易红娥： 我有点踌躇犯难了

　　三弟一直在说他的想法，我也一直在听，同时我也一直在想。我想起一句古人的话，燕雀安知鸿鹄之志？看来，我们唐家的天鹅要大展宏图高飞了。

　　无意中，大家都把目光投向我，等着我这个大当家的做决断。

　　我有点儿踌躇犯难了，不是我优柔寡断没主见，怕的是三弟还是有难言之隐。自从我过门，他可是很见在人前夸我，今天当着全家大小主子的面，简直就是为我表功嘛！还有，我永远不会忘记的是，在我出嫁的那一天，他给我说的那番话——在先，你离我远，我却觉得很近；但是从明天起，虽然你会离我很近，可我只能远远地，望你和尊敬你……

　　我心里酸酸的，担心的就是他另有隐衷，怕和我在家相处不方便，特别是已经有了代替我爱他的，娇美的妻子第五晞妍，便借此远走高飞离开我吧？

　　即使是这样，为了唐家的事业发展，我也得忍痛让他走，对吧？

　　好。我平静地说，我同意三弟去口外，趁着年轻，就是要干大事。

　　三弟注视我良久，又望了一眼含情脉脉注视他的漂亮媳妇，默契地点了点头。

　　看见他们夫唱妇随、情投意合的甜蜜劲儿，我心里虽然高兴，可多少还是生出一些隐藏已久的妒意来。

第六章　女人天生就不幸

向荷花：　流泪的红烛要爆裂

我不知道那一年到底是哪一年，只知道我要嫁人，乡下就叫作"出门"。

冬天。腊月初八，一顶五颜六色的花轿，洋洋火火地招摇进了三水县万寿堡子，最后落到了村西老石匠向友仁家寒碜贫气的大门外。

一阵唢呐，几声爆竹，我大向石匠急火火地奔进黑乎乎的窑洞，猛一弯腰，就从炕头上一把拦腰抱起了我。

我那时穿戴整齐，头上已经顶着一块红绸盖头布。

刚刚吃过腊八面，一放下碗筷，狠心的父母就要把我推出门。想到他们等不到过年就要把我急不可待地嫁出去，晕头转向的我真都不知道该怎办了。

事情来得匆遽，我四下寻人，想给唐敬忠捎话都来不及。

我临上轿前，心里说不出啥滋味，只是扯开嗓门，粗粗细细、长长短短地哀号了起来。

别哭，我的乖乖女儿呀，大可给你找了个好人家。

也许是因为我哭得很悲切，有点儿撕心裂肺动感情，我的石匠大不得不一边抱起我往外面走，一边好言安慰哄劝我。他嘟囔道，吃了腊八面，一天长一线呀，你马上就十八岁了！女大不中留，留下结冤仇；花开了就要结果子，女子大了就要嫁人家。天理公道呀，你难过个啥哟？

他自以为是，用一种难听的腔调喘着粗气，絮叨不休：这一辈子，我娃不愁吃、不愁穿，更不愁缺钱，有的是白花花的银子使，那可是跌进了福窖里享不完的福哇！

我妈慌慌张张撵出来，将一个红布包袱塞进我怀里，她也鹦鹉学舌，跟着我的石匠大随声附和说，荷花娃，别忘了娘给你说的话，嫁汉嫁汉，穿衣吃饭。只要能过上好日子，男人咋个样，千万别弹嫌。好赖，都是一辈子……

我一句话也不说，依然只是个哭。

大将我放进轿子里，接亲的婆家人当即拿出一双绣花鞋，把我脚上的鞋子替换了下来。意思是象征从此以后我就是别人家的人，要独自走我的人生路。

轿起出村，走了没有多远，存心不良的轿夫们就开始故意颠轿折腾起我。

　　新娘是个嫩芽芽，嘿哟嗨嘿……
　　新郎是个老耙耙，嘿哟嗨嘿……
　　老牛今夜薅嫩草，嘿哟嗨嘿……
　　裤裆深处抓一把，嘿哟嗨嘿……

七扭八拐，东摇西晃，他们吵嚷着唱了些啥，我一点儿也没有听进耳朵里，倒是早上吃下去的一碗腊八面，眼看就要涌到喉咙口。我忍不住腹内翻江倒海，开始一声接一声，嗷嗷作呕。

花轿两边分别有两个上了年纪的老伴娘，左边的是我娘家的送女娘，右边则是婆家派来的接女婆。婆家接女的老妈子听见我连声呻吟和呼救，急忙拿出提早备好的红包银锞子，发给了那些剽悍狂野的莽轿夫，这才止住了他们的嬉闹与发疯。

我的眼前一阵儿黑，一阵儿红。昏昏沉沉，似乎在做梦。

我怀里，紧紧抱着娘递给我的红包袱，那里面装的是我打小就使顺手的一把麻子老刘打造的好剪刀，还有我最喜欢的七色彩纸以及一大堆精心剪出的最好的剪纸。我已记不清自己用这把剪刀到底剪出过多少花花草草、兔子狗娃、鱼鸟飞虫，只知道这些个东西，就是我真正需要的陪嫁品。

不错，我其实是个剪花娘，从小就很少有人知道我的大名向荷花，人们都管我叫"巧手手"。

从我四岁会使剪刀起，我就能剪出像模像样的《老鼠会》、活灵活现的《猫戏图》，可惜我一直没弄清自己这辈子到底是老鼠还是猫。

花轿被抬进了一座村子，透过乐人们的吹鼓和喧闹，隐隐约约地我听到了街道两旁人们七嘴八舌的议论，有人真切地念白道：

　　唐家财东真花心，
　　杖乡之年要成亲。
　　唐家地主真荒唐，
　　外孙替爷拜花堂……

他们说什么呢?"杖乡"又是什么意思呢?

我心头骤然一紧,登时灵醒了过来。

我的石匠大只说给我嫁了个好人家,绝口不提我的女婿是个啥男人。

他们只说女孩儿家,天生要听父母之命、媒妁之言,如果自己弹嫌要做主,那就是大逆不道大不孝。我无可奈何听天由命倒也罢了,瘸子、聋子、瞎子都认啦,可无论如何,不至于嫁给一个糟老头子做小吧!

身子晃悠,如舟在海,飘忽不定。心里正有十五只吊桶打水,七上八下纠缠不已。一股寒彻骨髓的冷气直蹿上来,从我不着地皮的脚底下升腾而起。我一阵惊悸,一阵战抖,莫名的恐惧顷刻就紧紧攫住了我,直让我头皮发紧手心发凉心脏发冷。

天哪,难道他们说的正是我么?难道,我真的要嫁给一个老掉牙的老……王八……我简直不敢想象,更不想相信。呜里哇啦的唢呐,吹得我心乱如麻。花轿落地,要拜天地,我等候的命运谜底就要揭晓啦!

随着嘻嘻哈哈一大群人的嘈杂与喧闹,我听到一个年轻男人的声音在身边责备道,别推我呀,让我站好了行吗?

一拜天地,二拜高堂,夫妻对拜……

我机械地听命,被人搀扶着,被动地鞠躬、屈膝、磕头。我也不知道是不是老天的摆布,只恨自己为啥没有丝毫反抗,只会被驯服、顺从!

新郎新娘,入洞房……

就在我跨过火盆,迈过门槛的那一刻,突然一股旋风匝地而起,我趁着头上的红绸盖头被风掀起一角,大胆地别过头去瞥了身边的新郎一眼。隐约瞧见新郎眉清目秀,面皮白皙,身条儿端直顺溜,像一棵笔挺的杨树。

我静心谛听着他匀称舒展的呼吸,随着他手中一条大红结花绸带的牵引,缓步走向洞房里头的寝床,在伴娘的搀扶下,稳稳当当地坐下来。

等待,如此漫长而又短暂。

一阵杂沓的脚步,不知为何突然退潮般隐去。洞房里陷入沉静死寂。

方才的一切仿佛被狂风漫卷,一扫而空。我顿时感到寂寥虚空,胆战心惊。莫非是一场虚妄的大梦?

这时,门扇嘎吱一响,有人跌跌撞撞扑了进来,一股混合着浓烈酒味的口臭,扑面而来。

我眼前豁然一亮——红盖头终于被掀开了,然而我同时也被吓呆了!

一个须眉花白的糟老头子,摇晃着后脑勺上一根细瘦干枯猪尾巴似的小辫子,像瞄准猎物那样眯缝起一对儿色眯眯的小眼睛,咧开满嘴暴突焦黄的大板牙，正朝我挤眉弄眼地狞笑。

嘿，小娘子……

他手里一晃，将那块红绸盖头布撇在了地上，伸出两条树根样的胳膊，就要过来抱我。

你真美……真的很美，你个小妖精，想死我了……

啊，老爷爷！我颤抖着说，你喝多了……走错了门……

没，没错呀傻瓜！我就是你的新……新郎官。他摘下眼镜说，你，难道不认识我，我不就是给你教书的唐大先生嘛。两年前……对，就是两年前，你大向石匠在太峪镇上为我们老二家的豆腐坊修石磨，那一天，你给他去送棉衣对吧，就在那儿，我头一眼就……就看上了你。噢，多美，青葱水嫩的，这小脸儿水蜜桃似的，这腰肢身段，胳膊腿儿屁股蛋子，紧绷绷的，走起路来碎步纤腰，似舟行水，真真的惹人眼馋，太让人喜……喜欢！

啊……

当时，就是为了这，我才到你冯家窑去教书的。你那个老倔头石匠大，硬说你太小，叫我好歹再等一两年。这两年，等得我心焦意烦，好不容易，等到了……今天……哈哈……来吧……

流泪的红烛爆裂了，跳出一束红烛芯。我身不由己，惶恐地战抖了起来。

你，你们骗我！脑子闪电般联想到进村时街坊邻居的戏谑和调笑：

　　唐家地主太荒唐，
　　外孙替爷拜花堂……

他淫笑着，眼中露出贪婪的绿光。啥叫骗你？我白花花的银子没少给向石匠，是咱爷们儿看上了你这个小妖精，别人家的女孩儿，想来伺候我，还没这福分呢。

朦胧跳跃的烛影里，他张开双臂，像一只螃蟹，似醉非醉间就觍着脸向我扑过来。

我一个闪身，让他扑空倒在了婚床上。手疾眼快的我，一把抓过娘塞给我的红包袱，飞快抽出了我那把明闪闪的大剪刀。

我双手握紧了它，咬牙切齿地说，老家伙，你听着，你再敢往前靠近我，我就剪了你那玩意儿喂狗吃，然后再捅死我自己。你要不信……咱试试看！

别别！这回轮上他恐惧和慌张了，他连滚带爬下了床，一边倒退朝外走，一边中气不足、亦不甘死心地指着我。

你个……小草驴，让你撒野！等着瞧吧，我能给你教认字，就会慢慢……调教你认命！

我一阵风地赶紧追过去，哐当一声，死死地关紧了门。一转身，我扑向床，把自己狠狠地摔了个脚朝天，接着哀哀地号啕大哭起来。

我也不知道自己哭个啥，到底是哀怨痛心，还是酸楚悲愤。总之，忧伤和绝望占据了我的心，我拿起了那把剪出过花草虫鱼浪漫世界无数美好事物的大剪刀，对准了胸口，准备，剪了我自己……

剪他个粉身碎骨血花飞！

陈骡子：　啥叫个老牛吃嫩草？

不是我大不敬，你看我年近花甲的老外公，还要娶一个十七八岁的小姑娘，啥叫老牛吃嫩草，人老色胆壮呀！亏他还是个教人读书识理的大先生，真是挂的羊头卖狗肉！

作为唐家的族人，他没有唐敬忠家里富有，却比那家人会享福。老爷子想沾腥吃荤，却还不想惹臊气，也不知是谁给他出的馊主意，居然叫我冒名顶替代他去迎亲。这也好，我还单着哩，正好没成亲，这不是个好机会吗？

我长得挺标致，很容易让姑娘一眼就相中我，可惜的是，她们回头一打听，都知道我好吃懒做不正经，还有点儿偷鸡摸狗的小毛病，便立刻像躲避麻风病一样远离我。这让我好没面子忔恼怒，拖到了二十三岁还在打光棍。

可是天无绝人之路啊，这不是好事送上门么？我要替外公拜花堂。听说新娘心灵手巧长得美，嫩得就像一根葱，模样俊得能让仙女无地自容。我一听这话，心里痒酥酥，两手急猴猴——恨不得马上见面抱得美人归……

可恨的是，他们只是叫我应个名，拜完花堂就滚开，后面就没有我的事了。不过，谁也想不到，就在花轿落地让我用红绸牵着新娘往进走的那一刻，我趁人们胡乱起哄推搡之机贴近新娘悄悄捏了一下她的手。我对着那些嘻嘻哈哈一大群凑热闹的人，故意责备道，别推我呀，让我站稳了行吗？

我这是给新娘子在"亮耳朵"，想让她知道，迎接她的是我陈骡子，到了晚上洞房花烛夜，叫她心里要知道，闯进去的那个死老头子不是她男人。一个黄花闺女，除非是傻子，又怎么会接纳一个行将就木的糟老头？

这是我料定的事，一旦向荷花知道我那个老不要脸的外公，居然要和她同床共枕，我敢断定她宁死都不会从的。晚上的故事，果然不出我猜测，我听苏妈说，新娘立马就要捅自己，用的是一把大剪刀。

对，苏妈其实是外公家的老妈子，我已经暗中使银子，让她死死盯住新娘子，既不能让我的骚外公得逞，更不能让新娘子轻易寻死——她死了，我还有啥指望呢？

谢天谢地，新娘小美人，终于没有死，因为她最终没有剪自己。

就在这时候，一个人拨开门闩匆匆走进洞房，此人正是苏妈。苏妈为了报答我那十两银锭子，告诉我内情，她见到新娘后屈膝弯腰，给新娘施礼，嘴里直呼姑娘使不得，让荷花千万要想开，咋的都别自寻短见啊！

苏妈把向荷花手里的剪刀夺过去，扶她重新在床沿上坐下来，和颜悦色地拉起她的手。苏妈的手很冷，好像是冰做的，人倒蛮热情，一脸诚恳地低语道，人常说，好死不如赖活啊。听我糟老婆子一句劝，你个蓓蕾待放的娃娃家，青葱水嫩的小年纪，还没经人世，往后的日子长着哩。就说我苏妈吧，这辈子男人死了我又嫁，嫁了一个他又死，先后都嫁了三个男人啦！你有啥办法？咱女人呀，天生就不幸，一辈子都是伺候男人的命，说到底，还不就是为人生儿育女嘛……

苏妈说话爱絮叨，一开口就嘀里嘟噜直啰唆。不过苏妈知底细，她谨慎地回头张望了一阵门外边，没有看到一个人，便悄声细语对她讲，那个跟你拜堂的嘎小子，叫陈骡子，他叫你等着。他外公年过花甲了，还不是秋后的一只老蚂蚱，又能蹦跶几天呀？常言说，青山不改，碧水长流，只要青山在，就不怕没柴烧。对吧？

可是，这……

咋？苏妈窃窃私语道，你不是嫌要伺候老爷子吗？事在人为呀！你是个灵巧娃，动动脑子想办法，有那陈骡子在外边想办法，他也在给他外公说好话，你们两个多配合，里里外外一闹活，说不定事情就成啦。再说，即使一下子遂不了你的愿，也拖他一天算一天，让老东西心急火燎看着你，天天猴急挨不上，拿你没法治，最后慢慢厌恶你，你不也就有了盼头吗？

苏妈的一箩筐啰唆话，还真有点儿用，很快就让我那美人向荷花，从烦躁恼恨中渐渐冷静了下来。

后来向荷花曾对我说，着急发火不顶用，她当即就想通了，迷乱的情绪救不了她。她开始清醒，暗暗地在心里打主意，开始给自己想办法。

苏妈呢，见她在沉思，继续开导她。

姑娘，受点儿委屈没有啥，瞎事里头也有好事嘛。你想想，要不是唐大老爷喜欢你，任你花儿朵儿长得多好看，也走不进这么豪华阔气的大庄园。是福还是祸，你就慢慢掂量吧！

我的妙人当下就下狠心，死马就当活马医吧！她暗自思忖道，只好先忍一忍了，忍字头上一把刀——她就把这把刀（能出神入化剪出各种花样的大剪刀）先放在心头上吧，慢慢耗着那个老东西。

那一夜，活该遂我心，我的老外公，竟然没有再闪面。毕竟年事高迈又喝了酒，男人的欲念来得急也撤得快，大概暂时把他的小新娘忘在了梦中的爪哇国。

可怜我的小荷花，这一夜，她说她一直忐忑不安，提心吊胆就是没敢睡。

向荷花：唐家老爷你理太亏！

吃了苏妈送来的定心丸，我就关死了门窗，搜肠刮肚满屋子转圈圈，挖空心思，变着法儿想对策。

简单说，就是发泄愤懑出口气的同时，我要把自己的命运另安排，翻他个底朝天！

腊月初十，渭北旱塬的唐家村，迎来漫天大风雪，西北劲风挟着凄厉的呼啸，从野地里吹过来，鹅毛大雪旋在狂风中，有如万千玉蝶在飞舞。只一夜光景，天地万物，世间的一切，丑的俊的，好的坏的，黄金粪土，花枝毒草，都被白雪覆盖了。

就在这一天，天变地转换了个样，另一个我，也重生再世了。

一大早，苏妈一进屋，吓了一大跳。

新婚洞房成了降妖驱邪洞，剪纸挂了满屋子。不是龇牙咧嘴的狼，就是青面獠牙的鬼。地上铺的是王八，门框缠的是蛇精。再看墙上面，大大小小贴着天罡地煞星。头顶还有吊死鬼，伸着三尺半的大舌头……

苏妈喊一声新姨太小奶奶，没有听到我回答，便麻着胆子走进来。只见红绡帐里的床铺上，不见我向荷花，却躺着一具纸人人，红裤子，绿袄袄，脑袋大得像方斗，眼睛大得像铜铃，血盆大口更像随时要吃人。

一阵寒风从她身后吹进来，满屋的剪纸哗哗啦啦乱抖动。那情景，还真有点儿阴曹地府的样子。苏妈忍不住打了个寒噤，撂下手中端来的饭盘子，撒腿就往院子跑。

来人呀……快……来人……

苏妈丢魂丧胆地跑出门，扯开嗓门大呼小叫着，多少也有点儿幸灾乐祸唯恐别人听不到。

快来人，洞房闹……鬼了，新娘……不见了！

喊叫声搅进弥漫的风雪中，震动着豪宅连片的大庄园，在那些金花贴面、檐牙高啄，显得气势不凡的屋宇间嗡嗡地回响，随后又渐渐地扩张，向着皑皑白雪覆盖的茫茫山野悠悠地回荡。

护院的刀客、门禁，早起的用人，左邻右舍的族中人，还有那些爱看热闹的村民们，犹如一群群雪中觅食的小麻雀，呼啦啦应声奔过来，堵住了三进三出的庄园大门口。

这时候，身穿狐皮大氅，头戴狗皮帽子的唐大先生，领着家丁众人深一脚、浅一脚地踩着没膝深的厚雪走进来，举头往里看，不禁大吃一惊倒吸一口气，目瞪口呆的老家伙，半天愣着不吱声。他看到院子正中间，巍巍乎蹲着一个偌大的狼头人身大雪人。狼嘴巴塞着个酒瓶子，狼眼睛是两个酒盅，似人非人的屁股上，拖着一支大扫把。最有意思的是狼身子，上面是一张大剪纸，剪的是一团花花肠子盘绕的女人眼睛、奶头和屁股……

小蹄子，你在哪？唐大先生气急败坏地大声嚷，向荷花，你听见了吗？快出来！装神弄鬼的，你到底想干啥？

他的话音刚一落，只听得一声阴阳怪气的哈哈大笑鸟雀一般飞散开，随即就是我别出心裁的嬉笑与怒骂：

　　我要变成鬼，
　　活剥你的皮。
　　拉你下地狱，
　　吃你心肝肺！

幽幽歌声中，只见洞房的门里走出来了一个可怕的我。脸是一张恶鬼相，横眉立眼闪凶光。鼻子是一只癞蛤蟆，嘴巴里叼着个死娃娃。胸前是一只猛兽头，两臂缠的是昂头龙。我被这些剪纸浑身上下全糊满，已经认不出我的真模样，只有双手依然紧握着我那把闻名乡间的大剪刀。

唐大先生气得直发抖，哆哆嗦嗦地说，你看你，成了啥样子！装疯卖傻，知不知羞呀？

　　知羞不知羞，
　　没有先生脸皮厚。
　　六十老汉娶小妾，
　　伤天害理羞先人。

唐家富贵银子多,
唯有一样是缺德……

住嘴！再胡喊乱叫我就收拾你。唐大先生把手一扬，喝令几个护院家丁道，将她捆起来！

家丁们跃跃欲试往前扑。我还是老办法，双手握紧了剪刀把，对准在自己的胸口上，无所畏惧地继续放声唱：

明年今天是忌日,
石匠的女儿岂怕死？
唐家先生你理太亏,
羞辱祖宗没面子……

恰在此一刻，那个陈骡子，就是那个和我拜花堂的小子，急急忙忙赶过来，他有点儿上气不接下气地跪倒在地上，声情并茂断断续续地喊了长长一大声，求外公开恩，不要伤害她，她可是远近闻名的剪花娘子"向巧手"啊！

唐大先生犹豫不决了，一时左右为难，真的看上去没面子。他沉吟片刻道，这么说，难道还把她送回去不成？他还没等别人回答他，突然心灰意冷地一甩手，说，那就算啦，你就滚回你娘家去，我把你还给你石匠大，让他给我还银子……

请神容易送神难,
要我回去难上难……

唐大先生怒气冲冲，趔趄着向前跨了一步，那你想咋办？

一顶花轿抬进门,
反正我已是唐家人。
老天有眼神灵见,
叫声祖宗老爷子——
我想嫁的是唐敬忠……

我这一声喊出来，一下子惊吓了两个人。除了唐大先生，还有陈骡子。

竟然是陈骡子，他先叫起来，你……向荷花，你可是跟我拜的堂，怎么改主意……还想嫁别人？

唐大先生突然醒悟了，他冷笑了一声说，哼，你原来还在想好事，告诉你吧，我敬忠侄儿早有心上的美人了，你就死了这条心！

我一听，不禁头晕目眩，身子不由自主一摇晃，当即就栽倒在雪地上。

唐大先生余怒未消，不屑一顾地摇着头说，像你这个疯疯癫癫不知天高地厚的臭丫头，动不动要死要活地没王法的主，谁还敢要你？

外公，我不怕！跪在他面前的陈骡子，依然仰头恳求道，外公，就把她嫁给我吧，外孙……求你啦！

你说啥，把她……嫁给你？

是啊，外公，她比我小几岁，我俩正好是一对儿。再说，你不能看着你外孙一辈子打光棍呀……

唐大先生好像在犹豫，一时不知咋决断。

那陈骡子又说，你刚才没有听到吗？她要嫁的可是你们二门上的三侄唐敬忠。

唐大先生嘿嘿冷笑道，那是她白日在做梦，她还蒙在鼓里头，人家唐敬忠三个月前已经结了婚。

那……这不正好嘛！你就把她许配给我。外公求求你，从小你不就是偏爱心疼我嘛？外孙以后……一定加倍孝敬你……

我一听唐大先生这话，心里凉了半截子。看来，唐家人真是没有看上我，说白了因为我是个石匠的女儿，和大户唐家门不当户不对啊！

那陈骡子说着就栽下头，在雪地里一个劲儿地鸡啄米，不停点儿地给他外公磕起头。

求求您，求求您外爷，您就成全我吧。他说着，竟然抱住了唐大先生的腿。

苏妈和几个下人都热切地望着唐大先生拿主意。

不知谁在说，其实呀，这倒是两全其美的一件好事情，既保住了咱唐氏家族的好名声，也给陈少爷办了终身大事情。

唐大先生仰起头，开始沉思，也许他心动了，久久地望着苍天不吭声。

人做事，天在看。难道说，我这件事情做得……真的不太近情理？唐大先生自言自语道。纷飞的雪花扑在他皱纹密布的老脸上。老半晌，他突然狠心跺了一下脚，庄重威严地喊起来——老祖宗，原谅我吧，我一时糊涂鬼迷心窍胡成精啊，差点儿做了缺德事。爷爷外孙老弟兄，权当我逗他们两个小东西，发了一场疯吧！

他忽然哈哈大笑了，笑得全身都颤抖，笑得热泪满面流……

向荷花呀，你个小妖精，还不过来给我下跪磕响头？看在我外孙苦苦哀求的

份儿上，我就遂了他的心，也让你个草鸡变凤凰，嫁给他……去当新娘……

命运转瞬间大逆转，来得突兀又必然，使早就准备好了旷日持久抗争至死的我，一时都难以置信了。

我在想，看来，我只能顺从了，好赖，总比嫁给老东西强。

我愣了大半天，硬是没回过神，还是苏妈三步并作两步扑过来，一边晃晃悠悠扶我站起来，对我直道贺。她拽住我的胳膊摇晃了好一阵儿，才让我如梦初醒，明白了究竟是怎么一回事。

我恍然大悟，一把扯去脸上的面具纸，突然大声哭丧开。心里想，想嫁唐敬忠对我而言已经是无望了，看来只好认命嫁给唐家的这个外孙子。罢罢罢！好歹也是个年轻人，总比嫁给糟老头子做填房强。

我给自己说，只要逃出这狼窝，火坑我也得跳……我能不认命么！

第七章　一塘（唐）死水要活流

易红娥：　我也不懂我的心！

三月里柳梢抽头，刚刚染上一抹似有若无的鹅黄翠绿，三弟就急不可待要别家而去了。

他既然去意已决，不可挽留，作为一家之主，我易红娥能够做的，毋庸多言，就只能为他上路准备盘缠了。

跟随他的用人，我挑选了如今已经是半大小伙的柱子——当年跟着三弟拉驴踢了我家兄弟水烟摊子的小伙计，一直是三弟形影不离的小跟班。柱子原籍陇东正宁县，家乡遭旱灾，父母死在出来讨饭的路上，他就随几个小叫花子一路要饭，来到了三水县地界。当时健在的公公心地善良可怜他，自从打太峪街上的乞丐中捡回来，就一直收留他在承业堂里为三弟做帮手。他对三弟可真是言听计从一丝不含糊，选择他跟随三弟自然最合适。

除了他，还有一个丫鬟名叫小慧，是三弟媳远房亲戚的一个女孩子，聪明伶俐又勤快，我让她专门去伺候三弟两口子。我让小慧去请他们夫妇来，他们已住进了新近落成的敬忠府。

三弟的府邸，是我们唐家精心打造的第二座三进三出宫殿式的四合院，格局基本上和老二那座敬孝府无差别，所有建筑全部是木、石、砖结构。房屋分前、中、后厅房和两对檐厢房。前厅房檐带稍门，即出户大门，后檐格子门窗软封檐，一般住老人或用人；中厅房为大厅，内有四大明柱配转扇门，供家人前后通行和聚会；后厅房檐有门窗，内设二层楼，楼上住未出嫁的姑娘，楼下住丫鬟，另有杂物间。三厅房同高同宽，厅房之间，前院两对檐厢房住年轻主人和妻妾，后院两对檐厢房，阳面住人，阴面做厨房。房屋精巧，造型优雅，整个建筑外观浑然一体，古朴典雅。屋顶脊卧兽飞，檐牙高啄。金花贴面，墙壁为水磨石砖，面平缝直，条石台阶细腻平滑。院内门窗高大轩敞，精雕细琢

各种花样。

三弟的敬忠府,值得一提的是院内的砖雕,上面的官钓图、金玉满堂图和富贵长寿图,分别体现了我们对镇宅辟邪的虔诚之心,希望天下太平的美好祈愿以及表达我们人丁兴旺和财源茂盛的终极理想。

我虽一妇道人家,毕竟还懂得家宅传世、荫庇子孙的道理,庄户人有了钱,无非是盖房置田娶媳妇。百年基业,质量为首。大兴土木,就要舍得大把花银子。我们唐家盖房用的木料可都是从陕南,乃至东北远途运来的;石料则是从十几里路外的万寿沟所采;砖瓦材料,更是在三水和附近州县精心挑选于上好的砖窑所制。所有工匠,不用说当然也都是一流的能人。

比起二弟的宅邸,三弟的院子稍微多了几处花厅、鱼池之类的点缀小景致。他算是文化人,故而更多些雕梁画栋和描金彩绘的梁柱与装饰。特别是墙壁上的木雕与砖刻,那真是匠心独运、无与伦比的大艺术。岁寒三友、二十四孝图,人物花卉等,雕刻得栩栩如生,精细程度令人叫绝。

我不知道这是不是对三弟的偏爱和私心,但我的心知道,多多少少,还是有一份难以启齿的挽留吧。所谓"羁鸟恋旧林,池鱼思故渊",我希望把三弟的宅院修建得豪华精美些,让他住得舒适惬意,过得快乐,即使绊不住他想远走高飞的翅膀,至少也让他身在他乡思故乡,常常能想起家里这个温馨港湾安乐窝。

如此这般,也就不愁他不会隔三岔五打道回府,归来探望了。

然而,三弟却真的要走了。他走的理由,充实而饱满,你无法指责。按说,他的心已有归属,爱情也有了着落,我应该为他高兴才对。但是真的让他离开唐家村,离开我们日益兴旺的这个大家庭,我还真的有些莫名的依依不舍,至少,我不能每天见到他,更不可能有事找他商量了。毕竟,他在几个弟兄中间最有思想和见识。他一走,能够为我分担这个大家主事之责的,又能有谁呢?

可是,我又不能不让他走,不仅是顺从他的意愿,而且也是为了唐家今后更大的发展前程来考虑。看来,他们夫妇也是跃跃欲试,有些急不可耐了。

这不,此时,我的妯娌第五晞妍,袅袅婷婷,正和三弟一前一后,向我走来。

向长嫂问安。

是三弟先施了礼,他媳妇赶紧屈膝行礼。

我请他们落座,不由得定下神来,仔细打量起我为唐家迎娶的这位天仙似的美人儿来。

她穿一件蓝底白花丝绸夹衣,头上没有戴首饰,鸭蛋形的俊脸上虽未施粉黛,却在灵秀大眼和玲珑鼻子与小巧嘴巴的衬托下,显得肌肤如雪似玉,尤其是那双眼珠儿,黑白分明,都像透水似的,浑身上下更散发着一股清纯脱俗的灵秀气。

天生丽质的她,眼波生姿,明艳又动人,不知为什么,突然让我不仅很欣赏,而且也暗暗自愧起来。到底是觉得自己相形见绌或望尘莫及呢,还是他们男才女貌、绝佳搭配让人生羡慕呢?

女人啊女人,我的心,连我自己也弄不懂了!

唐敬忠: 我们唐家要开新头

我终于要走了。

我要走出三水县,到口镇以外的关中平原泾阳县去闯世界。

我相信,这是我们唐家的一个新开头。唐家祖宗苦吃苦做几代人,在这里虽然站稳了脚跟,已经成为远近有名的大财东,但是我们不能吃老本,更不能小富即足一味坐吃山空享清福。欲穷千里目,我一定要更上一层楼。人生太短促,我必须抓紧时间,到外面干些大事情。

我已经准备好明天一早就起程。临行前,自然要拜访我们的当家长嫂,我想听听她还有啥吩咐。说实话,要不是长嫂远见卓识全力支持我,我就是好高骛远在做梦了。打从心里,我真得感谢她。

我偕妻子走进大哥的敬贤府,刚跨进大门,长嫂就闻声迎出来。我向她抱拳施礼,她匆匆还礼,款款而至,上前牵住了第五晞妍的手,然后一直陪我们走进正屋的大客厅。

我们在客厅那张楠木大方桌前坐下来,喝着下人捧上的茶,三个人便说些家常话,礼节性地寒暄了一阵子,我就开始给长嫂说正事。

明天我就走,长嫂还有啥事要叮咛?我一本正经地对她说,人常道,家有千口,主事一人。长嫂是咱们唐家的主心骨,家里大小事,全靠你做主。我这次虽然是出远门做生意,依然免不了有很多事情要靠长嫂做后盾,出主意。我会定期让柱子回来传信息,争取一年半载后就能给家里赚钱送银子。

长嫂没有取笑我张狂说大话,而是微微一点头,她盯着第五晞妍的面,却是在对我说,这个我不怀疑,凭你的能力和决心,我相信不久你就会有成就,你做生意的才能在承业堂已经被证明。我只是想说,钓鱼先得有鱼饵,打柴还得有把

好斧头，你总不能空手去套白狼吧？

我明白了她的话，赶紧解释说，我已经准备了一笔小本钱，先从小生意做起，慢慢驴打滚，看着情况再投入。

大嫂子摇了摇头，你有多少本钱我知道。既然你是为了家里去打拼，那么家里就要全力以赴支持你。

长嫂是那种不动脑子不开口的人，聪慧机警与深谋远虑，我都曾经是见识过的。

她说着，缓缓起身招招手，将我们夫妻带进侧旁的耳房里，指着案几上放的几只牛皮制成的大箱子。而后，一伸胳膊，说了一声"请"，让我们走过去。

面前的几只箱子逐一被打开，我们的眼前顿时一亮，就惊呆了。

第五晞妍到底是女人，加上年轻阅历浅，虽然她父亲曾在三原的书院上过学，但毕竟是个读书人，娘家也不是太富裕，大概她从来没见过整箱白花花的银锭子，故而嘴巴大张发出了声。

哇……这么多？

老实说，我也始料不及愣住了，随即拧紧了眉头不解地问，请问长嫂，这……这是做什么用？

你是要去泾阳做生意呀，如果两手空空去，又如何赚得财富回？

我赶紧摇头。

我为啥去做生意呢？长嫂应该明白呀，绝不是去那里花家里的钱，而是为了给家里增加财富，挣更多的钱。

长嫂嫣然一笑道，这个我明白，可是世上没有无本生意，难道你和弟妹还有随行人员，吃喝住行就不花费么？

我再次做解释，也意味深长地一笑道，必要的盘缠我已预备了。再说，我打算自己一个人先去，晞妍留在家里帮你料理家务事，暂时不要她跟去。

那怎么行呢？长嫂断然挥手制止我，你们虽不说是新婚燕尔，但毕竟正当年华，怎么能分开呢？这不妥。要走，你们就一起走；要么，你就再等一等，早晚也不在乎十天半个月。

长嫂回头问晞妍，他三婶，你说呢？

我妻子自然很精灵，微微一笑，腮边出现两个越发明显的酒窝儿，回答得干脆又利落，我听长嫂的。

这就对了。我说三弟，我一向欣赏你的才华与禀赋，也认同你的远见卓识，为了举家兴业，责无旁贷支持你出去闯，也希望你一展宏图此生无遗憾。但思前想后，感到还是有几句话，也不知当不当讲？

长嫂只管说。我习惯性地双手一拱道，实不相瞒，我之所以想离家去经商，首先是觉得家里有大哥和长嫂你掌管操持着，十万分放心。尤其是你，这些年你对唐家做出的贡献，对我们弟兄无微不至的关怀，让我们打心底敬佩和感激。我想出去发展，也是为了报你的贤惠与恩德。

　　我说到这里，长嫂连连摇头道，这不是我一个人的功劳，你就不要说了。我要说的是，人生在世要过日子，钱绝对是必要的，但顶顶要紧的绝不是钱，而是生命，是与人为善，人对人的爱和情；再者，你还要知道，为了过好生活，的确要多挣钱，但你要清楚，世上的钱你是挣不完的；挣来再多的钱，如果不花不使用，那钱再多也没有意义。一句话，我们要发财，但决不能做守财奴。

　　长嫂说着，忍不住自己先笑了，笑得很爽朗。

　　我也笑着说，我明白长嫂。大丈夫立身处世，先应独善其身，后可兼济天下。所谓善不可失，恶不可长。亦如孔夫子所言，君子喻于义，小人喻于利。不论务农经商，自当据守情义为先。你放心就是了，家里有大哥帮衬你，我二哥一定能把沟底那一眼泉水和一方水地经营好，太峪镇上的承业堂，四弟绝对会经营好。我呢，在外面也一定不负众望好好干，决不给咱们唐家人丢脸。

　　那好，那你就带上弟妹吧。虽然古人有诗云：两情若是久长时，又岂在朝朝暮暮。但到底还是朝夕相处、相濡以沫实惠幸福嘛！你说呢，弟媳妇？

　　长嫂的话一语双关，也许只有我深知其中的另一番滋味儿。当然，聪慧的晞妍大概也会有感触，只见她不好意思地低下了头，但态度十分肯定地重复道，我听长嫂吩咐就是了。

　　那一刻，长嫂的目光有一点儿恍惚和游离。我觉察到她看我们两口子眉目传情的样子，稍微有些不自然。

　　这样就好。

　　长嫂轻轻地拉过晞妍的手，好像要了结一桩心事。她从自己的手腕上摘下一副镯子，然后又慢慢地套进晞妍的两只手腕上。她含情脉脉、一语双关地说，这是一副玛瑙镯，希望你戴上它，代替我好生关照和尽心伺候好三弟。不管你走多远走多久，只要想起我和这个家，你就看看它……它就是我，我就是它……

　　第五晞妍仰起她俊俏秀美的脸，她不解这话里的话外音，大概只见长嫂说得真切又动情，水汪汪的大眼睛里一时腾起一层湿漉漉的雾。

　　她疑惑不解地回过头，诧异地望着我，似懂非懂，像一个稚气未脱的女

孩子。

而我呢，自觉无言以对，一时间面红耳赤，只好默默地垂下了头。

向荷花： 是我差了好运道

六十岁爷爷娶新娘，
外孙替姥爷拜花堂。
一拜再拜又三拜，
外孙跟新娘入洞房……

在三水县唐家，曾经一度流传的这段顺口溜，说的正是我向荷花。

我的故事充满了悲欢离合与酸甜苦辣，这滋味唯有我一人独自吞咽，暗自品尝。

由于我的拼死抗争，加上苏妈的帮忙，特别是那个陈骡子机缘巧合见缝插针，捡了便宜娶了我，让悲剧的婚姻看似有了喜剧的结局。

可是，天哪！我怎么知道，也实在难预料，所谓的喜剧结局，其实才是漫长悲剧的开始。我那个外表冠冕堂皇的新郎官，谁知竟是个大烟鬼！因为长期吸食鸦片，没过几年，竟慢慢丧失了作为人的基本的善良天性。

在那些可怕的日子里，每到夜晚，我都要承受一个女人终生难忘的耻辱，在一桩只有两性而没有爱情的婚姻泥淖里倒海翻江，被动地抗争着唐家这个外孙子不遗余力的施虐。

真的是虐害！陈骡子对我是又掐又咬，又揉又搓，甚至于捆绑抽打，这些变态举动完全来自他那穷凶极恶的欲火。

算了，算了吧！我反复哀求他。

可是他仍然不肯罢休，就像他一直不愿承认和接受自己的无能一样。就这样，晚上成了我的地狱。而他——陈骡子，也成了真实的魔鬼。

一夜又一夜，周而复始，大汗淋漓的他和不堪折磨的我，都像濒临绝境瘫倒在沙滩上快要死去的鱼……

漫长的岁月，我的今后怎么过？想想我这羞愧难当、名不符实也极不和谐的婚姻，想想我娘家村子那么多女伴，她们会怎样对我的命运嗤之以鼻，掩口讥笑？特别是日后漫长无涯没有盼头的苦日子，我忍不住心一横，偷咬牙关，暗自抱定了一个决绝的"死"字!

那天一吃过早饭,我要求回娘家去看父母。我的烟鬼丈夫陈骡子特意备了四匹马,他和我各自骑一匹白马和黑马在前头走,两个家童各骑一匹栗色马,驮着他给我娘家准备的上门礼物,紧随其后。

从唐家村出发,我们穿过县城东边的马栏河,上了翠屏山。一路无言,只伴着踢踏的马蹄声响,迂回在蜿蜒的"之"字形山路上。

我们像两个互不相识的陌路人。

你怎么不说话?他用猫叫一样怪异的嗓子探问我。

我偏过头去,白了他一眼,算是回答他。

告诉我,你都在想些啥。

我仍不理他。

看他头戴一顶旧式瓜皮小帽,却梳了一个狗尾巴似的干枯细瘦的小辫子,黄皮寡瘦的脸上,一点儿也没了成婚拜堂那天的青春光亮气。真想不到人会变得这么快。大概为了装老成,他也效仿起唐大先生装腔作势的样子,也架起了一副水磨石眼镜,看上去神秘莫测,似乎要向人们显示他也有学问。可惜他不仅装得不像,而且坚持不了多久,就会原形毕露。

你瞧,大概是烟瘾又犯了吧,这时的陈骡子又开始既打哈欠又伸腰,不停地擤鼻涕,抹眼泪。我不无厌恶地瞪了他一眼,他立即摇头晃脑,强打精神苦中作乐,还装模作样念白了几句文绉绉的古诗词:关关雎鸠,在河之洲;窈窕淑女,君子好逑……求之不得,辗转反侧……哦,我的小美人、小喜鹊,你看春来了,花开了,景色多么好,可是,你到底为啥不高兴嘛!

我狠狠地再次剜了他一眼,心里说,陈骡子,我恨死你了!我还想损他一句难听话,你怎么那样像你那个酸腐缺德的糟老头子骚外公呢!难怪乡下人都说,啥样的藤蔓结啥瓜。唉,我真的恶心他。

我已经万念俱灰,反正不想活,又何必多说无用的话呢?

转过一个弯坡道,我突然不容分辩地对他说,你们都先头里走。

他莫名其妙地问,你怎么了?

我没有好口气地对他说什么,只愤愤地压低了声音训斥道,难道要憋死人,不让人小解?

我勒住马缰绳,站在路旁边。一直等到他们走出一段盘山路,然后翻身下了马,瞅准了路边一处陡峭的山崖,紧咬牙关,双眼一闭,纵身就跳了下去。

我对自己大声说,我要死,我不想活……

在一跳的刹那间,我发现自己真的像只鸟儿,自由而快活,轻飘飘地忽然飞

起来。那是一种非常轻松、舒放、幸福、曼妙和奇特的感觉。

忽然间，只听见一片惊呼，犹如一群鸟儿呼啦啦地飞过来。

哟哟哟、快快快……

耳旁人们慌乱的叫喊声嘈杂一片，我却紧紧地闭着眼，一心在想自己已经飞到阎王殿，也许过了民间传说的奈何桥，就是不知道，最终我会下地狱还是上天堂。

哇，有人跳崖啦！

隐约间，有人粗声大气的喊叫声贴近我耳边，忽然，一口热气迎面喷吐在了我感觉敏锐的脸颊上。

啊，是你啊……荷花妹……

三少爷，这……有人跟着惊呼道，这真是戏里头唱的什么词？对，天上掉下来个林妹妹，似一朵轻云刚出岫……

我还以为自己在做梦，拼命睁开眼一看，发现自己像一捆麦秸草，轻飘飘地横躺斜卧在那个年轻男人的怀抱里。

这个男人浓眉大眼睛，目光如炬亮闪闪，正在目瞪口呆地望着我。

荷花啊……你这……这是为啥呀？

我一眼就认出了他。我恨他，更恨我。他从小就很疼爱我，处处呵护和照顾我，就是不知为了啥，偏偏不愿意来娶我；我也恨自己，明明心里只有他，为啥吞吞吐吐，一直不敢向他表明自己的心！

你……

我不知道说啥好，他该出现的时候没出现；不该出现时，偏偏又惊现在了我面前。尽管是他救了我一命，可是救一个不想活的人，跟杀死一个想活的人又有啥区别呢？

惊诧中，我极力想挣出他的怀抱，却被他轻轻托起来，又小心翼翼将我放了下来。

谁要你……管我？

我想起在太峪镇唐家承业堂的后院里，那时年少的我们和一群小伙伴，正儿八经玩拜堂，他曾经是我傻乎乎的新郎官。因为小伙伴们借风扬土眯了我的眼，急得我这个当新娘的啼哭不止的时候，他紧紧地抱着我，哄我、劝我，抬起袖头为我擦眼泪。

我永远能记住，他在给我擦眼泪的时候说的那段话，他说有的人的脸蛋是为笑而生的，有些人的脸蛋是为怒而生的。你呀，怎么就爱哭，这张好看的小脸蛋，好像专门是为流眼泪而生的。

那时候，泪水顺着我脏兮兮的脸颊淌下来，大概就像小河流过满是尘土的大地吧。我原本好看的一张粉脸脸，横一道压着竖一道，哭成了小花狗模样，听了他的话，心里却甜丝丝、暖洋洋的，竟忍不住破涕为笑了……

啊，永远不长大该多好！永远不分离该多好！

这太巧了，我们正好要去泾阳，没想到在这里遇上了你。

我听见他的声音十分遥远和模糊，怎么也不相信他人其实就站在我面前。

你为啥……要寻短见呢？

你别……管我……

我说着，忍不住百感交集，顿时嘤嘤地哭起来。

是的，除了哭，我还能做啥呢？

晞妍，这是向荷花，我们从小玩大的小伙伴，就像我的小妹妹。

我听见他这么说，才发现他身后还立着个美人儿，她两眼大瞪望着我，然后会意地笑了笑。

唐敬忠回过头，大惑不解地劝慰我，他说，荷花啊，人生没有平坦的路，你可要坚强，一定要活着，遇到天大的难处你都不要自寻死路。死太容易了，而活下去才是真正的难，也是真正的强。听我的话，千万别再自寻短见走绝路啊。咱们今天说好了，你有啥难处，就只管吭一声，只要我活在这个世界上，我一定会不遗余力帮助你……

就在这时候，陈骡子骑着马，急匆匆地奔过来。

哎呀呀，我的小美人，你这是为啥嘛！

他翻身下马，径直跑过来抱住我，竟然怒气冲冲地对着唐敬忠说，她……她是我媳妇，跟你们……没有一分钱的事！你们，想怎么着？别在这里瞎起哄！

唐敬忠的随从说，你这人真是没道理，是我们家少爷救了你媳妇，你不感恩还在这里耍啥横！

哼，唐家三爷，你别想好事情，别说我们沾亲带故是亲戚，向荷花她可已经是我媳妇，我要警告你，你可别想在她身上打啥歪主意，没门！

陈骡子，你可真是狗咬吕洞宾——不识好人心哪！唐敬忠也理直气壮地说，我也告诉你，荷花虽然是你媳妇，但她是打小和我一起长大的，就像我的亲妹妹。我今儿也把丑话说在前，你要对她不好欺负她，那我唐敬忠也会对你不客气。

哼，咱们走！陈骡子不容分说拉起我的手，恶狠狠地白了唐敬忠一眼道，我知道你们唐家财大气粗呀，惹不起我还躲不起吗？

我被他强拉死拽地拉扯着，不知何去又何从。看那唐敬忠——我梦中经常见

面的心上人，他也一脸的无可奈何没办法，一个劲儿地直摇头。末了，也只能是眼睁睁地望着陈骡子蛮横无理地将我拉过去。

嫁出的女儿，泼出的水，毕竟，我已经是别人的人了……

我哭笑不得，要死死不了，想活又活不好，只好怀疑自己真真切切地做了个噩梦。

老天呀，我的命咋这么苦！

第八章　商号就叫天成铭

唐敬忠：我的"戏"究竟咋上演？

　　自从走出故乡三水唐家，我唐敬忠来到一马平川的富庶之地泾阳县，眼前像打开了一扇大窗户。天地原来如此广袤无边沿，人间原来如此热闹而非凡啊！

　　我的三水唐家，又怎敢和泾阳相比？即使整个太峪镇，也不敢和泾阳县城比较。一个偏安黄土旱塬沟壑塬畔的穷乡僻壤，一个地处泾渭交汇八百里秦川的关中腹地，号称三辅名区，京畿要地。真是得天独厚，人杰地灵哪。

　　单说这座县城吧，亭台楼阁，纵横街巷，商号林立，车水马龙，好生了得！几年前，我曾邀约几个伙伴专门到此一游，当时给我的印象，是广阔而又震撼，晕头转向不知南北。那时我就暗暗在心里想，一定要来这里闯一闯，躲在区区三水唐家和磨盘大的太峪镇，一辈子再扑腾，又能弄出个啥名堂？

　　我相信，人的见识越多，胆量也就会越大。古语所谓燕雀安知鸿鹄之志，我这辈子，就是不想做一只总在房前屋后叽叽喳喳绕梁而飞的燕雀，我要远走高飞，做一只敢于搏击风雨的雄鹰和鸿鹄，尽自己最大的力量开创出一片崭新的世界，成就自己的一份事业。唯有如此，才能对得起我的唐氏祖宗先辈，也不致使自己一生平庸白活、碌碌无为。

　　你瞧，这泾阳县城，白日里人潮如涌，热气蒸腾；到夜间灯火通明，歌舞升平，好一派繁荣景象。这"关中白菜心心"的好地盘儿，其富庶得益于泾河、渭水的灌溉滋润，不仅水陆交通十分便利，尤其土地丰腴，农业发达，所以引得八方商贾云集，贸易也就自然非常火旺与茂盛。

　　由此，我曾将这里比作一个有声有色的大戏园子——那一回我来这里，就看了几出连台好戏，狠狠过了一把秦腔的瘾。然而这一次来，我举家带口，可不是来看戏的。我非常清楚，我在这里不是要当观众，而是要登上这戏台子去做演员，声情并茂、活灵活现，去上演属于自己的波澜壮阔的人生大戏。

当然，我更加明白，我演的既不是奸贼害忠良，也不是相公追姑娘。我的戏名叫作"做生意"，也就是赚钱经商了。

可我的"戏"，该怎么上演好呢？

我偕夫人第五晞妍和丫鬟小慧，还有柱子，四人一行在熙熙攘攘的街上，一连转悠了好几天，好不容易租赁了一间铺面房子，虽然也在县城中心，但却在文庙旁边的一条偏背的小巷子里。

这个决断与其说是我的主意，莫若说源起于夫人第五晞妍的建言，她坚信"酒香不怕巷子深"的道理，反对我租赁正街面上的大房子。

她知道我年轻气盛，求胜心切，恨不得马上抱个金娃娃回家。个性爽朗明快的她，耐着性子，把一些非常简单的道理，阐述得行云流水般让我不得不心悦诚服，顺从了她。

咱们可是初来乍到，人地两生，又缺乏经验，不宜将摊子铺得太大，应该逐步积累经验，稳扎稳打，慢慢发展。她说，三爷的雄心壮志没有错，可也得脚踏实地打基础，一口吃不成胖子。我们刚刚创业，底子又薄，雇工租房，柴米油盐，成本太大，就像涝池里面行大船，既浮不起来，更回转不开呀！

她这一说，倒让我眼前一亮，不由得对她刮目相看了。

我在心里感叹，幸亏是得老天爷的眷顾，不但让我轻易获得家中掌门人大嫂子的理解与支持，如愿以偿地走出了唐家村，尤其还赐我以秀外慧中的美妇人做帮手，有她与我同舟共济，我唐敬忠就能心想事成。

心中窃喜，不由人就有些兴致盎然，随口就给自己的小门面起出个妄自尊大的商号来。

咱们就叫"天成名"吧！

夫人听罢，微微一笑，猜得出来，我的唐三爷志存高远，是比照了"地盛王"的名号，而且最终是想要超过他们。

我点头承认，难为你和我，真是心心相印、息息相通啊！

夫人点头称是，真正的英雄是无惧强人的，所谓下棋找高手，弄斧到班门嘛！我怎么会不明白你的心思呢？你每次经过地盛王的门口，目光不总是在人家门楣上这三个镏金大字上停留吗？如今的泾阳街上，人家吴家的商业规模，已经是数一数二的大户了。这倒无所畏惧，人凭志气虎凭山嘛！我们就是要敢于和他一争高低，一决雌雄。但眼下立足未稳，我觉得，还是含蓄内敛一点儿好。

夫人的话绵里藏针，说得十分圆转。我问她，你是说我锋芒毕露？

她含蓄地一笑，这次却直截了当说得非常明确。商业上的事，一夜成名天下知的概率，近乎为零啊！

夫人走过来拉住我的手，笑盈盈地望着我道，三爷雄心可嘉、锐气逼人，正是为妻我的骄傲。我只是想将那个"名"字略加改动，换成一个"铭"字。

有什么讲究吗？

她说，这不是简单地咬文嚼字，一个"金"字，一个"名"字，合二为一，成为这个"铭"字，至少含有两重意思。金字代表物质财富，有了足够的金钱，就有了扬名立万的基础。最主要的是，一个人要想在这个世间干成一两件事，一定要遵循一定的法度规律，刻骨铭心地记住一些至理名言……

着，着！我推开她的手，转身就要寻找笔墨，回头又忍不住牵过她的手来，左看右看，仿佛头一次见面，仔细地打量起她来。

我的夫人，不，你岂止是我的夫人，简直是老天给我派来的师傅嘛。好好说道说道，你这小小脑瓜，怎么会装着这么多道理，凡事总好像比我都看得透彻、高出一筹？

我哪有那么大的能耐，更不敢给你当师傅。只不过，你别忘了，你还有个饱读诗书的老丈人。你不是想找纸记下这些话吗？我先给你写一个字你认一认好吗？

她说着，当即唤小慧拿来笔墨纸张，风摆杨柳般地在案头俯下身子，规规整整地写了一个"天"字。

我呵呵笑了，在下虽然文墨粗浅，不至于认不得这个"天"字嘛。

认倒不难，解就不那么易了。这两横上代表天，下代表地，中间是一个人；你再看这个人字，从地下长出来，只能在天下面站立，稍微出头，就成了夫字，也就是男人，夫子的夫。大丈夫立世，要在天底下低着头做事，在地上面夹着尾巴做人。

我为她的解读既感吃惊，又感到新颖。原来，这里还有如此讲究，如此深奥的文章啊！

不瞒你说，我们走时，家父特意告诫我，做生意的学问很大，他要我们谨记道法自然，不违天时、地利、人和。他说，天道就是人道，人道就是商道。

她这一番说辞有如醍醐灌顶，顿时让我豁然开朗，直接有了"更上一层楼"的非凡眼界，我也想起临别探望老丈人时他赠予我的三句话来：好学近乎知，力行近乎仁，知耻近乎勇。老人家引用《中庸》的话，显然是担心我一味好高骛远，而不脚踏实地做人处世啊！他把自己才华横溢的女儿许配给我，又对我谆谆教导，这些真比赠送我黄金白银都要珍贵。夫妻同心，也许才是最要紧的天时、地利、人和了。

望着眼前娇喘微微、面若桃花的爱妻，一种爱怜和尊敬油然而生。我不自觉地抱起拳来，向她深深作揖施了一礼。

娘子所言极是，小生我佩服得五体投地了……

我模仿戏剧角色的腔调和举动，逗得夫人和小慧及伙计柱子都开心地笑了。因为这是我发自内心的折服和欣慰，我随口就赠送了她一个"军师"的称号。

第五睎妍：生意做遍不如卖饭

刘备打江山，靠的是军中帐里的诸葛亮出谋划策。我丈夫唐三爷抬举我，说他要做成生意，可得仰仗我第五睎妍了。

嘻，他这样夸我可吓住了我。小女子既无诸葛之智，更无张飞之勇，唯一可以效法一点儿的，也许就是关公的"义"——义气的义，仁义的义，也是道义的义。

也是因为这个原因，我规劝我的唐三爷放弃了做黑茶的主意。当时在泾阳，最火爆的生意，除了百货就数黑茶了。这种茶早在洪武元年即朱元璋建立明朝初期，就问世了，它采用陕南、四川等产地产的新茶为原料，手工制作而成。因原料送到泾阳制作，故称"泾阳砖"；又因在伏天加工，色泽深黑故称"黑茶"，亦称"茯茶"；还因其药效近似土茯苓，就有了"福砖"的美称。

我以为天成铭不宜从经营茶叶入手生意，首先是本钱不足，也缺乏经验，同时我也想起古人一句关于书法的行话而下意识起了作用。我自幼跟随父亲习练书法，一手字还算凑合拿得出手，同时也记住了习练书法的一句名言，道是"学我者生，像我者死"。

我想，此言同样适合商业经营，跟在别人后面亦步亦趋，终究是成不了大气候的。我对夫君道，矮人看戏何所云，都随他人说短长啊！我们最好不要吃别人的剩饭，嚼别人嚼过的馍馍，实在要嚼，最好也能掺和进一些新鲜的味道才是。

我的唐三爷闻言，立即点头称是。

夫人言之有理，我自然明白你的意思，生意场上拼杀，最忌讳轻易跟风，看着别人做生意赚大钱的时候，往往赚钱的机会已经不多了。

我也点头，含笑附和。因此，越是急功近利，就越欲速则不达，那咱们就稳稳当当，从最基本的生意做起吧。

我说到这里，两手一拍，笑着对立在我身旁的柱子和小慧说，咱们不妨猜猜，看看我们的唐三爷，给咱们瞅准了什么生意。

小慧道，夫人，这还用猜吗？单凭老爷给咱店铺起的名字，我就知道他要干什么了。

我问她，那你说说我们要干啥？

和地盛王一样，也卖饭呗。

我转过头去问唐三爷，小慧说的对吗？

没错。他点头笑道，夸了小慧一句。算你没白伺候夫人，脑瓜子也开窍了。可你说说，我们为啥要卖饭呢？

小慧年仅十四，虽然是个丫鬟，却是十分聪慧伶俐，又因为是我淳化老家一门远房亲戚的孩子，我也格外关照，把她当成了自己的妹妹，有空就教她认字、读书。这次随我们来到泾阳，小丫头越发长了见识。她见我故意考她，反而卖起了关子说，这个嘛，三爷心里明白，还要问我们吗？

倒是柱子急不可耐，抢着回答道，我知道，咱们不就是也像地盛王那样，把生意做大，赚大钱呗。

你凭啥说得这么肯定？

柱子一歪头，笑着回答我，三爷每次路过地盛王，要么在门口徘徊好久，要么就要进去吃饭，探个究竟嘛。

我一时无语，只是含情脉脉地望着我的夫君。目光里的意思显然是问，我们难道没猜对吗？

唐三爷点了点头，又接着摇了摇头说，你们说的很对，但又不全对。做生意是要赚大钱，这没错。可我们绝不是依样学样，看见人家地盛王生意火爆捞钱快，也来做饮食生意。我只是记住了老岳父那句"时时刻刻把人照顾到"的金玉良言，奉行的是天道和人道，当然也就是最基本的商道。没听人说吗？民以食为天呀。

我忍不住乐了，果然我们给想到一起去了，于是，我们主仆几人不约而同地都补充了一句话，几乎是异口同声地说道，生意做遍，不如卖饭哪。

唐敬忠：　面碗里头乾坤大啊！

我们唐家的天成铭商号在泾阳县城的第一个饭馆，就这样紧锣密鼓地开张了。

除了我们主仆四人,我们还招了两名厨子和两个打下手的小工。我和柱子带着两个小工,主管迎来送往招呼客人与收账;夫人晞妍与小慧配合两名厨子,照应厨房里炒菜做饭一应杂务。

在厨房的门楣上,夫人还专门书写了"香厨"两个别有韵味的大字。

咱们的店面虽小,但气概可不能寒酸。她后退两步,望着那两个墨迹未干、赫然醒目的大字,充满信心地鼓励大伙儿,咱们要力行价廉物美的经营原则,用精美的食品赢得顾客的青睐。饭菜飘香,又热情周到,自然会有顾客登门的。

不过,饭馆开张一些时日,门面还是冷清,常常是一连几天都没几个人来光顾。

难道我们的决断失误,不该卖饭吗?

看到这番情景,我也难免有些焦躁,一时像热锅上的蚂蚁,急得团团乱转,可又想不出啥好办法。

要说,我们之所以决定从最普通的卖饭生意做起,既不是一时冲动,也不是只图方便,应该是深思熟虑的选择。万事开头难啊!如何开张做生意,踢出头一脚,尽快赚回第一笔钱,我们夫妇也是从当时当地的现实情况考虑,还真是没少花费心思和时间琢磨。

我们生长的渭北旱塬,基本上属于八百里秦川的边缘地带。就说我们三水人的饮食习惯吧,基本上同大多数关中人的饮食习惯相同,"三天不吃面,心里慌乱转"就是很形象生动富有特点的总结。在关中农村,不论大人孩子,中午人们手端一只老碗,就着大蒜,蹲在自家院子门口,一边咥面一边闲谝的场景比比皆是。对了,此地方言,把吃还不叫吃,而是叫"咥",口至而足,带着某种实实在在的满足和幸福感,就连邻里乡亲之间互打招呼,也不问今天吃饭没有,而是问"你今天咥面了么"。

面,对于关中人来说,不仅是一种离不开的饮食,简直就是一种无法割舍的情怀。"八百里秦川尘土飞扬,几千万老陕怒吼秦腔,吃一碗油泼面喜气洋洋,没有辣子嘟嘟囔囔。"这民谣描写的民风民俗,正是关中人基本生活状态的真实写照,更有"麦面辣子菜籽油,老婆孩子热炕头"的口诀,生动反映了关中人对于面食的钟爱之情。君不见妇孺老少,端起一碗面来,咬不断,囫囵咽,嘴里香,心里美,那才叫个解馋,真真个"碗里乾坤大,面上日月长"啊!正因如此,面食也顺理成章成为我们经营主打的饭食。

说起关中面食,可谓样式繁多且吃法不一。手擀面、棍棍面、臊子面、蘸水面、旗花面、裤带面、麻食等,一应俱全。

平时，人们爱吃辣乎乎、酸溜溜、筋道道的宽面片；来了客人，则会把细细长长、油水汪汪的煎汤面端上来；若想换口味，打一锅软绵绵、黏糊糊、香喷喷的搅团面；时间紧，要等着吃，就打半碗面，温开水烫烫，用筷子直接夹着丢进滚开的锅里，丢成面疙瘩，名曰老鸹头，用蒜水辣子一调拌，又是另一种令人垂涎、味道超绝的吃法。

还有一种面，因为扯面时敲击案板，发出哔哔的声音而得名，遂称邋（biáng）邋面，是要趁热大口吃，配着红油辣子和蒜末，咥一碗真是嫽扎咧。那种酣畅淋漓的感觉，是没有吃过的人无法想象的。这种面食颇有历史和文化内涵。相传在秦朝都城咸阳，大街上常年有一老汉推车卖面，只见他把切好的面团在空中拽成约为一指宽、裤带长短的面条，哔哔哔地在案板上狠甩几下，然后抛进大锅的沸水之中。面煮好后，捞进碗里，撒上葱、姜、蒜以及干辣椒面，再淋上滚油，顿时香味四溢，顾客皆赞不绝口。于是，这种面食的做法，便在咸阳城乃至整个秦地流传开来。

我们来到泾阳，第一次吃关中面食的时候，正是冲着一家小饭馆门口烫金牌匾上的那个怪字"邋"来的，我和夫人都为这个写法极其繁杂的汉字吸引。再看旁边的师傅，拿着面团用力击打案板的情景，更是心生好奇。我们请教店家那个字怎么念，老板憨厚地一笑，充满情趣地对我说，这个字读"邋"，写法复杂，不过有口诀好记。

他的话音未落，给他当帮手卖饭的女儿就凑过来，饶有兴致地为我们念起来：一点飞上天，黄河两岸弯，八字张开口，言字往进走，左扭扭，右扭扭，你家长，我家长，当中坐个马代王，心沉底，月光照，拴个钩搭挂麻糖，推个车车到咸阳……

这一段民谣引起夫人第五晞妍的极大兴致，她当即就要拜人家店老板为师，老板却连连摇头说，不是我不肯教你，是因为在泾阳做面食的高人多了去了。我嘛，也不过是学了些皮毛，仅仅能够维持生意而已。

老板倒是个实诚人，他给我们指点说，要想做好白案（做面食的被叫作白案）上的活儿，给你介绍一个能人，只是你们不要公开去找她，到了晚上，悄悄去拜访一下。她白天在地盛王供差，是没有空的。再说，你们去了，地盛王的老板吴瘸子知道了，不但会打发你们走，还会怪罪那个能人的。

我们听后感激不尽，频频点头，作揖致谢。

第五晞妍： 闻香识得唐家门

那天晚上，我陪着唐三爷一路探寻，拐弯抹角，终于找到了那个被好心老板称为白案能人的师傅家。

这是一条昏暗的小巷，叩开小巷深处一间破落低矮的瓦房木门，迎接我们的是母女二人。

在暗淡的菜油灯的辉映下，那母亲看上去年近半百，一脸沧桑。她的女儿大约十八九岁，身材苗条，面容清秀，一看就是个懂事且贤惠的姑娘。我们夫妇在面馆老板那里已经得知，这位母亲的丈夫死于霍乱，她守寡多年，靠着从卖饭父亲那里学得白案手艺，受雇于地盛王多年。一个人含辛茹苦，好不容易将女儿拉扯长大。

我们送上礼品，向她们母女说明来意，那母亲却一时沉默，面有难色。少顷，她直言表白，说自己算不上啥能人，只是为了生活不得不用心琢磨，把面食做得好一些而已。

我们猜想她或有难言之隐，不便强人所难，再多要求她什么，稍事停留，就准备辞别而去。正在这时，那位慈眉善眼的母亲却悠然说道，那些白案上的窍道，其实说也是说不出啥名堂的，只有做着、看着，时间久了，慢慢就能掌握了。

这样吧，她沉思片刻，又说，我让女儿柳花抽空去你们那里，悄悄给你们教教。如今她的手艺不比我差，但是你们千万留心，可别让他人知道。同行是冤家，我怕吴瘸子知道了找我麻烦，也给你们使坏心眼。

听她这么一说，我们夫妇真是不胜感激，赶紧给她作揖道谢。

唐三爷见她一片真诚善意，忍不住又向她讨教说，泾阳县城有这么多饭馆主打面食，地盛王生意又这么火爆，依您老人家看，我们做这饭馆生意能做成吗？

这位母亲微微一笑，压低声说，那就看你们咋样做了。人说酒香不怕巷子深，卖饭也是一个理，其实就是卖名气。地盛王生意虽然火，主要卖的是生面孔，而你们店小偏僻，本小利微，那就主要靠回头客了。

回头客？我还不太明白他的话。

是呀，这位好心的母亲说，泾阳县城四通八达，山南海北的人都有。地盛王就靠的是这人多呀，宰一个算一个，店大欺客，不怕没有人来。他财大气粗，有钱有势，也没人敢说他们坏话。说了，也是白说。

我随即问，照您这么说，我们就得靠口碑了？

没错，做生意，关键是不要亏人。饭菜香了，名声就好了；名声好了，你就会盈利。

她的话让我们夫妇受益匪浅，深受感动。我的唐三爷突然情不自禁借题发挥道，我们要做到闻香识得唐家门，不止有饭香，还要有书香。

书香？

他的话轮到柳花母女疑惑不解了，只有我心领神会，欣赏地望着他俊朗的面孔像浸润了一层溶溶月光，浮现出神秘莫测的笑容。

第九章　三水唐家生意经

第五晞妍：我给父亲说生意

我随夫君唐敬忠来到泾阳，不觉已经年，我们的饭馆生意虽然还算不上火爆，但毕竟在我们主仆同心操劳和艰难维持下小有起色，同时也因为量足质佳、待客诚实而为人称道，小有了名气。

可就在此时，我忽然闻知父亲生病的消息，不得不匆忙动身，赶回淳化娘家探视他。

长嫂捎来的话也说得入情入理，说我是家里的独生女儿，也是父母的半个儿子，无论生意怎样繁忙，都应该赶紧回家照料一阵子父亲。

唐三爷不说二话，也急忙打点，催促着我赶紧上路。

于是，柱子赶车，我和小慧同乘一辆鹦哥轿车，心急如焚地就往回赶。自然，也只好把饭馆生意一股脑甩给唐三爷和几个厨子、伙计了。

我们一行人马不停蹄地赶回了家，直到坐在家里的椅子上我才长长地舒了口气。

谢天谢地！原来家父只是受了些风寒，身体并无大碍。难得长嫂有心，考虑到我随唐三爷在外经商，父母身边无人照应，隔三岔五就到我娘家专门探视，宽慰二位老人。她体察到了我的父母，尤其是母亲每每思念女儿的殷切心情，便着人捎话，把我叫了回来。

在陪伴父亲的这些日子里，他多次询问起我们在泾阳的生意。

初出茅庐啊，你们在那里能站得住脚吗？

每当此刻，我都是底气十足、信誓旦旦地回答，没有问题，我们有自己的生意经呢。

哟，生意经？父亲听了哈哈大笑，你们才做了几天生意，就敢妄谈起生意经了！说说看，也让我这个穷书生长长见识。

简单说吧,就是"诚"字当先,"公"字开端,"新"字求变,"扩"字求赚。

父亲捋了捋他那撮稀疏的山羊胡须,忍不住惊叹道,行啊!想不到你们还有一套。

我急于表功,有点儿沾沾自喜地说,这可是敬忠和我悉心琢磨出来的。做生意最讲究的就是诚信,童叟无欺,"诚"招天下客嘛;"公"就是要公平交易,合情合理,绝不坑人害人;所谓"新"就是在经营方式上不墨守成规,要因人而异,因势利导;至于"扩"嘛,那是我们慢慢发展的远景目标,没有量的积累和规模的扩大,长此以往,小打小闹,也就谈不上有多么丰赡的利润可赚了。

父亲眯起眼睛笑了,他点头道,听起来还蛮有道理,但做生意关键还是要"做",想得好,莫若说得好;说得好,又何如做得好。纸上谈兵终觉浅,绝知此事要躬行啊!

我说,你先别急嘛,我还没说完呢!

噢,父亲笑呵呵地摇头,士别三日当刮目相看,看来我小瞧我的宝贝女儿了。好,为父我仔细听着就是。

说到我们的具体做法,归纳起来,就是"一、二、三、四"。

听我这么一说,一直坐在一边默默纳鞋底子的母亲,先忍不住乐了,还一、二、三、四哩,有没有甲、乙、丙、丁?

妈,你别打岔,听我说嘛。

好好好,我们就听新鲜。

一是笑容迎人脸一张。来的都是客,也是活菩萨,一定要把热情挂在脸上,礼多人不怪呀,我们就是要让客人宾至如归;二是两声问候不嫌多。根据不同对象分别尊称,再问想吃什么饭,把我们经营的花样品种以及价格,逐一给客人介绍清楚;三是三样伺候不可缺。这是我们饭馆独一无二的服务内容,首先是端过来一盆温水让客人洗脸洗手,紧接着递上一条雪白的干净毛巾,然后就引领其择位就座;再接下来,就是四个"请"了,即请入座、请喝茶、请吩咐。说到这里,我双手一摊,自己先笑了起来,就是这样。

你说四个"请",还差一个"请"呢?没想到,母亲还跟我计较起来了,看来,她听得倒是很入心呢。

最后那个"请",不就是客人走时送出门,顺口道一声"请慢走"嘛!

女儿呀,我看,你们还真的行。但愿你们能自始至终坚持下去,那就不愁没人来吃饭了。

是的,父亲。敬忠说了,我们初到异地,势单力薄,再加上人地两生,本小利微,一定要放下身段,不论贫富老幼,要把每一位客人都放在眼里,高看三

分。他不仅这样说，还亲自带头示范，既当老板，也当店小二。他这样做的直接效应，就是顾客盈门，交口称誉，回头客也日甚一日，不断递增。就眼下看，虽说利润不大，毕竟能够维持下去，或许还会有更好的前景。

这就对了。父亲沉吟片刻，不无赞赏地望着我说，如今回头来看，我女儿还是很有眼光的呀！你不仅给自己选了一个好女婿，也选了一份好事业。

我有什么眼光呀？不就是我妈说的，脸皮厚一点儿么！

母亲瞪了我一眼，故意拉下脸说，好啊，你个死丫头，还记你妈的仇不成？我可不管你的什么事业，我只等着抱外孙呢。

妈，你急什么嘛！

咋不急？妈故意拉下脸，嗔怪我道，再晚几年，想叫我抱，我还抱不动呢！

唐敬忠：小生意里的大名堂

我夫人晞妍回娘家去了，还带走了小慧、柱子，饭馆一下少了三个主要劳力，除了厨子剩下两个伙计都是前段日子才招来的新人，所以多数情况下我不得不亲自顶上，除了照应店员和客人，还得算账收款。

为了尽快让饭馆生意火爆起来，我每天天麻明就要起床，然后和那两个伙计挑上担子箩筐，先奔菜市场购买当天所需的肉、菜等；天一大亮，立马回到饭馆开门，打扫卫生、拣菜、洗菜、和面、蒸馍，还要准备包子、饺子——我们是以面食为主。正午时分，陆续就有客人上门，一直到深更半夜，才能关门打烊。天天如此，基本上是"眼睛一睁，忙到熄灯"，一个劲儿地连轴转。

本来，晞妍走时就说，让我在街上随便再雇上几个端盘子洗碗打下手的小工。我经过反复琢磨，觉得增大成本有些得不偿失。饭馆生意已有起色，但最忙的也就是中午和晚上两个饭点时段，其他时间，从后厨到店前都相对清闲。

回想我在太峪镇上主事承业堂的生意，很快就做得风生水起，眼下的生意虽然不大，但情况和承业堂是有所不同的。

首先是这里远离故土，古朴淳厚的民风已经被盈利赚钱的商业意识浸染，主顾关系比较敏感，容易发生矛盾和摩擦，所以一定要"敬客"——来的都是客，全凭笑脸迎。不然顾客不高兴，随便走两步，有的是饭馆。为了留住客，连伙计们都总结出了顺口溜，叫作"跑断腿，喊破嗓子说烂嘴，笑容在脸上挤成堆"。

其次是经营项目不同，承业堂以杂货为主，食品为辅，食品大都是成品，易存易放，一下子卖不出去，还可以等待下一个买主。卖面食则不然，现做现卖，客人不满意，这一份饭就会浪费，成本减去一份，利润自然就少了一份。一碗面里有风云，如果吃客们都不满意你的面，那饭馆就只有等着关门大吉了。

话说回来，我曾说过，开小饭馆真不是我一时冲动，而是经过反复观察、研究才下的决心。一来，我看中文庙周围人多热闹，是开饭馆的理想之地；二来，我认为开饭馆门槛低，是一项低投入、高回报、收益快的产业，是每个人都可以干的事，当然，这并不等于是所有人都能干好。

经过一段时间的历练，我渐渐看到小生意里有大名堂。就说这饭馆，我心里这样想，虽说是小本生意，也不能"傻"做，更应注意巧做、细做、活做。比如卖面的同时增添了馍馍、包子和饺子。有些客人常常在吃面时还想再吃个馍馍或包子，这些人大多是进城来的乡下人，饭量大，光吃面不顶饱，吃面大多数都有汤，感觉肚子没撑实在，我们就赶紧增加新品种。

再说细做吧，就是要抓细节，不要在小处占便宜让顾客吃亏。记得有一次，两名农民兄弟买了两碗水饺，煮熟后我一数，发现少了一个。本来，一碗水饺顾客不会数，也不会计较，但我还是在第二锅里赶紧给人家补了一个。我想，做生意讲的是诚信，说一不二，你给人家少吃一个水饺，就是少了一份良心，少了一份诚信。这种短斤少两的事，万万干不得。

还有一次，厨师在炒菜的时候，火候有点儿大，影响了这道菜的口味。我发现后，坚决要求厨师重炒一盘。厨师解释说，不要紧，完全可以吃！我耐心地对厨师讲，这不是能不能吃的问题，而是对待顾客的态度问题。多做一盘菜是小事，得罪了一个顾客，毁掉了饭馆的声誉才是大事！

这件事被顾客看到后，也被我的认真负责和真诚待客的态度所感动。

生意要活做，心里先要有顾客。比如我们特意准备一些小咸菜、小果盘什么的，免费供给客人食用，大家都感到很稀奇。看上去我们吃了亏，但来的客多了，成本也就赚回来了。

有时我发现，有的客人面没吃完就走了，就感到挺纳闷。后来再有客人剩饭，我会真诚地询问，让他讲讲剩饭的原因，如果是口味的问题我们马上更改。俗话说，众口难调，但我们卖面的就是要调好这个难调的口。慢慢的，我心里也有了一本账，啥样的人爱吃咸，啥样人爱吃淡，酸甜苦辣尽量提前问清楚，让客人吃得满意。

我们的饭馆正是从这些小处着手，才开始慢慢有了名声。生意也越来越好了，在众多的同行中我也小有名气了，大家都称我唐家小掌柜的，我也甘心当好这个掌柜的。有人向我取经讨窍门，我说也没什么好办法，主要是因为我们认认真真做到了这几点：

一是从饭馆地址看，这里是市中心，物资集散地，但又在小巷内，左邻右舍开小餐馆的相对少，是开饭馆的理想之地。

二是从饮食品种看，我们主卖面条兼做其他常规面食，特别适合普通百姓的口味，他们喜欢吃稀饭、馒头，只要花一点儿小钱，就能让顾客吃饱饭。所以，人们很乐意光顾。

三是食堂打扫得干净整洁，餐具摆放整齐，厨子、跑堂的伙计一律收拾得干净又利索，态度热情又和气，让顾客放心、舒心。

四是食材质量好。开饭馆所用的原料有高、中、低档之分，比如面粉，贵的是精粉，稍微黑的是粗粉。有的饭馆就把它们掺和在一起，做成了熟食后一般人看不出来，但我们不这样，毫不马虎，一直坚持用精粉，而且还把面粉等原料摆放在客人面前，让大家吃得明白心里舒坦。

五是保证饭菜的量。我们时刻不忘经商要讲诚信，从不在秤头上做手脚坑人。一斤面蒸五个馒头，包半斤水饺，绝不克扣。这些小事情，慢慢都成了我们饭馆的活广告，吸引了众多的新老顾客，使我这个小小的饭馆生意，芝麻开花节节高，一天天地好起来。

六是巧妙抓商机。比如过春节，正月二十三日前，几乎所有小饭馆都会歇业过节，而我的饭馆，却一过正月初六就正常营业。因为我知道，有的人过年吃腻了大鱼大肉，想来饭馆换个清淡的口味。这样，我们这个价格低廉、干净卫生、特色鲜明、口味独特的小饭馆，就成了他们光顾的场所，自然生意会兴隆。

干任何事情都有独特的门道和规律。我自己也经常问自己，经营餐饮的王牌是什么呢？

仔细考虑后，我回答自己：是诚信，是卫生。因此，在经营中，我把诚信看得比金子都贵重，常年注意把三关：就是把住食品品质关，保证蔬菜肉食要新鲜；把好口味关，在加工制作中保证清洁、可口、量实，营养价值不遭破坏；三是把好上桌关，讲究礼貌上菜快捷，菜品摆盘要考究，保证顾客高兴而来，满意而去。

由此我们赢得了回头客，生意眼见越做越红火。

第五睎妍：啥是真的生意经？

我回娘家看父母，自然也要回婆家去看望长嫂。在敬忠府里，我只住了三天，长嫂就又催促我回娘家陪父母亲。

我有些恋恋不舍，因为我们妯娌亲如姐妹，好像总有说不完的体己话。长嫂很理解我的心思，当即决定送我回娘家。

走，我还要去看望亲家呢，咱们也好再说说话。

我听她这么一说，赶紧打发柱子去告知我父母，做一些准备，想让家里搞得隆重热烈些，也想借此机会，感谢大嫂子对我父母的悉心关照，还有对我的信任与关爱。

我们淳化人招待客人最好的饭食，莫过于羊肉臊子饸饹面。父亲让自家的侄子辈来帮忙，杀了一只羊，还请了乡下过事的大厨子，像过节庆一样，欢迎我们唐家的长嫂。

那天父亲的兴致高，精神好，像是换了一个人。席间把盏，觥筹交错，他喝了几杯酒之后，忍不住侃侃而谈，就给我们又倒起他的书袋子了。

你们都知道这荞面饸饹爽口好吃，可否知道它里头的大学问？

大家哄他高兴，都说无从知晓，他就越发兴奋，不厌其烦地给我们上起了课。

原来，我们这淳化饸饹，又称荞面饸饹，是一种独具地方特色的传统家庭吃食，当地人婚嫁丧葬、节日庆贺、来客招待，都以吃饸饹为习俗。久而久之，饸饹声名远播，也就成了外地来的亲朋好友争相品尝的美味佳肴。

"饸饹"也叫作"河漏"，元代农学家王祯《农书·荞麦》中曾有记载："北方后山，诸郡多种，治去皮壳，磨而成面或作汤饼，或河漏。"

关于这饸饹，还有一段历史传说。

道是公元前九十六年，汉武帝刘彻北巡至河北河间县，发现有祥云缭绕，颇感惊异。相士进言：前方必有奇女。汉武帝下令搜寻，后得知赵氏的女儿艳丽绝伦，但病卧六年，而且右手生来蜷曲。

武帝上前，掰开赵氏之女的纤纤素手，发现其掌中握着一个晶莹剔透的玉凤钩子。之后，赵氏之女便被带回宫中，纳为宠妃，赐名钩弋夫人。

后来，汉武帝带钩弋夫人出巡到淳化甘泉宫消夏避暑，钩弋夫人发现宫外遍地的荞麦花清雅艳丽，十分好看。侍从告知荞麦不但花儿好看，民间也将它磨面压制饸饹，成为一道美食。

钩弋夫人听后便想尝尝，汉武帝立刻下诏，寻访民间厨艺高超者进宫压制饸饹。汉武帝与钩弋品尝了饸饹后，觉得滑溜爽口，芳香扑鼻，奇妙无比，遂赐为御宴，并在将士出征、凯旋庆功时必赐饸饹面宴，犒赏大臣及众将士。

一时，宫中众臣无不竞相效仿，淳化饸饹作为御宴传遍了长安，后又传到全国大部分地区。

饸饹以荞面为主要原料，整个加工从磨面、调面、压制、过水、捞盛、浇臊子汤等十几道工序而成。荞面以当年加工的新鲜面粉为上乘。先脱荞麦黑色外皮，后上磨粉碎，头遍粉碎下来的面，再用细筛将未除净的黑皮筛除掉，这样加工出的荞面洁白、光亮、精细柔滑，然后放置在阴凉通风的地方存下，现吃现用。

饸饹面的关键在于和面，乡下也叫调面。调面以荞面为主，辅以适量的小麦面混合，掌握面粉搭配比例，再加以少量食碱的温水调和。一边揉面，一边加水，直至面不粘手，柔韧不断。

传统压饸饹是用木质床子加工，压时需要好几个人配合完成。一人将大面团按床子需求量分块，搓成条；另一人压床子，即将填好面的床子拿到锅台上，锅的两边放有砖块或木块作支垫，人坐在床子一端上压，用力均匀；另一人坐在炕沿或锅台上，一手扶床子，一手执筷子拨搅。

荞面饸饹性凉，故以热性羊肉浇汤最佳，另有鸡汤、大肉汤、素汤等，亦可掺和。臊子以羊肉、鸡肉、大肉、豆腐、胡萝卜、黄花、生姜、香菜、葱、辣椒等食材烹制而成。

吃荞面饸饹离不开辣子。熟辣椒的制作工艺也很讲究，要把握一定的火候。做辣子面时，要选择鲜红的辣椒，烘干，粉碎成细面。熟时先将菜籽油根据需求，混以羊油或大油，然后煮沸，等到温度合适再倒入辣椒面搅拌均匀。

饸饹煮熟后，用漏勺捞上来放入凉水盆里，这样的饸饹光滑利爽富有弹性。吃时按量捞出，放入碗中，再配上凉拌菜、蒜泥即可。荞面饸饹的吃法，分浇汤和凉拌两种，浇汤的又分荤汤和素汤。素的多用豆腐、胡萝卜等为臊子主料，荤的则以大肉、羊肉为主。荞面饸饹凉拌时，加入辣子面、芝麻酱、蒜泥、芥末等调拌，味道则更加清香可口。

淳化荞面饸饹的特点，可用九个字来概括：筋、柔、光、煎、稀、汪、鲜、辣、香。

具体体现在四个方面：第一，饸饹面筋道柔韧，光滑细长，筋而不硬，细而不断，柔韧耐嚼，光滑爽口。第二，是饸饹汤煎而不烫，油而不腻，味浓而不烈，味香而不窜，香味扑鼻，回味悠长。第三，饸饹汤的辣子油更是一绝，汤里漂着很厚的一层辣子油，看似辛辣无比，实则红而微辣，可增加食欲。第四，添加蒜泥，一为杀菌，二为提味……

说到这里，父亲打住话题，突然问我，晞妍，你和敬忠他们在泾阳卖饭，可否吃得到咱们淳化的饸饹？

我摇头道，山高路远，哪能吃到饸饹？泾阳那边主产小麦，我们卖饭，自然主打的是麦面了。

父亲突然沉默。眉头皱了半天，一本正经地问我，女儿，那你就没想过吃咱们淳化的饸饹？噢，不，我是说，你有没有想过，在泾阳那边卖咱们淳化的荞面饸饹？

那里没荞面呀！我说，况且，羊肉也很稀见。

果真如此，那不更好？物以稀为贵哪。你们在那里开饭馆，别人卖面你们也卖面食，其实就是邯郸学步，不仅没有特色，还会丢了自己的特长。

父亲胸有成竹，双手一拍说，我建议你们，一定要把淳化饸饹做起来，搞不好这在泾阳会是独此一家。你们想想，做生意嘛，切记要创出自己的特色，而在做生意中，更要把握时机适时转向，求新求变，这样才能出其不意，取得彩头，立于不败之地呀！

长嫂听父亲这么一说，也感到这是个蛮不错的主意，不时点头称道，只是我仍然感到没有把握。

技术可以学，也可以雇请咱们这里的师傅下去经营。最主要的是，荞面和羊肉的供应渠道是个问题。

父亲说，这并不难，你别忘了，你们唐家可是以农为本逐步发家的。女儿，不是我说你，发家、发家、发家致富，你们可不能单打独斗，忘了家啊！家就是你们的根本，只有内外一致，互相协力，才能把生意做大、做强不是？

长嫂到底是个聪慧无比的当家人，她当即就说，亲家说的对，我可以在三水这一带广种荞麦，磨成荞面。同时利用咱这里的沟壑山坡，多养些羊，组织专人宰杀运输，送到泾阳，我们里外配合，相得益彰，那就做成了咱们三水唐家的独份生意。

父亲深表赞同，但接着又说，作为长辈，我给你们说一句不大中听的话吧，只怕你们一脑门子钻进了钱眼，压根儿就没有好好体味过"生意"这俩字的深意。

生意？！

是生意。

父亲说，做生意就是要挣钱，这没有错。可是，你们想过没想过，挣钱干什么？人的一生短暂，你能吃多少粮，又能穿多少衣？生意，也就是人生的意蕴，也同样是做生意的目的。这才是真正的生意经。

生意经？我不明白，疑惑地望着他。

这个"意"字，大有文章。一个人每日都应该用心想想，活着到底为了啥。比如我吧，一介穷酸书生，我知道自己没有多大能耐，吃喝之余，安得守静，只

求洁身自好，不要坑人害人；而你们呢，年轻气盛，雄心勃勃，只想着挣大钱、干大事，这没有错，问题是要想清楚了，挣了大钱又做何用？

父亲，我知道了。

你知道什么？

我知道我们唐家应该有怎样真正的生意经了！

那你说说看。

不就是您老念诵的那句老话么：穷则独善其身，达则兼济天下。

是啊，无论从政、从商，无论为官、为民，计利当计天下利，留名当留万世名。要以天下为己任，人要爱人，为别人着想，老吾老以及人之老，幼吾幼以及人之幼啊！

长嫂不愧是聪明智慧的灵醒人，她此刻感同身受，不约而同点头道，对呀，这才是我们唐家应该坚守不渝的生意经。

第十章 创业艰难故事多

易红娥：我是故事的贩卖者

三弟唐敬忠一行人一去就数年不归，我关注他们背井离乡的创业故事，甚于他们辛辛苦苦挣回来的银子。不记得从啥时候起，他每月差不多都要派柱子带领脚夫和驮队，把整箱、整包的银钱藏在货物里运回三水唐家来。同时，柱子也把三弟夫妇他们那些一箩筐、一箩筐艰难创业的新鲜事，给我们零零散散地带回家。

让我担心又好奇的是，人地两生的三弟夫妇，既要面对强势同行的激烈竞争，又要顶住坐地户们不择手段的挤对，还要应付官家各种名目的苛捐杂税，以及对付那些地痞、流氓的纠缠和骚扰的同时，又是怎样站稳脚跟，赚钱做生意的呢？

我听着柱子的诉说，听着听着，不由得心驰神往，渐入情景。我像看一台台连续上演的整本戏，恍惚间觉得我也在那戏中的故事里。我变成了痴情的戏迷，忍不住变换人称要对别人说。

我俨然成了他们那些故事的贩卖者。

……

故事一：济困无须问来由

这是盛夏之季五黄六月天，一年一度的关中道麦收，从东往西，由南而北，次第展开。田野里阵阵成熟的麦香，在热风的吹拂下迎面扑来。一种名叫"算黄算割"的鸟儿，在麦垄的上空和村头的树梢，此起彼伏，殷勤而亢奋地叫个不停。

三夏大忙，这阵儿龙口夺食，按说绣姑娘都要下床，不管是正在搭镰收割的地里，还是准备碾麦的场院，哪儿都需要人手。可是此时，在泾阳县城的街上和

周边地头的树荫下,到处都有簇在一堆的"闲人"。

他们有一个共同的名字——麦客。他们大多是打渭北山塬以及甘肃和宁夏一带远道而来的庄稼汉子。

今年的麦子成熟期参差不齐,而前来赶场的麦客却比往年多出了数倍,很多人没有找到雇主,所带的干粮全部吃完,几天来只能眼巴巴饿着肚子。

日头端顶的时辰,从县城北巷口的墙根下走过来一高一矮两个汉子。

两个人都蓬头垢面,每人肩上都用镰刀把子挑着一个马马虎虎用草绳捆绑的打满补丁的铺盖卷儿。

不同的是,大个子横眉立眼,苦着一张汗渍斑斑的黑脸,身穿蓝褂黑裤,一只裤腿挽在膝盖上部,脚蹬一双露出脚指头的破旧布鞋,一根辫子胡乱盘在头顶;而小个子尽管也满面愁容,却东张西望,显得比较机灵,一身灰布衣裤,腰间缠着一条脏得颜色难分的宽布腰带。只见小个子抬起手,把晃在胸前的一根细瘦可怜的黄毛辫子丢到身后,一边给大个子比画着什么。

两个人没精打采,散了架子似的拐过北街的巷口,停在了一家饭馆的门口。

小个子东张西望了一阵子,忍不住感叹道,日怪,明明是吃午饭的时候,这里咋就不见一个人进去吃饭?

或许,这可能不是饭馆子吧?大个子疑惑地摇头。

小个子说,哪能呢?饭馆那俩字我还认得的。要不,我进去问问,看能不能给咱们要点儿吃的,哪怕喝点儿面汤也行,几天水米不进,我都前心贴后背,快饿死了。

大个子点了点头。

小个子刚登上饭馆门口的青砖台阶,就从里头出来一个小伙计,腰里系着围裙,愁眉不展的模样像霜打的茄子。

喂,要吃饭吗?请进。小伙计强颜欢笑,差不多都要伸手来拉小个子进门了,可到门边,却被他邋遢的样子吓得倒退了回去。

东家,能不能给点儿剩饭啥的?几天寻不下雇主,没人管待吃喝啊!

那小伙计一愣,往饭馆里探头望了一眼,转过头来,不好意思地连声叹气,没人吃饭,几天都不开张了,哪来剩饭?

大个子凑了过来,低声下气地哀告道,行行善吧小东家,给我们喝点儿面汤也行,大忙天的赶场人多,不信没有人来吃饭。

这位兄弟,你瞪大眼睛看呀,里头有顾客吗?买饭吃的人没有,要饭的倒是不少,就像你们。小伙计将手挥了挥,说,走吧,往街里头去,就在文庙那儿最热闹的地方,有一家地盛王饭馆,那里吃饭的人多,你们去看看,或许还能要点儿剩饭啥的。

大个子摇头。

那地方我们早去过了，不仅不给，还恶声恨气地辱没了我们一番，说有剩饭他们还要喂猪喂狗，轮不上给我们吃。好东家，要不，你们就赊我们几个馍馍，等我们有了雇主叫去割麦，挣下钱就来归还你们，咋向？

小伙计低声问他，你挣下了钱，也未必敢到我们这里来吃饭吧？

小个子抢先发问，那还有啥不敢呢？

实不相瞒，小伙计眨眨眼睛，愤愤不平地说，正是那家地盛王饭馆的东家，外号叫吴瘸子的，财大气粗，横行霸道欺负人啊！

小伙计向前移动两步，放低了声说，他仗着他们是本地人，挤对我们。半月以前，嫌我们在原先的地儿生意太好，抢了他的生意，竟把我们东家租用的房子卖了，把我们变相赶出了县城文庙那里的北巷子。这不，还放风说，谁要是敢到我们饭馆吃饭，就小心狗头。还排挤外地麦客，不让周边农户雇他们收麦。你们快走吧，在这里待下去一分钱也别想挣到。

小个子打抱不平道，一手遮天啊，天下还有这档子事？

哈哈，何必见怪，天下之大，无奇不有嘛！

随着这声清朗的感慨，几个人同时回头，就见饭馆里走出一个衣冠楚楚的男人，他温文尔雅地点了一下头，笑着问道，柱子，怎么不把客人往里头请？

说着，就抬手做了个请进的手势，可那两个人面面相觑，却不敢抬脚进门。

柱子支支吾吾，一时语焉不详，只说，他们……没钱……

那男人目光一闪，显得气度宏阔，不以为然地说，你们刚才说的话我全听见了，没钱也不能让人饿着。进进，快进！

他回头又问那两个人，听你们口音很熟悉，家是淳化，还是邠州？

那两个人畏畏缩缩地走进饭馆，坐在一张方桌前面。小个子受宠若惊地说，掌柜好听力，您再往北猜一点儿。

三水！

那两个人慌忙点头。

小个子活泛，思维敏捷，伶牙俐齿道，我们是堂兄弟，三水土桥北沟人氏。他是我堂哥，名叫杨诚，我比他小三岁，名叫杨信。

原来还是乡党。乡党见乡党，两眼泪汪汪啊！快，柱子，让后厨给二位做饭！对了，你们几天没吃了吧？那就先做两碗汤面条，要稀软一点儿——一顿吃伤，十顿喝汤，不是我吝啬舍不得给你们多吃，饿急的人，千万要缓慢进食。

小个子扫视了饭馆一眼，目光机警地一闪，敢问大掌柜尊姓大名？

听说过三水唐家么？我就是唐敬贤的三弟唐敬忠啊！

哦，听过，听过。人都说，你们唐家有一个女大当家的，对人仁慈善厚，菩萨心肠。

没错，她正是我的长嫂。

说话间，柱子已经端上来两大碗热气腾腾的汤面。旋即，又送上来一盘豆腐炒粉丝和一盘子白馍。

吃吧，二位。先喝汤面，千万别急，不要噎住……

唐敬忠这里话音未落，不见他们端碗吃饭，却听见扑通一声，两位汉子竟双双跪在了桌前，哽咽不止地说，感谢唐三爷救助，你真是大恩大德之人……

唐敬忠受惊不小，连忙俯身扶起他们，何恩之有？不敢担当！快快起来，人生在外奔生计，谁没个难处？济困无须问来由啊。今天嘛，就算我请客。

几个人围着桌子吃饭说话，突然听见一声炸雷轰响，抬头望天，不知何时乌云密布，瞬间就天昏地暗了。

真是六月天，小孩脸，说变就变。刹那间一道闪电划过，雷雨便倾盆而下了。

杨姓二位兄弟吃着吃着，不由得停下筷子，脸上腾起了一层惨云愁雾。他们忧郁地叹气，开始无奈地抱怨，这老天爷，唉，真不给脸呀……

唐敬忠知道，收麦天气的雷雨，对于庄稼人意味着与天夺食，可对于赶场的麦客，则又意味着至少有三四天不能下地收割，从而食宿无着。有时，要碰上阵雨转为连阴雨，那就更倒霉了。

唐家三爷善解人意，安慰他们，二位乡党莫愁。既然下雨，你们也一时难以找到雇主下地，就在小店歇着。柱子，晚上就让乡党跟你们在后边厢房里挤挤，下苦之人，一定要让他们睡好。

大个子杨诚听这么说，很过意不去，连声婉拒，不敢，不敢，你给我们吃饭，还要管我们住宿，这怎么使得？

小个子杨信也说，我们已经习惯，就在外面檐下随便哪里凑合凑合就行。

天下了雨，到处是稀泥湿地，你们到哪里去凑合？

唐敬忠摆手，执意挽留，亲不亲，故乡人嘛！咱们今晚也好在一起谝谝。

故事二：乡党结义天成铭

天色将晚，夜幕慢慢降临。他们就在空旷的饭馆喝茶，聊开了天。机敏聪颖的杨信，指着饭店迎面墙上一块牌匾上的四个大字说，我认识这几个字，是念作"和气生财"对吧？

唐敬忠问，你念过书？

凑合。在私塾读过两年，后来家里没钱，就不去了，多少能识些字。依我看，唐家三爷一表人才，又如此善良和蔼，为啥饭馆里冷冷清清，生意不怎么景气？

你好眼力。唐敬忠和婉地笑道，我们毕竟初来乍到，还不到一年。再说，木秀于林，风必摧之。我们唐家一向推崇仁义道德，只赚良心钱，不取黑心利，这就难免让一些欺行霸市的奸商排挤中伤，视为眼中钉、肉中刺了。

柱子一边给大家沏茶续水，一边笑着说，你二位有所不知，我们东家和少奶奶还信着佛呢，在后面他们的房子里，少奶奶每天早起头一件事就是给观音菩萨上香。那菩萨像上面，也挂有一块牌匾，你们猜猜写的是啥，是"慈悲为怀"。我说他们不像是来这里做生意，倒像是普度众生，来当大善人呢！这些日子虽然生意清淡，但是我们唐三爷宁肯亏本，也仍然坚持救助、赈济穷人。

杨诚连连点头，这话不差，我看唐三爷就是个大善人。好人一定会有好报。

杨信端起盖碗茶，慢慢啜了一口，两只眼睛骨碌一转，望着唐敬忠试探地说，感谢乡党赐饭之恩，无以报答。但我有儿想法，不知当不当讲。

但讲无妨。唐敬忠说，难得遇上乡党，你们就别见外。

杨信眨一眨眼，说，我看唐三爷文人气概，为人儒雅，但做生意，还是要想法招徕顾客才是。你看，走村串乡的货郎担子，不是还要手摇一把拨浪鼓吗？我看城里许多店铺，先不管是真是假、是虚是实，门口大都写着引人注目的招牌，什么"货真价实""赔本出售"啊。您是有文化的人，偏偏饭馆门口缺少一些此类标牌。

唐敬忠微微笑道，此言不差。我看你年龄虽小，脑子灵活倒蛮有见识，咱们不约而同想到一起去了。我们饭馆才迁来不久，这几天我也正在考虑给门口写些什么。柱子，你去请少奶奶出来，趁着二位乡党在此，咱们不妨在一起议议。

唐家三少奶奶唐第五氏，从厨房走进饭馆前厅大堂的时候，尽管是一身朴素打扮，腰里还系着一条绣花围裙，却仍显得与众不同，仙气十足，把两位衣衫褴褛的杨姓兄弟看呆了。

他们瞪大眼瞧着，半晌缓不过神来，双双在心里惊叹，她是不是仙女下凡？

三少奶奶顺手拉过一只方凳，坐在丈夫唐敬忠的跟前，笑容可掬地说，二位乡党不要拘谨，我刚才在里面忙活，你们的谈论都听见了。我说三爷，我倒有个想法不妨先说，咱们刚从城内迁来，眼下正缺人手，这两位乡党不请自来，一看就是忠厚善良之辈，何不让他们就在店里给我们帮忙，一起做生意可好？

是呀！唐敬忠怜爱地望着妻子，喜不自禁地说，你这么一说，倒叫我茅塞顿

107

开。俗话说，三个臭皮匠顶个诸葛亮。只是，不知二位乡党意下如何？

杨姓兄弟互相看了一眼，如梦方醒，喜出望外，忽然起身，旋即又扑通一声再次跪了下来。

感谢唐三爷和三少奶奶的恩德。我们兄弟求之不得，甘愿效力，终身跟随唐家三爷。

唐敬忠再次扶他们起来，杨诚却有点儿犹豫，忧虑地嗫嚅道，只是……

兄弟，有何难处，你尽管说。唐敬忠扶起他道，你不愿意也没关系。

不，不是，杨诚一脸憨厚，半晌，憋红了脸才说，我有个……毛病，饭量太大，一个人能吃两三个人的饭……

他的话惹得大家都忍不住笑了。

三少奶奶笑得弯下了腰，老半天才直起身，和颜悦色地说，这算啥呀？咱开饭馆呢，还能缺你吃吗？再说，能吃才能干活，那是你身体好啊！

杨信立即随声附和，那可不假，他的力气大得吓人，还练过武艺，两根指头就能抠着碌碡翻个过儿呢。

求之不得！唐敬忠两手相握，有如吟诵诗词一般说，你瞧，一个杨诚，勇毅过人，好比云长张飞；一个杨信，精明伶俐颇有诸葛心机。这一武一文，正是天助我唐家兴业哪。欢迎！

唔，对啦……他转身拉起三少奶奶的一只纤纤素手，信心满满地说，这位杨信兄弟刚才说的对啊，我们人输理不输，吴瘸子挖空心思想把我们挤出泾阳县城，我唐敬忠还偏要在这里弄出一番世事景象给他看看。我琢磨着，我们今天就给门口写上一副醒目的楹联，敲明叫响，公告我们为人经商的基本理念。

三少奶奶道，你这么说，那肯定是胸有成竹，有想法了？

我想了个上联，说出来大家听听，咱们都动动脑子，看行不行？末了，还要靠你这只巧手执起大笔，遒劲有力地挥洒出来。

柱子已经耐不住了，急忙催着说，三少爷就快说出来吧！

唐敬忠眯起眼道，信义当先、童叟无欺、公平赚钱。

三少奶奶文思敏捷，几乎不假思索，开口就说，那下联最好就是，唯利是图、坑蒙拐骗、良心不敢。

杨信略一思忖道，我猜想三少奶奶的意思，就是要和欺负你们——不，是欺负咱们的那个吴瘸子针尖对麦芒，黑白清楚、泾渭分明地亮出来让世人看。

唐敬忠征询大家意见，这么说，你们觉得可行？

杨姓兄弟竖起大拇指，柱子更是连连赞许。

成，我看很是攒劲！我这就去你们屋子拿出笔墨纸砚，让三少奶奶快写出来，明天一早，咱就贴出去。

唐敬忠点头，行倒是行，只是还差个横额。

杨信沉思片刻，说，唐三爷夫妇二人真是夫唱妇随、琴瑟和鸣，我能感觉出来你们的大气不凡，所以尽量避开了那些个生意兴隆、财源茂盛等用俗了的熟语，力求与众不同。要么，就将横批写个高风亮节如何？

唐敬忠微蹙眉头，好倒是好，只怕有自炫之嫌。要不就含蓄一些，写成风生水起？此"风"当然是高风亮节之风，此"水"嘛，也便是我们三水唐家的水了。

三少奶奶也点头赞许，这意思明白，就是我们一定要在这里干出一番事业来了！

大家齐声喊妙。

柱子这时已将大红纸张和文房四宝拿了出来，平铺在另一张桌上。只见三少奶奶一个敏捷转身，伸出素手，挽了挽袖子，手握狼毫，气运玉臂，大有穆桂英挂帅和梁红玉擂鼓的潇洒姿态。须臾间她挥毫泼墨，笔走龙蛇，就见到一副气势恢宏、笔力刚健的楹联淋漓酣畅地脱颖而出。真正是，字形参差，字字有别；笔势变通，笔笔迥异。

杨姓二兄弟也是初次见识唐家三少奶奶的笔下风雷，惊得目瞪口呆，半天只顾搓手，说不出一句话来。

了得！何其了得啊！杨信难以置信地摇头，我们唐三爷原本雄才大略，没承想三少奶奶年轻俊秀，竟也如此锦心绣口、丈夫气概，又兼得一手好字，真乃女中豪杰。东家，你们澄怀道心，不是凡人哪！如许斐然文采、高洁品德，我们的生意，要不兴盛火爆才怪。

众人意兴正浓，谈笑间，门外急慌慌地跑进一个人来，摘下草帽，才看见是一个披着一件男式灰色粗布大褂子的十七八岁的女子，此人正是柳花。

她气喘吁吁地朝柱子招了招手，凑在柱子耳朵边一阵嘀咕。最后，急切地望了唐敬忠一眼，倏然转身，又消失在门口。

怎么回事，是不是她娘的病又加重了？唐敬忠迎过去急忙问柱子。

柱子摇头，朝门外面瞥了一眼，见没有人来，压低声道，柳花来说，她娘今天身体好转，就支撑着到地盛王饭馆去讨工钱，吴瘌子不但不给，反说她赊了他们的账，连打带骂赶了出来。临到门口，还警告她娘，再敢吃里爬外到三水人开的烂饭馆去传手艺，早晚就要剁她的两只手。

杨诚听到这里大喝一声，太可恶了，天下咋会有这等不讲道理的人！

柱子继续说，最紧要的是，柳花最后还说吴瘌子的打手赖二狗子狗仗人势，

给吴瘸子出谋划策说让吴瘸子别担心，他今晚就要把咱们这个没人来吃饭的破饭馆给废了，要砸个稀巴烂，还要泼上屎尿，叫咱们彻底开不成店。这不，柳花娘赶回家，就让柳花赶紧装扮成男人，跑过来给咱报个信。

唐敬忠听罢，不由得神情沉郁地坐下来。

杨信见状，恭恭敬敬打了个拱手之礼，敢问唐三爷，究竟是咋回事呀？

咋回事？嗨，就是要给咱们没事找事——撵咱们走嘛！

柱子知道唐三爷的心情不佳，转过身给杨姓两兄弟说，那柳花她娘，本是白案上做面食的好把式，特别是做关中名吃泡油糕、油旋子之类的更是一绝。她辛辛苦苦为吴瘸子干了十三年，累得病倒了，黑心肠的吴瘸子却不给她钱看病。有一天，柳花到我们饭馆来借钱，咱三爷就给了她些碎银子，让她赶紧陪她娘去看病。没想到吴瘸子知道了，不仅将柳花娘痛打了一顿，还怀疑她给我们传了手艺绝活儿。这不，正因此，他就挖空心思想损招，要致我们饭馆于死地呢。

岂有此理！杨信听了，大怒道，这世界怎么会有这等地痞无赖，凭啥好人反倒受气，恶人总欺负善人啊？

那杨诚不言一声，却一时气得面红耳赤，咬牙切齿，把两个拳头握得骨关节咯吧吧地直响。

唐三爷，咱不怕，我正愁没办法报答三爷你和少奶奶高看我们兄弟的恩情呢，就让我来对付他们吧！

杨信眉头一皱，计上心来。他紧贴唐敬忠的耳根，如此这般地细说了一阵，唐敬忠终于释然，脸上露出了惯常那种淡定的微笑。

他神秘莫测地朝三少奶奶眨了眨眼，信心十足地说，乡党结义天成铭。好，咱就来他个兵来将挡，水来土掩。让泾阳人见识一下咱北山的狼也会龇牙咧嘴，不是那么好惹的！

故事三：杨诚整治赖二狗子

这天晚上，后半晌那场来势凶猛的雷阵雨，转而成为不绝如缕的连绵阴雨，透明的雨丝薄纱般地笼罩着泾阳县城。天刚擦黑，唐敬忠的饭馆门口果然来了七个年轻力壮的汉子。为首的赖二狗子，手握一根胳膊粗的杠子，后面跟着的六个人则各挑一副粪桶担子。

只见那赖二狗子打头一站，挥动着手里的木头杠子，吆喝六个年轻人放下粪桶，抄起扁担，然后气势汹汹地对着饭馆就开始大声叫骂了。

三水姓唐的，滚出来听着！你爷爷我明天要占用这院子养狗，限你今晚马上滚。不然，哼哼，我就砸了你们的店。还要给你们浇上屎尿，让你给我开饭馆，狗都嫌臭不会来的……

他那里高喉咙大嗓子正嚷得起劲，却见人高马大的杨诚从饭馆里走了出来，他当门一站，指着赖二狗子问，你凭啥要占人家的院子，是你家的吗？

哟，驴槽里伸出个马嘴来，我问你是哪一路神仙，关你个屁事！

赖二狗子横眉竖眼地瞅着杨诚，噢，我认出来了，这不是晌午到我们地盛王要饭的叫花子嘛！算你上午识相跑得快，要不我早就打断了你的狗腿。怎么，你跑到这里来找死吗？

有种，你现在就打我吧！

杨诚迎着二狗子走过去，左手一拉，就将他那根粗木杠子抓到了手里。二狗子还要扑过来夺，杨诚只抬脚轻轻地一拨，那气势汹汹的赖二狗子就仰面朝天滚倒在了地上。

快，你们都给我上，用扁担……狠狠地抽他！

那六个小伙犹犹豫豫地挥舞着手中的扁担，缩头缩脑，试探着往前面凑。

杨诚却一动不动，稳如泰山般站在那里，只将那根胳膊粗的木杠子双手紧握，屈起腿轻轻往下一压，就听到咔嚓一声，粗木杠子转眼就折成了两截。

赖二狗子趁势还想爬起来，杨诚跨前一步，一脚便踩住了他的脚踝，碾蚂蚁样轻轻地那么一碾，那赖二狗立即哭爹叫娘地鬼叫起来。几乎是同时，杨诚伸出两只长臂膀，左揽右拢，变戏法似的将那六个小伙手中的扁担绳钩，全抓在了手里。那六个小伙被他轻轻地顺手一拽，眨眼便变成了六个刚从地里连根拔出来的"洋芋"。他前后一晃又一抖，六个人像纸人样被风吹刮，连滚带爬，全扑倒在地了。

咋个向？杨诚喝道，我知道地盛王那个黑心东家，你们是不是也都跟他一样想当瘸子？那好，我今天就成全你们！

六个小伙围拢过来，齐刷刷地跪在他面前，鸡啄米般一个劲将脑壳触在地上，捣蒜样讨饶。

好汉饶命好汉饶命吧！我们也是无奈，被东家逼迫，不得已呀……

饶命可以，你们来干这种缺德的事，东家会给你们啥好处？必须从实说来，不然的话……

杨诚扬起榔头似的拳头，从那里便发出了骨关节咯吧吧的一串响声。

有啥好处呀，他克扣了我们几个月的工钱一直不发，还说今天的事办不成，就别想再要钱……

此话当真？杨诚瞪大眼睛问，假若骗我，哼！说着，又上前一步，一只拳头正要砸向那几个人，却听见身后传来唐敬忠的声音，兄弟，暂且住手，我看他们

几个也是下苦之人，就让他们站起来说话吧。

杨诚点头应诺，松开了拳头，一弯腰拎小鸡似的提起赖二狗子的衣领喝问道，你说，他们说的是不是真话？否则，我今天就要你的小命！

是是是。大爷饶命，好汉，饶了我吧……

唐三爷抬手示意杨诚算了，他息事宁人地对那些人说，这样吧，既然你们是受人指使，我就原谅了你们。你们挑着粪桶走了一大程，这些大粪呢，我也就收下了——庄稼一枝花，全靠粪当家。我们后院的菜园子正缺肥料呢。回去告诉你们的吴东家，谢他免费给我送肥了。你们呢，好赖也算辛苦了一回，这么着吧……

唐三爷说着，把手一招，喊了一声，柱子，你拿些碎银子来！

杨信兄弟、三少奶奶以及柱子和几个小伙计，全都闻声走了出来。

唐敬忠指了指那六个垂首呆立的小伙子，对柱子说，发给他们吧，就算是你们给我送粪的工钱吧。

那几个人一时蒙神，目瞪口呆地你望望我，我望望你。大概是以为在做梦吧，老半天谁也不敢伸手去接柱子递过的碎银。站在中间的一个年龄稍大、眉目清秀的小伙率先反应过来，扑通一声跪了下来，几个人也都依样学样，急急忙忙跪了下来。

我们认错啦，请唐三爷饶恕我们吧！今后打死我们，也不敢再替恶人做这种亏心的事！

三少奶奶这时发话了，她温婉和悦地说，几个弟兄都起来。我们来泾阳县不久，人地两生，是真心希望大伙儿关照饭馆的生意啊。我们唐三爷给你们银子，是真心，就都快拿上吧！往后，愿意继续送粪来，我们仍然会照收不误的。

唐敬忠接过话说，不仅是粪肥，我们还更需要人。要愿意来，我们的工钱优厚，日清月结，还有奖励，决不亏欠。

几个人面面相觑，再一次互相凝视着，真的怀疑是不是耳朵出了毛病，要么就是实实在在地在做梦啊！

这……可是……真的？

杨信过来插话道，我们唐三爷高风亮节，待人善厚，他以德报怨，做事堂堂正正、光明磊落，难道你们还看不清？

几个人这才醒过神来，不约而同再一次屈膝跪了下去，口中纷纷喃喃有声，天底下，竟会有这样的事吗？唐三爷，我们来污辱、欺负你，你非但不予计较，还要给我们碎银子，这……这真是比观音菩萨心还善哪。

是的，大善人呀，唐三爷……

临了，他们纷纷摇头叹气，大发感慨，怎么劝说，也不敢收下那些银子，只求唐三爷收下他们在饭馆里干活，有口饭吃就心满意足了。

那个眉目清秀的小伙子说，我们在吴瘸子那边，一年到头辛辛苦苦地干活，不是受吴瘸子骂，就是挨他的打。最可恨的是，他老变着法子克扣我们养家糊口的血汗钱。真是受够了窝囊气。

唐三爷听到这，爽朗一笑，接过柱子端来的银子亲自分发，逐一递到他们的手里。

弟兄们，听我说，我唐敬忠说话是算数的。如果你们真的想到店里来，就必须把银子全拿上。收下了这点儿心意，咱们就算是自己人了！

几个人喜极而泣，都忍不住流下泪来。

好啦好啦！进里头去，我们好好拉呱拉呱。

那个眉目清秀的小伙子擦了一把眼泪说，三爷，我名叫郭秋生，我们几个都是地盛王的主要劳力，手下利索很出活呢，今后全都听你三爷的啦。现在，先让我们把粪桶担到后院去吧？

也好。唐敬忠四两拨千斤，就这样平息了一场蓄意的挑衅，他也像打了一场大胜仗，兴高采烈地对三少奶奶说，让弟兄们忙完，好好洗一洗，换上咱们的新店服。晚上做两桌好饭菜，咱们好生庆祝一番。

这一幕活剧像演戏，让躺在地上的赖二狗子和站在他旁边的杨诚看得直发呆，他们不相信，天底下真的会有这等人、这样的事？

唐三爷，你就这样……算完了？杨诚恍然，半天才回过神来，却愣是不理解唐三爷的作为。

完了。唐敬忠笑道，不完还怎么样？

那么，这个人怎么办呢？杨诚指着地上被他踩着的赖二狗子，难道不好好收拾他一下？

算啦，放他回去吧。

杨诚本想狠狠教训一下赖二狗子，听唐三爷这么一说，脚下一松，只见赖二狗子像被捕鼠夹子松开尾巴的老鼠，连滚带爬，惶惶如丧家之犬，一瘸一拐地，赶紧就溜走了。

唐敬忠望着那远去的背影，竟不由自主地哀叹了一声，唉，他也可怜。但愿地盛王不要再多出一个瘸子来。

故事四：饭馆办成了夜学堂

唐敬忠在泾阳县一待就是十几年，唐家天成铭的字号早已闻名遐迩，无人不

知了。

从当初他们被人排挤到县城北门开小饭馆时，唐家的店铺每晚都会早早打烊关门。所有店员，除了轮流当班值日，都要集中在一起学习文化。当然，那时不叫上课，也不叫夜校，而是名曰"宿学"。

经商做买卖，要会算数、认识字，没有文化怎么行呢？

最初开始，唐三爷和三少奶奶，还有那个颇通文墨，后来做了账房先生的杨信，轮流担任老师。每天晚上燃一炷香计算时辰，每个人的任务是必须做十道珠算题，会认、会写二十个字。

除了珠算等基础课外，唐三爷还要亲自给大家讲四书五经，以及《三字经》《弟子规》和《百家姓》等。

几十年后，那些已经做了天成铭众多分号中大小掌柜的伙计们，像柱子、杨诚、杨信等几十个人，一直还记得唐三爷给他们上的第一堂课，他讲解的正是天成铭这个商号名称的含义。

唐三爷说，老百姓都知道"人的命，天注定"和"谋事在人，成事在天"这些个说法，我们天成铭做生意也一样，既要靠人，也要靠天。

那么，啥是我们的天呢？

他是这样解释的，一个人的一生，至少有三重天。第一重天，是父母，生你养你，都是先天决定的，由不得你；第二重天，可以说是教育，就是你的老师、师傅，他们决定你的本事。这是可以选择和通过努力取得；第三重天，可以说是环境，主要是指亲友同事，核心是你的配偶，决定你一生能否干成一两件事。常言说，人在做，天在看。天没长眼睛，能看见我们的天，上是祖先父母，下是儿女子孙，左右前后是亲戚朋友，特别是我们面前的顾客、百姓，心里都有一杆杆秤。所以，我们只能赚公平钱，哪怕亏本，也不能挣亏心钱、黑心钱。

三爷一腔浩然正气，更是讲解得慷慨激昂，不用说，对唐家的生意前景自然也充满了信心。

他鼓励大家说，我们既然走到了一起，聚到了一起，就要齐心协力撑起天成铭这个"天"。只要大伙儿拧成一股绳，我们天成铭的这个"铭"字，就是板上钉钉，铁打不动，一直能传下去。

天成铭在泾阳打开了一片天地，也奇迹般改变了不少人的命运！

我们唐家的伙计柱子，就是在那里娶妻成家，真正自立于世的。他的媳妇，就是那个装扮成男人冒险来给我们送信的柳花。她和她娘后来都成了天成铭的厨师；再后来，还成了分管旅馆的掌柜。

还有为人实诚的杨诚和头脑灵活精明的杨信，也都先后在天成铭成了家。这正像他们自己所说，天成铭其实就是他们的家。

天成铭有了信守诚信、和气待人的经营宝典，生意一天比一天兴旺，不仅自家财源滚滚事业发达，还带动了周围商家纷纷效仿，很快使泾阳城北巷口一带也成了最繁华的商业地段。与之相反，吴瘸子和那些坑蒙拐骗顾客、欺负百姓的不良奸商，越来越不得人心，纷纷关门倒闭。吴瘸子那红火一时的地盛王酒家，最终就是被我们唐家收购的。

我们的唐三爷，每每回忆起这段往事，总是对这些个"得意之作"滔滔不绝。

他曾半开玩笑地对我说过，人说舍得舍得，越舍越得；沾光沾光，越沾越光。此言果然不虚啊！其实，要说做生意，核心问题其实就是怎么做人。你看那个爱给人使坏的吴瘸子，那时恨不能砸了我们的饭馆，撵我们走人，没承想，最后反倒把他自己弄了个一败涂地、臭不可闻。

说到那吴瘸子，真是俗话所说的"江山易改，本性难移"。他后来经营不下去，只好把地盛王卖给了我们唐三爷。可是他收了我们的银子，却三番五次借故拖延，赖赖唧唧，一直不肯走人。后来，还是杨诚——那时已经晋升为天成铭的三掌柜，单枪匹马跑过去赶走他们的。

那也是个很有意思的故事。

杨诚那天一过去，脸色阴沉，不动声色地往店里一站，吴瘸子先就怯了三分。他从赖二狗子那里早就听闻了杨大个子的厉害，知道再耍赖看来是行不通了，立即笑脸相迎，亲自给杨诚端水沏茶，还顺手塞给杨诚一锭银子，期期艾艾地说，只要你给我说说天成铭的生意经，我……嘿嘿，就立马走人。

杨诚皮笑肉不笑地回敬一笑，猛然板起脸来，将他的拳头往桌上一砸，说，哪有个生意经？我们的秘诀都在天成铭各个店铺的门口写着呢，就是那一副对联。

吴瘸子不信，他打探说，听说唐敬忠每天晚上都要给你们训话上课，给你们传生意经呀？

这个倒是真的。杨诚说，我现在就告诉你，也不要你的一两银子，只是我相信，这些个生意经，打死你也是学不来的。

你说说看呀，吴瘸子急不可耐地追问，都是些啥"经"？眼看他两三年时间就发起来了，一定是很管用的。

简单地说吧，主要就是两句话十个字了，叫作：仁义礼智信，温良恭俭让。

十个字？

对呀。杨诚毫不客气，借机也教训起了吴瘸子。就说这头一个"仁"字吧，你看清了，是两个人组成的，说的就是世上的人都要互相依存，彼此尊重爱护，与人为善，慈悲为怀，不能坑人、害人。你为富不仁，心术不正，奸猾凶残，我看你学不会。再说这"温良恭俭让"，温者貌和，良者心善，恭者内肃，俭者节约，让者谦逊。这些，你懂吗？

这……

这什么呀？我们唐三爷可是贵人，要做贵人就要有贵德。可不像你，贵不配德，恃强凌弱，道德败坏，天理难容！好啦，不跟你对牛弹琴了，说也是白搭，要想赚大钱，还是以后先慢慢学着做大仁、大量、大胸怀的人吧！

吴瘸子还是磨磨蹭蹭不肯离去，杨诚也不再理他，干脆在门口坐了下来，一袋接一袋地抽烟，直抽到他的铜头烟锅发红，他才豹眼圆瞪，大喝一声，你滚还是不滚？

吴瘸子吓了一跳，却见杨诚忽然弯下腰去，将裤腿卷起露出小腿，然后将烧红的烟锅狠狠地摁在自己的腿肚上，随着呲呲的一缕青烟蹿起，一股刺鼻的人肉焦煳味儿顿时在店堂里弥漫开来。而杨诚居然纹丝不动，好像烫的不是自己！

那吴瘸子见状，大惊失色，倒吸了一口冷气，立马一甩辫子，扶了扶头顶的西瓜帽，一瘸一拐，灰溜溜地逃出了饭馆。

第十一章　天成铭更应上层楼

第五晞妍：我只是个见证人

这是几年后的一个秋日。傍晚时分，泾阳县北街口商铺林立，亭台楼阁，飞檐画栋，一派盛世繁华景象。夜幕降临，红灯高挂，人头攒动，非常热闹。

就在这时，一位鹤发童颜的老者走到了我们天成铭商号的楼下。老者抬头看着他面前的这座三层高楼，只见飞檐高翘，雕梁画栋、气势恢宏，色彩缤纷夺目。围栏廊柱上的镂刻图案，多为龙、凤、龟、狮等，精雕细琢，奇巧横生。老者忍不住双目生辉，微微颔首。从他一脸羡慕的神色，足以看出他对我们天成铭总号的钦服和神往，只是他并不知道，这修建得富丽堂皇的商楼原是我们唐家代表性的建筑转角楼在泾阳商号的复制。

用我的唐三爷的话说，就是把三水唐家搬到了泾阳，让我们"农商一体，遥相呼应"。

良久，老者径直走进一楼大堂。他个头不高，走起路来两脚生风，步履轻捷，稳健利索，就连身上的一袭灰布道袍，都会发出旗帜招展般噼啪之声。

门迎伙计走上前来，作揖招呼。

请问老先生，您是要吃饭还是要住宿？

满脸兴奋的老者一捋山羊胡须，文绉绉地说道，两者皆然。不过，我先要见见你们那位闻名遐迩的唐大善人。

恰逢此时，我的唐三爷正好从楼上走了下来。他迎过去，双手抱拳，彬彬有礼道，敢问这位老伯，你是要找我么？

你就是大名鼎鼎的唐大掌柜、唐善人？

不敢。晚辈只是庸人唐敬忠。

我有事相告。老者同样抱拳回礼，目光环顾左右稍显踌躇，唐敬忠当下会意，立即躬身还礼，做了个请的手势。

好，楼上请吧。

老者在前，我的唐三爷随后，二人同时沿木质楼梯噔噔地走了上来，脚力劲健，竟然发出一阵摇鼓般的震动。

宾主步入二楼，上了我们铺陈华丽的房间，我闻声赶忙迎了上去。唐三爷笑容可掬地指了指我，向来客引见道，这位是我的内人。

老者驻足，将我从头至脚上下一番仔细端详，忍不住连声赞叹，果然是名不虚传！三少奶奶可真是国色天香、风姿绰约，正合配唐大掌柜一表人才、风流俊朗啊！

一句话说得我不好意思，害羞地低下了头。我的唐三爷则连连摆手道，过奖过奖。

他们二人坐定，我赶紧差使丫鬟小慧献上香茗一杯，便款步退至一旁的圈椅上静坐。我只谛听，并不插话。只见那老者悠然淡定，一边喝着盖碗茶，一边对唐三爷说，老朽今来，慕名拜访唐大掌柜，是有好事相告。说着，他从随身携带的褡裢里掏出一个布包，双手递给我的唐三爷。

来，你打开看看。

唐敬忠疑惑不解，双手接过，慢慢打开，只见一块黑油疙瘩被纸包裹。他用鼻子嗅了一嗅，摇了摇头说，惭愧，在下不知此为何物。

老者哈哈一笑，都说唐大掌柜文雅好读、博古通今，怎么没听过阿芙蓉？

阿芙蓉？是不是俗称的罂粟提炼出来的鸦片？听说，这可是个害人的东西。

老者不以为然，摇一摇头，故作高深地说，那倒未必。唐大掌柜没有听说，它还有一个妙不可言的名字，在《大明会典》里，曾经被叫作"乌香"。这东西现在可盛行哪，比金子还值钱呢！远在唐时四川种过，明朝作为贵重药品用以止痛，到了明朝中期，又因为发现其有短期壮阳作用，所以就由俗药变成了春药，皇室贵族爱不释手。慢慢地，这东西就从富人中间蔓延至民间，现在已供不应求，所以非常抢手，能赚大钱。

老者说完，端起盖碗茶，一边品茗，一边察言观色，期待地望着我的唐三爷。

唐三爷沉思片刻，神情庄重地说，感谢赐教。只是，在下听说，这东西虽然贵重，也很赚钱，然而实为毒品，贻害无穷啊！朝野内外，很多人吸食成瘾，寻死觅活，骨瘦如柴，家破人亡。所以，我也听说民间管它叫"黑疙瘩"，有人甚至叫它"勾魂黑鬼"。晚辈虽不知您老来自何方，敢问如此祸国殃民的玩意儿，我能要吗？我们唐家自先祖创业始，以农耕为本，略有造诣。如今经商，坚持慈悲为怀，不义之财分文不取。所以，请您原谅，您老小歇一会儿，饮完了茶，就请便吧。

老者听罢,一捋胡须,忍不住哈哈大笑起来。

看来,天成铭果然名不虚传,大掌柜果然仁义当先,让人肃然起敬啊!不瞒你说,老朽自西域游历而来,路过金城兰州,无意间发现一种可以兴国利民,抵制鸦片毒害的东西。但是我也知道,世人见利忘义者多,而此事,非情怀高尚的仁义志士,不能为之。

老者说着,手又伸进他的褡裢,掏出了另一个纸包。

这个,才是我要真正送你的东西。

我的唐三爷将纸包打开,忍不住朗然一笑,这个我倒见过,不就是水烟吗?

是的,老者连连点头。

早在前些年,我们三水那块地方,就有人开始做这个生意,可量少利薄。我长嫂娘家的兄弟,也曾做此生意,但最终由于经营不善而导致血本无归。

此言差矣!唐大掌柜,你是聪明之人,首先须得明白它的功用和好处啊!

老者喝一口茶,稳坐在藤圈椅里,随即眯起眼睛,徐徐地道出一段关于水烟的历史。

这东西啊,也叫阿拉伯水烟,最初起源于八百年前的印度,后来在波斯开始流行。在中东,特别是在奥斯曼帝国时期的土耳其和伊朗,曾一度被看作是"舞蹈的公主和蛇";再后来,逐渐流传到阿拉伯世界。有人认为,大概是张骞出使西域,通过丝绸之路而引入中国的。

唐三爷点头道,多谢您老指点,在下尽管不知水烟的渊源,不过毕竟是烟,总会对人损多益少吧?

不然。老者说,烟草对人体的危害众所周知,但对吸烟者而言,戒烟却十分困难。吸水烟可以得到跟吸烟一样的享受,相比卷烟,尤其是鸦片对人的毒害,是小之又小,大可不必过虑。因为很多水烟,尤其是阿拉伯水烟,几乎不用烟丝,而是采用干水果肉和蜂蜜等材料制成,附以麝香、冰片等传统药材,具有行气活络、开窍醒脑、健脾安神、宣肺化痰、消炎止痛、清热解毒等诸多功效。阿拉伯水烟几乎等同法国上流社会贵族们嗜好的鼻烟,甚至比之更好……

唐敬忠笑着,忍不住讶然惊叹,在下孤陋寡闻,真是只知其一不知其二,听您老这么一说,还真是茅塞顿开呀!

看来,唐大掌柜是没有吸过水烟的。

老者侃侃而谈,他笑道,它的妙处,更多还在水烟壶上。最初,波斯人的烟壶用椰子壳与空竹管制成,后来讲究的烟壶由黄铜白银制作,甚至作为一种身份的象征,还用黄金玉石精制。西方的一些有钱人,还在水烟壶的水中添加

苹果汁、酸樱桃汁、葡萄汁、橙汁、柠檬汁、石榴汁或玫瑰花油，还有葡萄酒、菠萝汁、桃汁和甜瓜汁的混合味，等等。这种调配方法可使烟味口感更浓，气味馥郁芬芳。因此，水烟就成了风靡世界众多国家的生活消遣方式，它因其材料健康、卫生，吸食方式斯文、高雅，被广泛用于家庭、餐馆和酒楼等场合，更成为一种有品位的送礼佳品。

说到这里，他问三爷，你难道没有听说，当今我大清皇室宫廷中也已经开始流行起来。我给你带来的，正是当下朝中抢手的产于兰州的水果烟丝，它以麝香、冰片为主，由一二十味中药组成传统秘方，具有开窍醒脑、清热解毒等功效。即使你没有抽烟的习好，也不妨来袋水烟，保你消热解乏，提神顺气。唐敬忠听罢连连颔首惊呼，原来如此！

真是与君一席谈，胜读十年书啊！今日您老指点迷津，令我大开眼界。原来我辈坐井观天，不知天下之广大啊！

唐大掌柜倒也不必自谦，其实我不过是想来找你换碗饭吃。当然，顺便也想假以推销鸦片的方式，验证一下你们唐家经商是否真的不唯利是图，正如你门口的楹联所宣示的那样，只取信义，公平赚钱。

唐敬忠当即抱拳，拱手说道，说做生意不为挣钱，那是假的。但我们坚守信义，以心相交，以善为本，君子爱财，取之有道，坑人害人的事坚决不干。相反，只要利国利民，即使本小利微，甚至折本的生意，我们也做。比如这个水烟，我们就做定了。

老者说，这就对了。老夫我也打听过了，知道唐大掌柜字为"善斋"，号曰"余堂"。不就是继承祖业，持善为本，积德行善，造福后人吗？

取此字号，也是我唐敬忠自我警策，旨在上不负祖宗先辈，下不害后代子孙而已。

老者捋着胡须，频频点头。

实不相瞒，老朽也是眼看鸦片日甚一日涂炭生灵，祸患蔓延华夏大地，有些忍无可忍。正所谓"胸中磨损斩邪刀，欲起平之恨无力"呀！所以，就想寻觅一位正值年华的有识之士，做一点儿济世泽民、匡扶正气的善事。我当然不敢保证，你做水烟就能挣大钱。一天吃成胖子，一镢头就挖出个金元宝的机遇原本就很少。不过事在人为，就看你怎么做了。单从商业利润而言，我不妨送你四个字参考，那就是"批量"和"流通"。亦可当作商贸之要诀吧！

"批量"和"流通"？

是的。滴水成河，粒米成箩嘛！社会分工，物资交流已成定势，大唐当年兴盛,就跟汉朝张骞出使西域不无关系。敢于打破自我封闭,才可能致国富而令民强啊!你总不能固守泾阳一隅,否则即便生意再好也是一点儿蝇头小利,即使挣下点儿钱,也只能是一潭死水养出个小家子气。一句话,你得盘活银子,让钱生钱,这样才可以一本万利。

唐敬忠大为惊诧,啊,您也说到一潭死水要活流!当年,我从三水走到泾阳,就给我当家的长嫂说过此话。今天看来,我们三水唐家的"水"远没有真正"活流"起来。感谢您老指路啊,如果不嫌寒舍简陋,但求常住,以便随时聆听指教如何?

那倒不必,你只需管待我一夜食宿。老朽明日还要赶路,前往药王山去。

这么说,您就是当今神医,再世华佗,甘肃的方轩强,方大先生了!晚辈久仰,不胜荣幸。先生知古通今,学识渊博,令人景仰。请给面子,今晚,我们开怀畅饮一次如何?

方先生仰首捋须,呵呵一笑,那当是忘年之交,酒逢知己千杯少了。

唐敬忠: 大进就应大投入!

两个多月后,我带着柱子、杨诚等一行十人,一路上鞍马劳顿,自陇上金城,终于风尘仆仆回到泾阳。

体贴入微的夫人第五晞妍,为我特意设宴犒劳大伙儿,接风洗尘。

大账房杨信和各分号掌柜与店员,也都来欢迎我们一行的远道归来。

夫人望着我,爱怜地仔细端详了一阵,颇为动情地叹了一声,看你,都瘦多了。

我说,也结实多了不是?我安慰她道。

说着,我紧握拳头,用力一晃,做了个坚强有力的动作。她释然一笑,举起杯子为我敬酒,又分别敬了柱子、杨诚等各位弟兄。

三爷一路辛苦。杨信也过来碰杯,忍不住问,这次西去,一定收获不小吧?

收获自不用说,肯定是少不了的。

我一一回敬夫人和众人,急不可待地先问起泾阳各店铺生意的经营状况。我让杨信报上这两个月的利润进项。听完,颇觉满意,但静下心来细一盘算,又不得不心有所思地摇了摇头。

少顷,我忍不住沉吟道,我们这次兰州之行,确实见了世面。那边的水烟作坊,遍布城乡,已成气候。时称"八大家,四小家,七十二个毛毛家"。品吸水

烟者，自然也为数众多，人都称道兰州水烟甲天下。还有一说是，黄河古镇、青城水烟甲兰州。那里把水烟称之为"国烟"，行情火旺，令人震撼啊！不信，你们问问杨诚他们！

是的，唐三爷说的没错。

杨诚经过几年历练，加上这次又跟着我西去甘肃经见世面，闯荡了一回，为人处世今非昔比，谈笑风生已经颇显不凡。他接过话说，人家吸水烟，看上去比我们吸旱烟文气雅致。那烟袋也叫烟壶，大多是用锡或铜做成，明光发亮，玲珑可手。上部放烟丝，底部盛水，透过烟管，让烟气通过水的过滤，然后才进入口中，还真叫文明卫生呢。这不，唐三爷让我们买了一些回来，请各店掌柜品尝，也好广为传扬。

我随即便招呼柱子给每个店掌柜都发了一大包成色上佳的水烟烟丝，并配发了一只造型考究的水烟壶。

你们大家都品尝一下，最好也把抽旱烟和卷烟全改成水烟，相比之下，这对你们身体也好一些。

我指着大家说，你们都抽，我也带头。回头，请少奶奶和杨信大账房参照我们带回来的产品说明，再加工整理一个更充分明了的告知帖子，以便配合今后的大量推销。

夫人听罢，点头应诺，一边似水柔情地含笑望着我，轻言细语地说，看来，三爷胸有成竹，是断定要做这水烟生意了吗？

是的。我肯定道，总的来看，这件事利多弊少，商机很好，绝对大有赚头，只是不能小打小闹，否则，恐怕连我们来往路途的拉杂花费都包不住。

说到这里，我不由得眉头紧蹙，叹了口气。可是，要大进大出就要大投入啊。我估算了一下，至少得三四万两银子，要不然就周转不开。所以，我一路都在琢磨，也正在为此发愁。

杨信说，三爷不用过虑，我们几个店铺搜罗一下，把全部积蓄都抖搂出来，差不多也有几千上万两银子呢。

那也是杯水车薪，还差得远哪！

夫人见我忧心忡忡，试探地问我，要不，咱们给长嫂捎话说说，从家里先支出点儿积蓄，或者，这一段时间暂时先不要给家里送钱行不？

我略加思考，还是觉得不太妥当。我对她说，你应该清楚，当时咱们出来的时候，大哥和二哥他们本来就不太放心，害怕我们赚不到钱，反而连累和拖垮家里。所以，我抱定主意，也给大当家的长嫂有过承诺，任何时候都只给家里挣钱，而不给家里要钱。说这话时，你不是也在场吗？

那倒也是。夫人点了点头，顿时愁肠百结，也不由得犯起难来。

第五晞妍： 财神果真找上了门

晚宴散去，因为东家遇到难事，伙计们也都有些郁郁寡欢。

正是在那天晚上，一个仙风道骨的白胡子老头雪中送炭，背着一个鼓鼓囊囊的布袋子，突然来到我们天成铭。他找到我的唐三爷，直言不讳地说，我知道你现在正急需用钱，所以就马上给你送银子来了……

唐三爷睁大了眼，很有些困惑不解。因为这个老人似曾相识，觉着面熟，多少有点儿像曾经来访的那位方神医的样子。

他到底是谁，又为啥知道我需要银子？还有，凭什么送银子给我？是借贷，还是馈赠？唐三爷急切地想知道答案。正欲细问详情，只见那老者放下了口袋，一个转身，竟然不辞而别，化羽而归了。

我的唐三爷疾步赶上前去，打开布袋子一看，还真是一袋子白花花的银子，上面清楚地写着两万两数目。嗨，老人家，您……这是咋回事？他一着急，忍不住大声喊叫起来。

这一声喊不要紧，惊醒了他，也惊醒了睡在他身旁的我。我一骨碌翻身爬了起来。三爷，你怎么了？

唐三爷不好意思地笑着，揉了揉惺忪的睡眼。嗨，原来，是做了个梦。他摇着头。

说来奇怪，一连几个晚上，他都做了差不多同样内容的梦。这让我免不了担心，婉言相劝，脉脉含情地望他，也故意找话逗他开心。我半开玩笑地说，难道财神爷真的会找上门？

天上掉馅饼，哪有这样的好事情？我的三爷苦笑一声，连连摇头叹息，不过是日有所思，夜有所梦罢了！

这些日子，看着他为筹措银子发愁，茶饭不思，人愈发消瘦下去，我真的有些心疼了。

眼看兰州那边预约收烟的时间一天天逼近，他不能食言，更不敢错过时节。他说，庄稼人说得好，人误地一时，地误人一年哪！那些烟农，也要靠一年一季的烟叶烟丝出售维持生计，他们在等着咱们哪！

你瞧，这件事把我的唐三爷急得上火，真有点儿像热锅上的蚂蚁，坐立不安，嘴边都起了一圈燎泡。

这个样子，让我心疼又不知如何伺候他好，每天都给他用冰糖炖梨，清心败火，催着他吃。

是夜，窗外月光融融，室内烛光摇曳，我的唐三爷枯坐床头，难以成眠。我情意绵绵，爱怜地凝视他片刻，又亲昵地拉起他的手轻轻摇着，你别心急，肝火上攻会得病啊。咱从长计议，慢慢再想办法好吗？

他回过头来凝望着我，突然动情地说，谢谢你我的夫人，谢谢你善解人意和体贴入微。说着，一伸胳膊，就将我紧紧地揽在了他的怀里……

几天后的子夜时分，坐落在县城西边天成铭字号的车马大店，突然来了个赶车的客人。厚重的大门，被那人擂得咚咚山响。

店家开门，有人投宿！

值夜的店小二闻声起床，急忙披衣，走出来开门。

朗月清辉之下，一位身穿圆领"库兵"字服的军爷，赶着一辆木轮子马车正停在门口。车上黑乎乎地用布盖得严严实实，装的什么，不得而知。

店家请问，你们这个车马大店，可是唐敬忠、唐家三爷天成铭的店面？

没错。店小二道，可是我们大掌柜不在这里，他住在北门巷口天成铭楼上。敢问这位军爷，有何事找他？

我无须找他。这一路我都在打听，泾阳县城哪家掌柜最讲信用，想不到所有问到的人众口一词，都告诉我，要我去找天成铭的唐善人，他所开的店铺，都讲仁义忠信。

那军爷说着，将马车赶进院子，然后对店小二道，我已赶了几天路了，又累又饿，请你先给我安排吃住，再拜托你将这挂车放置在后院，将马代我喂了。可行？

没有问题，你只管放心。我们唐三爷一再告诫我们，要待客如亲，让每个人都有宾至如归的感觉，把这里当成自己的家。

那位军爷只说了句，果然名不虚传啊！便在客房小坐，狼吞虎咽，吃完店小二送来的两大碗肉丝拌面和一碗热腾腾的面汤，饭碗一推，倒下身子，就困不可支，呼呼大睡起来。

这一睡，居然睡了两天两夜，直到第三天早晨才醒来。起床之后，盥洗完毕，他匆匆吃了早饭，慌慌忙忙地解下他的黑马，披上鞍鞯，只给店家撂了一句，我有急事去赶队伍，店钱回来再结。那车就放在你们这里，拜托善加保管了。说罢，扬鞭策马，飞奔而去。

当天，店小二就给我们的唐三爷禀告了此事。但唐敬忠并没有过分在意，只是叮嘱车马店掌柜，好生保管好那位军爷的车和车上的东西——至于车上究竟是何物品，他认为既然受人之托，客人没有言明，自然不好探究。

十天过去了，半月过去了……眨眼，一个月过去了。存放大车和物品的主人，依然没有露面。

车马店掌柜感觉蹊跷，又来给唐三爷报告。唐三爷也觉得有些奇怪，就认真询问起当晚接待军爷的店小二来，看那人当时都说了些啥。

店小二想了半天，还是那一句话——打听到咱天成铭最讲信义，是专门来存放到咱们店的。

唐三爷听了，倒是蛮受感动。看来，众口铄金，善恶自分哪。他说，谁说天没长眼？百姓的口碑，不就是天发裁断吗？他尽管还在为筹措银子东奔西走，着急奔波，还是抽出了时间，亲自来到车马店查看那辆寄放的大车。

陪同他的店掌柜小心翼翼地建议他说，要不，我们揭开车上的蒙布，看看他的车里到底是啥东西，万一是什么容易腐烂变质的货物，我们也应该给人家晾晒一下。对吧？

唐三爷听了，略加思忖，觉得言之有理，就让店掌柜和店小二一起查验。这一看竟把他们全吓了一跳，几个人的眼睛都晃花了——原来，车厢里头的一个大箱子里，满满当当，居然装的全是银子！

银子？唐三爷，还不止是一点儿，看上去至少一万多两！

这可了得！唐敬忠赶紧上前观看，可不，真的是银子，是真的银子！

这是怎么回事呢？这么多银子放到这里，而主人却一去不返，这又如何是好？他让车马店掌柜仔仔细细将银子过秤计算，总共是一万八千六百两。快整理好，搬到账房里去，千万存放好了。他反复叮咛，不得擅动一分一文。

又过了半月。那位不知名的军爷，仍旧销声匿迹，不见人影。

他是谁？他的队伍又在哪里？他为什么急着去找队伍而又迟迟不归？还有，他车上装了这么多的银子，要做啥用场？唐三爷苦苦思索，却得不出结论。

这件事让我思前想后想了好多日子，看着唐三爷为钱发愁，而手边的现钱又不敢用，这该如何是好？

终于有一天，我鼓起勇气对三爷说，咱活人不能让尿憋死，对吧？三爷你既为了筹措银子发熬煎，又为了眼前的银子在担忧，这又何苦来着？

我的三爷说，夫人向来知性过人，常有不凡见解，有何高见，就直说吧。

我借机启发他道，三爷你不是说过，一潭死水要活流吗？眼下咱不是正等钱用吗？何不先把这些钱借上用了，等老军爷回来，再还给他。

这使不得！唐三爷为人正直，还是有些犹豫，人说一诺值千金，人家慕名，专门放在咱们店里，图的就是一个信用。这不合适吧？

我说，你说的自然有理。千百年来，经史子集，全是讲道德的。问题是咱们并不是昧了良心，私吞人家的银子，而是应急借用，倒一个手。或许十天半月，就可以全数归还于他。

杨诚也帮着我劝说唐三爷，最多半月到二十天，我们就可以到兰州跑一个来回。再说，这边经过大家宣传推广，很多人都笃定了心，等着要买咱的水烟哩；而兰州那边的商家和作坊，也几次三番捎话，催着咱们去拉预订的货啊！

杨信到底脑子更多一些褶子。他说唐三爷，其实，这是天助我也，用三少奶奶刚才的话说，这也是咱们的福报。人家那位军爷说得明白，他看中的就是咱天成铭的信誉。要不，他怎么不寄放到别的地方去呢？

这么说，也就算善有善报吧！唐三爷终于一拍脑门，断然决定，那好，让大伙儿做证，按时下票号的利率，我们就先把这一万八千六百两银子借上。

说罢，唤来伙计，让其拿来纸笔，然后俯下身子，捉起毛笔，饱蘸墨汁，在杨信及时递上的一张素笺上运腕挥洒，郑重其事地写了个借据。

随后，他先带头，接着让我和杨信以及店掌柜与伙计，都一一签字画押。

记住，做生意诚信为本，本最可贵；发大财切忌不义，义在不罔。他捧着借据逐字浏览，一边念念有词地这样说着，半晌，才转身交给诺诺点头的杨信。

一言九鼎哪！这东西就请杨信大账房妥善保管，等老军爷回来，连本带利好一并还给人家。

翌日一早，我的唐三爷便带着杨诚等人，总共拿了两万两银子，急如星火，向兰州城进发了。

第十二章　西进重蹈丝绸路

易红娥：　故事比银子更迷人

许多年后，为我们津津乐道讲述下面这段经历的，不是唐三爷，也不是唐家设在兰州城天成铭分号的大掌柜杨诚，而是兰州存善钱庄一个被称作"猴子"的小伙计以及他的大师兄。

他们俩可都是占尽了好口才，特别能讲——兰州人叫"喧谎"或"喧帮子"的人，讲起故事来头头是道，特别提着劲儿，即使细声慢气，断断续续，你也会感到有一股看不到的气韵贯穿其中，吸引着你，诱惑着你，绝对不会像那些不会讲故事的人们前言不搭后语，有一句没一句的，把一件事情说得松松垮垮，让人听着不明所以，乱无章法。

故事五：谝闲传的小伙计

都说二月春风似剪刀，也许那是专门针对关中道的"吹面不寒杨柳风"说的。

时值四月中旬，兰州的地盘上却还是乍暖还寒，飕飕冷风执着尖锐的芒刺，直往人的骨子里钻。街上早起的行人中，还有人裹着厚重的大襟棉袄缩头缩脑。

离黄河岸不远，有一条商贾云集的白银路，这里既是马路又是市场，人来人往煞是热闹。

街道两旁，一色的青砖瓦房。房子虽算不上高大轩昂，却十分齐整，墙壁尽是方砖筑砌，一砌到顶。油漆门面，红红绿绿。各家铺面门头，几乎都有挂牌望子和灯匣招牌。买卖种类纷杂，商品琳琅满目。主要有铜壶、铜锅、水烟用品、风匣、木梳、戏箱、刺绣以及芝麻糖、炸油糕、糖炒栗子、炒花生等等。比较红火的买卖，是白龙膏药、马信书铺和文家刺绣。但比它们更红火和吸引人的，却是此间数量居多的水烟作坊。

日上三竿，各家店铺的伙计伸着懒腰，一边打着哈欠，一边一块块地卸下了门板，准备开始营业。街边一棵皂角树下，是这条街道唯一的一爿万字号钱庄。一只铁皮火炉子前面，几个毛头伙计正团暖在柜台后面谝闲——兰州人的方言，叫作"日闲干"，即说脏话。

一个说，完尿了，已经是第五天了吧，对过的生意还是不开壶哟！

一个不屑地咧咧嘴反驳，闭上你的臭嘴吧，咸吃萝卜淡操心！开不开壶，与你有个尿相干？

兰州人说话，舌头都有点儿直戳戳打不过弯儿，但听起来还另有一番余韵悠长的况味。这不，第三个老成点儿的伙计，一翻白眼，抢白他那两个同道，一大早的，嘴巴积点儿德，放干净点儿好不好，什么尿不尿的，咱说话能不能离裤裆那地方远点儿？

前面两个抬杠的都乐了，他们抢白后面的这位，嘻，就你文明嘴巴子能，一张嘴，两尿！这是咋个说的，十二岁生娃娃——你是不是有点儿太逞能？

你俩就贱，不正是二尿？都怪你娘十二岁生了你们！

这个说着扬手就要扇那一个，那个却猴子样一蹦，跳到墙角，扮着鬼脸急忙讨饶。

好啦，师兄，咱们听你的，不说那个字还不行吗？

三个人齐声嘎嘎大笑，算是讲和不再打嘴仗，却见那个伶牙俐齿的"猴子"一眨巴眼，嘘了一声，将手指着对面的铺子说，瞧，陕西楞娃，又开门咧。

顺着他的手指望过去，对面是一家二层砖木混搭结构的车马大店，门楣上大字赫然书写着"陇上客栈"四个朱漆大字。

不过，这招牌的风光最近稍显逊色，被一幅从上面垂挂下来的幌子多少遮掩了些。那幌子黄绫质地，边沿悬垂金色流苏，上方横书五个小字"秦中三水唐"，中间竖写四个红色大字"统购水烟"。

奇怪的是，车马大店不仅没有因此平添热闹繁华，相反倒比往日还冷清寥落了许多。

就是说，陕西来的商客尽管动静不小，来头也挺大，可惜既没让"陇上客栈"飙涨更多的人气，更没有给自个儿在兰州收购水烟博得旗开得胜的局面。姓唐的大掌柜财大气粗，单是骡马大车就带了二十多辆，外加用人、车夫不下四五十人，这一天的吃住花费至少也得花销百十两银子。

说到知根知底，也许没有人比钱庄里这几个伙计更了解他们的底细了——虽然，陕西商客一注就在钱庄里储存了两万两白花花的银子，可是一连数日，只见出项不见进项。谁都能想象到，长此以往，纵使坐拥金山银海，怕也会像火上消冰，逃不脱坐吃山空的定数。

这让钱庄这位颇为老到的大师兄困惑不解，那位在金城享有盛名美誉的水烟王，怎么会这般见利忘义，显而易见地欺负人家外地的客商？他这时望着对面迎风飘荡的"秦中三水唐统购水烟"的鲜亮望子，忍不住摇头晃脑，发出喟叹，再怎么说，咱白老爷也不该是这种趁火打劫的人呀！

是呀！那"猴子"也说，这无异于哄抬物价，敲诈人嘛！

"猴子"当然不叫猴子，他赢得这个雅号，是因为他特别精明乖巧。大师兄曾经打趣着问他，你知道你为啥鬼精鬼精的吗？他接过话，不假思索地就回答，因为我跟猴子一样聪明呗。

"猴子"自然知道大师兄感慨什么来着，立即随声附和道，这样子有失咱兰州人的厚道，也会让人家陕西来的客人小看了咱们不是？

谁说不呢？

不用说，作为旁观之人，他们也听到了些个中原委。

据说是因为路途遥远，陕西的这个唐大掌柜，比约定的时间晚到了七天，他们家最大的水烟供货商——白家老爷生气了，言说秦人不守信用，故而要将原来议定的水烟价格狂涨一倍。这唐大掌柜大概自知理亏，更清楚这老白家可是金城里做水烟生意的龙头老大，差不多就是一呼百应实实在在的坐地虎了。上次唐大掌柜的兰州之行所议定的水烟，十之八九都是从老白家进的货。因此，他也只能委曲求全，满口诚意地答应价钱再议之事。

听说唐大掌柜备了厚礼，前往白老爷府上登门拜访，不承想竟吃了闭门羹。白家老爷传出的话铁板钉钉，说他们白家的水烟不愁买主，没得商量，只一口价！要就提货，不要就走人，他可是要另择买家给别人了！

如此这般，能不叫陕西三水唐家的大掌柜心急如焚、坐卧不宁吗？

可是……日怪！"猴子"也觉得诧异，他说，这个陕西人看起来还就是不太一般，你瞧他，每日不慌不忙，泰然自若出入客栈，依然谈笑风生，那副从容不迫的样子，还真叫别人摸不着深浅。

你懂个啥？那就叫大人大量，海水不可斗量。大师兄抢白他说，陕西是何等地方，八百里秦川一马平原，秦皇汉武，十三朝古都啊！你可别小看了这唐大掌柜的，他们三水唐的家底可瓷实着哩！

另一个伙计这时插言，不管咋说，生意场上最讲究的应该是仁义当先，这回咱们的白老爷是有点儿过了。我可听人说了，人家陕西的客人，为了求见白家老爷，已经三顾茅庐了，无奈，咱们的白老爷硬是要充作南阳诸葛亮——长得不像装得像，死活不跟人家照面呀！

唉，你这话算咬到蛋上了。"猴子"调侃道，俗话说，有理不挡上门客哩，和气生财嘛，买卖不成仁义在呢。你们以为他白家老爷是逞能吗？我看他呀，哼，也是存心要给咱兰州生意人脸上抹黑哩。

大师兄将一块木炭填进炉子，顺手将铁炉盖子哐当一声盖上，然后长叹了一声，唉，陕西人遇上难堪了！他们抓不到大头抓小头，前几天也着人跑到近郊那些水烟小作坊去收购，没有想到那些小卖家一个个也像得了军令，全都漫天要价，比白老爷的要价加得还狠，还硬。唐大掌柜手下的人，一个个空手而返，干急没辙啊！

"猴子"眨巴着眼说，八成，是白老爷做了手脚！

你怎么知道？大师兄明知故问。

秃子头上的虱子——这不是明摆着的事吗？

另一个伙计哼哼一声，用鼻子讥讽"猴子"。就你精明，能给虱子分出公母。我可听说了，白家老爷也派人下乡走户，在邻近郊县的小作坊大量收购水烟呢。

着，我这不正猜对了吗？"猴子"晃着细瘦的身板说，那叫低价购进高价卖出，白家老爷果然要做金城水烟行老大，准备称霸为王了。

这厢里，三个人正在闲嗑磨牙，却见对过的客栈走出两个人来。

为首那人中等个头，身穿一件藏蓝绸面长夹袍，腰系一根缎黄回针刺绣宽腰带。最为惹眼的，是头上的瓜皮小圆帽，顶头正中镶嵌一颗晶莹剔透亮光闪闪的祖母绿宝石，帽子下檐裹了一圈猩红花边云绳。一根乌溜溜的粗辫子从那帽子后头拖下来，顺着后背齐腰直晃。再看他方正脸庞，果然是气宇轩昂，相貌堂堂。

此时他背着手，闲庭信步般悠然踱出客栈的朱漆大门，举手投足间都透出一股子掩饰不住的清雅韵味，丝毫看不出他发熬煎的影子，那才叫潇洒风流，优雅淡定。

紧随其后，与前者形成鲜明对照的，却是一位虎背熊腰的壮汉。他将一根大辫子随意地缠绕在青筋暴突的脖子上，蚕眉豹眼，目光咄咄逼人。再看半挽灰布长衫的袖头里伸出一只浑似铁锤半握的拳头，似乎随时都会大打出手，与人一决雌雄。

不错，这两位正是这爿钱庄三个伙计们议论的主角，来自陕西关中道的唐敬忠和他的二管家杨诚。

瞧瞧这一对主雇，端的就是文臣武将的架势，儒生愣娃，一雅一俗，真是绝佳的搭配！

"猴子"从炉子上提起一只长嘴大铁壶，给自己倒了一杯水，望着外面，不无艳羡，啧啧称道，天下本无事，庸人自扰之。瞧瞧人家这份镇定自若，咱们可真是咸吃萝卜淡操心呀！

那大师兄扑哧地笑了一声，道，啥叫绝佳搭配嘛！他大舅他二舅都是娃他舅，高桌子低板凳都是木头。本来嘛，横竖谁敢小觑了秦人？陕西的皇上坐天下，陕西的黄土埋皇上，总是那地方邪门儿吧，人杰地灵啊！你瞧，尤其那唐大掌柜，文质彬彬，一脸和蔼，让人望而亲切，心生敬意，难怪那大个头的贴身保镖忠心耿耿，如影随形。

"猴子"摇头，举起手中的茶杯有滋有味地呷了一口，不屑一顾地说，那大个头才不是保镖呢，唐大掌柜的所有银票都在他手里攥着，他可是名副其实的大拿。

沉默了半天的那一位瘦高个儿伙计，则不以为然。他一撇嘴，噎着嗓子眼儿，把声调拉得细长松弛，阴阳怪气地说，大拿不大拿，反正这一壶也够他们老陕喝了。你没看见那掌管银票的大个头急眉赤眼，老是铁青着一张黑脸，就差要去跳黄河了。等着瞧吧，有好戏看呢，就看他们怎么演下去了。闹不好，说不定真要落个鸡飞蛋打，竹篮子打水血本无归一场空哟！

三个人眼瞅着外面的两个人，你一言我一语，正侃得热火朝天，不期然从屋后传出一声咳嗽，紧接着就是一声暴戾的怒骂。

扯你娘的什么闲蛋！你三个狗贼是不是贱皮又发痒了？！说着，一根皮鞭子凌空飞越，然后就劈头盖脸雨点般抽打下来。

懒鬼，铺面上的灰尘都能埋死人了，大清早的你们嚼什么舌根？养你们这伙吃里爬外的贼，竟然学会了好高骛远！看着别人啥都好，有本事，你们也跟着陕西人去呀！

这个像从地下冒出来的人，原来正是这个钱庄的老板。老板横眉立眼，将三个人一顿狠揍之后，伶牙俐齿的伙计们一个个噤若寒蝉，全都缩头缩脑，大气不出一声了。

看来，这爿名曰存善的钱庄，老板首先就有些欠善。

故事六：逛大街的陕西人

街道这边，唐敬忠和杨诚浑然不知。他们到兰州后，背后就背上了别人追寻的眼睛，更不知道，一大清早，还会有人因为说他们的闲话而挨了一顿鞭子抽打。

至于他们后来怎么会知道这一场戏外之戏，这已是后话，暂且不表了。

且说我们唐家的这位商业奇才，此时正在兰州白银路的大街上闲庭信步般转

悠，那样子逍遥自在，俨然无所事事。他东家进，西家出，这边看看，那边瞅瞅，悠哉乐哉，闲逛着各色铺面。

转身，他俩进了一家日杂用品店铺。唐敬忠不慌不忙，沿着货架子逐一看去，什么瓷碗瓦罐，毛刷马鞭，鸡毛掸子折扇，物无论大小，价不分贵贱，看着，问着，直问得灰白了发辫的店主老汉终于有些不耐烦，一翻白眼，反问他道，这位客人，你到底要买啥嘛，打破砂锅——璺到底，咋个没完没了！

唐敬忠微微一笑，双手抱拳，深施一礼，不好意思，打扰您了。说完，转身出门，抬头望望黄河对岸缓缓升起的太阳，不由得抒发心情，发了一句触景生情的感叹出来，瞧啊杨诚，这就叫黄河日出，金城一景。丽日蓝天，今天，可真是好天气哟！

杨诚则望着他，满脸的疑惑不解，将粗黑的眉毛凝成了疙瘩。他心里想，这时候了，还欣赏什么黄河日出？他忍不住四顾，压低声音说道起来，难为三爷，您还有好心情闲逛，咱那些存在钱庄里的东西，眼见一天天缩水，再这样下去，那可就要打水漂了……

水漂？唐三爷吟语一声，忽然背起诗来，李白有道是"黄河之水天上来，奔流到海不复回"，举世滔滔，水可载舟亦可覆舟，说到底，上善若水呀！

上善若水？

是呀，"上善若水"可是至高境界的善行，就像水的品性一样，泽被万物而不争名利。上善，最完美；水，避高趋下是一种谦逊，奔流到海是一种追求，刚柔相济是一种能力，海纳百川是一种大度，滴水穿石是一种毅力，洗涤污淖是一种奉献。逝者如斯夫，人生犹如奔流至海的江水。乐善好施不图报，淡泊明志谦如水，一个人若堪与水比，那就是与世无争的圣人。达到尽善尽美的境界，就和圣人差不多了。

唐三爷，杨诚疑惑不解地问，咱们不是要做生意的商人吗？

商人离圣人真的很远吗？他说着，哈哈一笑，也不再等杨诚回答，将手一挥，又将杨诚带进了身边一家干货商店。一进店门，他又故技重演，逐一地打问起了黄花、木耳、挂面、花干、蒜瓣、辣子面……好像他是来要盘点的，不同的是，他比在杂货店问得更仔细用心，不但问到价钱、行情，就连进货渠道，具体产地，也一一探底，不肯放过。好在他这回遇到了一位耐性极好的中年店主，面容敦厚，性情和善，真是有问必答，百问不烦。

最后，我们的唐大掌柜走到堆放粉丝的货架前面，他伸手折下一根粉丝，塞进嘴里细嚼慢咽，很是用功地品味了一番，然后才和店家攀谈起来。

这是扁豆粉丝吧？

店主说，掌柜好眼力，看来是地道的行家了。这是我们兰州最好的粉丝。兰州五大宝：粉丝、水烟、大瓜子、牛肉拉面和羊皮袄子。头一份的宝啊，看着晶莹纯净，入口柔滑筋道。你到兰州随便哪家饭馆，都有我们的粉丝。那边最热闹的怡情院，也是我们最大的客户。掌柜不信，不妨去看看，那里是官宦商家有钱人最爱光顾的地方，除了姑娘娇艳美丽，那里的厨艺也算是金城一流。

唐三爷听到这里表现出意想不到的盎然兴趣，那倒是好，谢谢店家的指点，咱们后会有期。杨诚，我们这就去那边瞧瞧！

唐三爷……

杨诚眉头上的疙瘩又凝结了起来，他好像有满肚子的话却说不出来，却见唐大掌柜转脸一笑，便径直朝那边走去。

只见那怡情院的门口，还真的不同寻常，一大早就顾客盈门，不要说里面的包厢，就连大厅也人头攒动，热气腾腾，鲜有空位。

进得院内，迎门正中是一方小小的舞台，上面正有几个浓妆艳抹的女子垂头仰首，于俯仰之间拨弄丝竹管弦，醉生梦死地演奏着一曲"花儿"小调。举目四座，食客多有官服华冠，而且多有轻佻放荡的妖艳女子陪伴，一望可知，这些狎妓宿娼的达官贵人，在夜间满足了生理上的那种需要之后，另一种生理需要，也被他们的肠胃在早上及时唤醒，亢奋而又饥渴。

在某一个角落，我们的唐大掌柜好不容易找到两个空位，那杨诚却站在他旁边不肯落座。

唐三爷，这……这啥腌臜之地呀！他环顾了一眼周围那些打情骂俏的饮食男女，愁眉苦脸地咕哝道，我说唐三爷，咱正经人咋能到这种地方来？再说，咱们的正事……

唉，坐，坐嘛！

他的话没说完，唐三爷不容分说地拽住他长袍的一角，就将他拉到了桌子前面。

咋啦，正经人不也是人？

唐三爷笑着朝他挤眉弄眼，咱不是蝉，能够吸露喝风就得以生存。咱也要吃饭对不对？你还愣什么呢？我问你，人一生不吃水烟能行，一天不吃饭菜可行？

这时邻座爆出一阵淫笑，一对男女正闹得邪乎。那女的坦然地坐在男的大腿上，男的则搂着女的，喝一口酒，亲那女的一口，口中还歪歪唧唧哼唧着淫词滥调。

杨诚不无厌恶地瞪了他们一眼，恶狠狠地甩开搭在前胸的辫子，皱眉攒眼，忍不住摇头叹道，唐三爷，恕我冒昧直言，这到底不是咱待的地方！

为啥？唐三爷竟嘿嘿地笑了。难道你没有感到咱大清国的官员个个都像得了疯尿病，开口闭口，就是离不开肚脐眼儿以下三寸的地儿！看书看的是春宫画，嘴上说的是巫山云雨男女事，将先人的淳朴美德亵渎得不成形状了啊！这就叫世事呀杨诚，你不也在这里长了见识吗？

唐三爷正说着，一个手上拎了菜谱跑堂的伙计，匆匆地奔过来，给他们二人各递了一条热气蒸腾的白毛巾。

二位客官想要吃点儿啥？三爷不假思索地说，凡是有扁豆粉丝的菜，你都点上来。跑堂的伙计瞪大了眼，那可就多了，有凉拌酸辣粉丝、牛肝爆炒粉丝、粉丝肉片炖白菜豆腐、粉丝裹红烧肉、粉丝配蒜苗炒鸡蛋……

得，唐三爷打断了他的话，那就这几样吧。唐三爷，咱俩吃得了吗？杨诚再一次睁大了眼。咱今儿个就不叫吃，叫尝！

尝？杨诚仔细品味这话，颇有玄机，不由得笑问缘由。

唐三爷却不正面回答，反问他道，杨诚，咱们到兰州干啥来了？杨诚怔怔地望着唐三爷，感到丈二和尚有点儿摸不着头脑。这还用问吗？咱们远道而来，不就是为了水烟，为了赚钱吗？不错，咱们是遇上了难题，这就叫世界之大，无奇不有。杨诚，你知道张骞吗？杨诚一拍脑门，摇了摇头，没有，我还真不认识这个人。

我也不认识。唐三爷呵呵一乐，他在汉代，离我们远了去，怎么会认识呢？但是他的故事我们还是知道一些。汉武帝当年欲联合大月氏共击匈奴，张骞应募出使西域，途中多难，前后两次被匈奴扣押，但他开辟了著名的丝绸之路，至今为世人称道。我们遇上这么一点儿曲折磨难，又何足挂齿啊？这世界有昼就有夜，有白就有黑，有忠就有奸。你看看这场面，就更清楚真实社会是啥样儿，也就不会奇怪水烟王为啥跟咱较着劲了。这世上，一人一命，百人百性。有人辗转，有人辛苦麻木，有人辛苦恣睢浪荡。众生世相，千姿百态啊！

不管咋说，他们不能说话不算数呀！杨诚义愤填膺，拍案瞪目道，大丈夫一言九鼎啊，岂能变卦比小孩子变脸还快呢？

唐三爷却是宠辱不惊，达观无量，呵呵地笑。

你以为我们和他协议在先，就万事大吉了？古人早有训言，"正人万山圈子里，一山放过一山拦"呀！天下黄河几多弯，天下事体也多转捩。其实，这都属正常正理再自然不过的现象。只是我在估摸，这白老爷很可能也另有难言之隐，否则，不至于变化如此之快，更不可能背信弃义到了翻手为云、覆手为雨的地步。

可是，这些全是明摆着的事呀！

就算是吧。唐三爷微眯眼睛，沉默片刻，复又睁大了眼，直望着杨诚，眉飞色舞地说，不过，依我看来，咱们已经是赚了，而且也赢了。

这……又从何说起？

唐三爷朗笑一声，又放低嗓门，你杨诚粗中有细，咱们又情同手足，甘苦与共，这一路我看得再清楚不过。你的管家理财能力丝毫不逊杨信。最主要的，还是你的忠厚正直，加上性格在磨砺中日渐老辣成熟，谁说这不是咱们的赚头？大赚头啊！这也是咱们天成铭日后兴旺发达的希望所在。从这一点说，咱们不正是赢家吗？

杨诚被三爷这么一说，竟羞得满面通红，不好意思了。

唐三爷是鼓励我哩，都是我无能，到乡下去了几趟也都没收到水烟，这叫人怎能不心急如焚！

我理解你的心情。做生意的人，哪个不想赚大钱？而赚大钱就要有大气量，大出才能大进，我们不要被一时一事的不顺绊住了手脚。

唐三爷说到这里，语重心长地道出了他的一番肺腑之言。

杨诚啊，你要稳住。今后兰州这边的生意，我可是全要交给你打理了。记住，每临大事有静气，天就无绝人之路！再说，活人不能，也不该被尿憋死，对吧？你要相信，有一个难题就必然有三个以上的解决办法，只要动脑子想办法，你就能解决它。世上没有过不去的火焰山，要相信办法总比困难多。

杨诚忽然抬起头来，若有所思地说，我似乎有点儿明白唐三爷的意思了，你是说，咱总不能在一棵树上吊死呀，对不对？

唐三爷无语，只是接过跑堂伙计递上来的酒壶，给他和杨诚各斟了一盅说，来，咱先喝上，不是说一醉解千愁吗？这酒醇香，倒是很正宗呢。

第十三章 "金城硕望"比金贵

易红娥：讲故事的自己人

几年后，讲故事的"猴子"小伙计以及他的大师兄，早已不再是存善钱庄挨打受骂的伙计，而是我们唐家兰州分号得力管事的自己人。他俩每年到陕西来送利银，至少也要光顾我们三水唐家四五趟，我们家族的老老少少，上上下下，没有不认识他们的。

总之，那些听起来异常新鲜的陈年往事，毫无疑问，也让我们忍不住为之一阵儿揪心，一阵儿振奋……

故事七：对面竖起了新招牌

这天早上，当一轮红日又一次跃上黄河东岸的时候，存善钱庄的大师兄猛然抬头，如同发现奇迹，不由得惊呼连连。

瞧，对面又多了个招牌幌子！

三个伙计将六只眼睛瞪大，朝对面的陇上客栈瞅去。只见那儿的"秦中三水唐·统购水烟"幌子旁边，赫然竖起另一杆旗幡，上面大写着"秦商唐家大量收购上佳粉丝"。

咦？易旗改帜了呀！

大师兄瞪了"猴子"一眼，谁说的？这叫另辟蹊径。看来，咱们的白老爷损人又不利己，这次是输定了的。

就在这时，一群破衣烂衫的乞丐蜂拥上前，堵在了陇上客栈的门口。

行行好吧东家，给点儿吃的吧。陕西的财东，发发慈悲心吧，可怜可怜我们这些穷苦的负重人吧……

车马大店的院子里，杨诚正和众伙计围拢在一起吃早饭。

老陕的风俗——有凳子不坐蹲起来，几十个人围着菜盆馍篮，盘成五六个圈圈。早饭是稀饭馒头，还有每人一海碗的羊肉粉丝萝卜炖豆腐。粉丝是唐三爷特意让大家品尝的，他叫大家"先品尝后购买"，人人都亲自感受一下兰州扁豆粉丝的滑溜与筋道，也好给他们的生意做口碑。门口这二三十个叫花子这么一闹腾，大伙儿就有了热闹可看，有的就端着碗，边吃边迎了过去。

走啦、走啦，别在这里叫啦。你们不到饭店酒家去，怎么跑到这里来要饭？真是乞讨都找不对门嘛！有伙计就吆喝着，开始撵他们。

听说你们陕西的三水唐家财东人很善，难道不肯施舍一顿饭吗？就是嘛，积德行善有好运，救救我们嘛……

杨诚闻讯走过来，正不知该怎么办，忽然转身，发现大掌柜唐三爷就在他身后，他用乞求的目光望着唐三爷，唐敬忠却不动声色，望望那些要饭的，又望了他一眼，悄然转身。离去之前，只给他说了一句话，你是总管家，知道怎么办。

那些要饭的，高一声低一声，还在大呼小叫着。

杨诚目送唐三爷的背影消失在客栈的一间房门里，脑子突然闪过他和杨信站在唐家饭馆前要饭吃的情景。他鼓着腮帮子猛一咬牙，转身对正在吃饭的众伙计说，弟兄们，我想问一句，咱唐家三爷对咱们咋样？

那还用说？有吃有喝好管待。有人附和说，杨总管，有啥事你只管说，咱弟兄们都听你的。

那好。杨诚点了点头，然后将辫子甩向身后边。大家听我的，这几日我们吃饱歇好，也休息得差不多了吧？反正暂时还没啥出力气的活，咱们今天就一人少吃一个馍，赈济一下门口这些可怜的人，也算是给咱们唐家天成铭分号扬个名，给咱陕西人脸上争光。你们说行不行？

肯定的回答几乎是异口同声的。

很快，一个个馍馍递过来，杨诚亲手将它们一个个又递进要饭的手里。唐家的伙计们有人还提议，咱们也少吃一点儿菜和汤，给他们每人的讨饭碗里盛一勺。

这个提议也得到了众人的响应。大家正在给那些可怜人分饭菜，只见唐三爷大步流星走过来。

我说杨总管，你的胆子可真够大，就是这样给我们当家的吗？

杨诚一怔，脸色突变，僵在那里不知所措了。唐三爷，我……

没想到唐三爷呵呵一笑说，不过嘛，你的胆子还赶不上我。他笑着，把一条布袋子递给了杨诚，给，大管家，把这个也分给他们吧。

杨诚接过来一看，竟是一袋子叮当作响的乾隆通宝的铜麻钱。这……

天下钱，天下人挣，天下人花呀！怎么，你害怕咱们生意烂包回不了家吗？

唐三爷自己先把自己逗乐了,他爽朗地大笑道,真要亏到那份上,我跟你们也一起沿路乞讨回陕西。咱们先行一回善,就会相信天下到处有好人,也绝对不会饿死咱。

那些吃了、喝了,做梦也没有料想到还会有人送给他们钱的乞丐们,先是惊诧莫名,不敢相信自己的耳朵和眼睛,接着就是感激涕零,呜呜哭出了声。

他们哭着,呼啦啦在客栈门口跪倒了一大片……

故事八:慢条斯理来说事

一日,客栈来了一位驻颜有术的老者。他红光满面,举止不凡,背着一个大包袱,径直要找唐敬忠。

唐三爷闻讯,即刻迎了出来,见老人花白髭须,长袍朱履,仪表堂堂,急忙将他礼让进了客房,请其入座,又亲手沏茶,恭敬奉上。

老者接过盖碗茶,掀起瓷杯的盖子,优雅地吹拂了一口袅袅热气,微微呷了一口。

我从兴隆山来。老者慢条斯理地说,听说你们是从关中道过来收水烟的,也听说你们上次来过,议好的价格卖方又反悔,大概是借机高抬,想敲你们一笔竹杠吧?

这些人哪……老者摇头叹息,只管自顾自说,鼠目寸光,都太急功近利了。

唐敬忠也只管和颜悦色洗耳聆听,并不插话。因为他毕竟清楚,沉默的声音有时比大声呼喊还要响亮。

我嘛,正是为此而来。老者解开腿边的蓝布包袱,亮出了一整码足足有五十斤重的水烟。他拿起一板水烟递给唐敬忠道,大掌柜慧眼识货,相信你会看出我这水烟只会比他白家的好,绝对不会比他们的烟差。

唐三爷接过那板水烟,反着正着仔细瞧了一遍,又在鼻子前嗅了一阵,不得不点头赞许,您老所言不差,果然是上好的水烟。

这还不是最主要的。老者接着缓缓呷了一口茶道,最主要的是我们买卖公平,童叟无欺,绝对不漫天要价。

您的意思……

我知道你们最早的议价,上次你们和白家不是说好了,一斤十个铜钱吗?我不仅不给你们涨价,还低于你们最初的协议价格,八个铜钱给你。

八个?唐三爷听得一惊,但表面上仍然泰然处之,只是眉头稍微蹙了一下。

唐大掌柜是觉得不可信呢,还是希望再便宜一点儿?我知道你们远道而来收购量大,这些均好商量。有一点儿你尽可放心,凭我这把子年纪,绝对不会见利忘义,做白家那样的小人。

唐三爷察言观色后，终于开口了。

按照年龄辈分，我该称您老伯。恐怕我不能接受您的美意，包括您刚才言谈之中无意讥讽和指责白家老爷的话，我并不认同。生意场上风起云涌，也难免波诡云谲，有诸多预料不到的情况，常常要顺势而为。白家老爷改变初衷，八成是另有原因，况且我们也没有如期到达，延缓了提货的时间，他提出变价也不无道理。

你是不是嫌我的量小？老者骤然变色道，要不，那你就是瞧不起我们这些小买卖人了？

岂敢，岂敢。老伯休怒，且请细听我解释呀！我们和白家的价格议而未决，等到有了消息，我一定按统一价格收下您老人家的水烟，绝不会让您吃亏。

你收个屁！老者霍地站起，一捋胡须，愤愤地说，你等着吧，看你们还能耗多少日子！难怪人家说，你们这些陕西楞娃就会一根筋地只认死理！说罢，拎起他的包袱，甩袖而去。

老伯，吃过饭再走不迟嘛！

哼！老者头也不回，谁稀罕你们的饭，我可不是那些好打发的叫花子！

这一幕活剧上演的时候，杨诚一直竹竿子一般杵在唐三爷一旁，屏声敛气，甘当唯一的观众。他后来对很多人提起这件事时说过，他当时几次想插话，劝唐三爷纳了这送上门的求之不得的好事，可想到唐三爷平日多次叮嘱他"遇事先要冷静，要多动脑子"的话，就把涌到口边的话活活地吞咽了回去。

为啥要拂了人家老者的好意呢？他揣摩着，也许唐三爷另有考虑。商场如战场，兵在谋不在勇啊！他隐隐感到，这突兀而至的老者不同凡俗，也许另有玄机。当然他更佩服的是唐三爷的处世待人，总是略高一筹。

唐三爷，我看此人忒不寻常。杨诚终于亮出了自己细心观察后的一己所见。只怕是来者不善，善者不来吧？

唐敬忠突然喜笑颜开，杨大总管，你又进步了。不过你也该知道"项庄舞剑，意在沛公"啊！

故事九：年轻"货郎"来送货

又一日，一位年轻俊雅的后生，身穿洋布蓝短衫裤，后脑勺坠着一根粗黑的辫子，肩上一根扁担挑着一对类似货郎担的木箱，颤悠悠地走进了陇上客栈。

把门的伙计问他何事，他只说要找陕西来的收烟大管家。门房诺诺连声，慌忙进去通报。杨诚得知，迎将出来，后生却反客为主，一挥手道，走，进你的房子好说话呀。杨诚引他入室，那后生撂下挑子，径直打开他的木箱盖子，里头露出了整打的模压水烟板。

你是来给我们送水烟的？

后生点头，你可知道兰州水烟甲天下，而黄河古镇、青城水烟甲兰州？我就是打青城来的。莫非，你们只收粉丝，真的不收水烟了么？

杨诚摇头，那倒不是。他将那板水烟擎在掌中，翻来倒过去仔细看了半晌，眉头又不由自主打起了结，你开个价吧。

后生直言不讳，我知道，你们已经给老白家开了十钱一斤的价，他们可要的是二十钱哪。

你直说吧，杨诚板起脸问，想要啥价？

我就十八个钱吧。

杨诚反问，怎么，为啥你就不敢要二十个钱呢？

后生的目光虚晃一下，不由自主地在他的水烟上掠过。憨笑一声，竟不语了。

看来，你还挺实诚的，知道自己的货成色不足，充其量是次等的水烟，对吧？

后生愕然，顷刻脸红脖子粗了。

瞒不过东家，那你就看着给吧。后生转瞬活跃，舌头也跟着活泛起来，反正你们跟白家的生意是做不成了，他们囤积居奇，要垄断兰州的水烟生意，况且最近白老爷要给他的老父亲过七十大寿呢，也顾不上跟你们做生意了。

是吗？杨诚眉头一皱，当机立断，不说了，看你还算实诚，咱们各让一步，十五个钱成交吧。不过你要清楚，你这可是白菜卖了个猪肉价，如果方便，也麻烦你给白老爷捎一句话，我们天成铭愿意以最大诚意和最大耐心，继续等待他的回话。生意可能是一阵子的功利，友谊则是一辈子的交情，我们一如既往地愿意和他公平交易，互惠互利。

杨诚刚说完这一番话，唐三爷撩起门帘走了进来，他手持一杆水烟筒，踱着方步，围着后生的木箱转了一圈，抬头问道，你这水烟未必是正宗青城的货吧？不管咋说，我们杨大总管破例，给了你一个最优惠的价格，也许，更多是想表示我们愿和金城的水烟商人从长计议，做大生意罢了。

杨诚接着说，小兄弟，你该听说了吧，前两天有个老者拿来了最上等的好烟，要的仅仅是我们此前最低的价格，我们硬是没要，为啥？就因为诚信，因为我们和白家老爷有言在先，绝不瞒着他贱收贵卖，我们要做的是长久买卖。

说完，唤人过来给后生结账付了烟钱。

后生不知为何，一时兴奋一时难堪，脸上的颜色则随之急剧变化，红一阵又白一阵。他接过钱，讪讪地说，那就感谢杨大总管和唐大掌柜了。

后生出门而去，杨诚转头，诚惶诚恐地问唐敬忠，唐三爷，我今天要了个胆大，高价收了这低次的货，做错了吧？

　　唐三爷一挥手道，不予评论，只想知道你如此决断的理由。

　　我觉得这事有些蹊跷，联系此前那位老伯登门送货，揣测是不是白家老爷故意着人，前来试探咱们的底细和诚意？

　　唐三爷点头，张飞穿针，难得你粗中有细啊！咱们先仔细验视一下这两箱烟的货色如何。

　　杨诚弯下腰去，将箱子上面一层未包装的水烟拿出来，忽然发现底下码的全是整齐规范的油纸包装，他拿出一包递给唐三爷，又拿出一包捧在手上，两个人眼睛放光，几乎异口同声地惊诧地叫了起来。

　　咦？这是……

　　原来那油纸包上赫然印着两行大字：兰州百家水烟，唐家全国代理。

　　主雇二人不由得又一声惊叹，这是怎么回事？

　　看来，我们没有猜错。唐三爷双手捧起油纸包，不无感慨地说，这个白老爷呀，这些天却是一直在考验我们哪，这可是做大事的大攻略，细密周到。我们可得学着点儿呢。

　　可是唐三爷，你看，他们做事也有瑕疵，这不，这么正经的大事，却把自家的"白"姓误写成了"百"字。

　　也未必吧，唐三爷说着，已经把油纸包翻了个过，你瞧瞧，这边写的什么字？

　　杨诚翻过来一看，恍然大悟。

　　"兰州水烟百家行会监制"。杨诚忍不住说，唔，原来，白老爷将兰州水烟行联合一体，他们要做统购，而要我们做统销了。

　　没错！唐三爷放下烟包，不无兴奋地说，杨大总管，赶快备礼，要丰厚些，得给白家老爷子去祝寿呀！

故事十：那位老者走进了门

　　白家老爷子七十大寿，唐三爷亲自登门前往祝寿。一行人行至白家门口，正看到那里张灯结彩，人来人往，络绎不绝的热闹景象。

　　唐三爷的贺礼非同一般，除了杭绸丝缎、西凤老酒，制作考究的寿幛、文辞高格的寿联，还有一个用二百两银子拼制而成的特殊寿桃。在大总管杨诚等人的陪伴下，他们进入白家那座古色古香的四合院子。

　　可是门口的下人却拦住了他们，不让进门。

门人说，白家老爷子有言在先，只请族内庆贺尽孝，外埠客人概不接待。

唐三爷再三给门人解释，要他禀报白家老爷，陕西三水唐家唐敬忠远道祝寿而来，一片诚意，白老爷有理不拒上门客才是。

杨诚顺手塞给两个门人各十个钱，那门人才勉强答应进去通报一声。

须臾，门人出来传话，言说白家老爷子十分感谢唐大掌柜一片盛情，但因今日客人实在太多，诸事烦乱，不便细谈，容日后酬谢。今日请回吧。

杨诚有点儿气不过了，真是过分，我们一片真心，岂能遭此冷遇？三爷，咱们打道回府吧！

唐三爷也说，看来只能回去了。不过，你将礼单留下，也请门人将全部礼品如数转呈。

有随从便说，唐三爷，人家不给咱们面子，咱为啥还要硬给礼品？拿回去算了吧！

不。唐三爷摇头道，白家老爷城府很深，既然杜门谢客，一定有他自己的独到考虑，我们不必为一时之事的得失而斤斤计较。

是的。杨诚接过话说，也许白家老爷子还在继续考验我们，他代表了金城水烟一行，要和我们长期合作，不能不考虑我们为人处世的胸襟和气度，否则，他就不是闻名甘肃的富商了。

唐三爷对那几个随从说，你们哪，远学白老爷，近学杨大总管，将来也会有出息的。

说罢，再三恳求，终于将所带礼品如数委托门人转递了进去。

忽一日，唐三爷正襟危坐，靠在窗前的高背椅子上咕嘟嘟地吸着水烟，只听得客栈门外一阵锣鼓鞭炮由远至近，喧天闹腾，其间还夹杂着陇上唢呐高亢嘹亮的奏鸣声。

杨诚掀帘进来，一脸茫然。三爷，不知哪里来的鼓乐队伍，径直朝我们走来了。他顿了顿，略微迟疑，是不是那个白老爷又给我们玩新花样了？唐三爷听罢，放下水烟筒，不发一声，拉起杨诚的手就往外走。

走到院子，他才突然开口，快招呼咱们的人，都到门口夹道欢迎，十有八九，是白家老爷来了！说完，自先疾步，匆匆向门口迎去。

刚到门口，人群中簇拥的一位老者迎面走来。唐大掌柜，我们又见面了。虽然你很年轻，但我老朽不得不心服口服啊！哈哈，你大概还不知道我是何人，儿子，赶快上前，给唐大掌柜赔礼致歉哪……

白家老爷终于现身露面了。他双手打躬，连连作揖道，罪过罪过，慢待唐大掌柜了。俗人只因计议长远，也为了金城水烟行的同人寻求稳妥合作，不得不略施计谋，再三再四故意刁难远道而来的客人。难得你正人君子，坦荡胸怀，不计前嫌，也不负众望，最终赢得我们上百家烟商的绝对信赖，这不——"金城硕望"，这块匾额，就是我们全体烟商共同的敬意。

唐三爷彬彬有礼道，多谢白家老爷、老太爷，你们过誉了。我们相信，白家和兰州众烟商都是善良之辈，对我们恩惠多多。是我们没有按时赴约，适当提价也是情理之中的。

这时杨诚和众伙计急忙赶过来，接下了那块金边匾额。那抬送匾额的两个年轻人中，有一个笑逐颜开，随即问杨诚道，大管家，还认识我吗？杨诚喜不自胜，连忙点头，这算咱们成交的第一笔生意嘛！

唐三爷则趋步上前，双手搀扶住鹤发童颜的白家老太爷，小辈正要给您老人家拜寿，就请你们父子赏光，暂且进屋一坐。

白家老爷却摆摆手说，今天不用你操办了。我只给你说明，所有烟价依旧按照我们上次议定的不变，我要翻倍卖给你其实是雕虫小技，试探一下你们罢了。就是我想涨价，我的父亲大人都不会同意。所以，今天我特意给你送上五百斤特级水烟作为回礼，也是对你们近日在金城花费的补偿。做生意就要凭良心，你唐大掌柜仗义，我们也不能不仁。其他货物全部给你打点好了，你明天清点就可以装车，后天就可以起程回陕西了……

这……很少激动和语塞的唐三爷，居然一时说不出话来，这可叫我们，怎么感谢呢？

白老太爷子呵呵一笑，咱们成交，就是一家人了。要说感谢，得感谢你们，日后兰州的烟农和烟商就仰仗你们唐家往全国推销了。

理当如此，理当如此。

好啦，最后我老汉还有一个要求，凭着我的这张老脸，你可不能不答应哟。

唐三爷连连应承，白老太爷但说无妨，晚辈一定照办。

那好，你们所有的人都给我上金城饭店。我们百家烟行联合设宴，既是酬谢你们，也是为你们饯行。

唐三爷被这突如其来的礼遇给搞蒙了，这……怎么好……

一言为定了，就快走吧。白家父子同时催他。

好，恭敬不如从命。杨大管家和伙计们，咱们这里也先给白老太爷补个寿礼。

说着，他带头跪下，客栈院子呼啦啦，也应声跪下了一大片唐三爷的随从伙计。

祝白老太爷寿比南山，福如东海……

第十四章 王婆卖瓜重在"卖"

第五睎妍：女流的我也是大丈夫

我丈夫唐敬忠带人远走甘肃，二上兰州之后，泾阳的生意就靠我和杨大账房打理了。

时日迁延，他们离去的日子越久，我的心就越是开始不安。

泾阳到兰州上千里路，山高水长，敬忠一行人又带着那么多的银子，随从尽管四五十个，但我到底还是为他们的安全捏了一把汗。

让我更发愁的还有水烟的销路。尽管人人都夸我聪明智慧，脑子活泛，但我心里仍然茫然无绪，很不踏实。当初，看着唐三爷为筹措银子大发熬煎，那时我还温言细语，款款地为他宽心。而今，唐三爷一走，我自己却好像没了主心骨，冷静细想，身不由己，不能不为那两万多两银子即将购进的水烟担忧啊！

两万多两银子，将购进二三十万斤水烟呢！天，这手笔是不是玩得太大？万一一下子脱不了手，该怎么办？

我把杨信叫来，问他可曾想到，水烟久存不仅会发霉变质，就是储存堆放，也要占好大一间房子——我们有地方放吗？毕竟，人一天不吃饭菜不行，不吃水烟是碍不了大事的啊！

我问杨信，有什么法子能够将运回来的水烟很快脱手，销售出去呢？

这话问得突兀，想想又合情合理。杨信摇头晃脑，沉默了半天，仍然想不出立竿见影具体可行的高招。

三少奶奶你也别着急，容我好好想想，再跟柳花、秋生他们合计合计。杨信安慰我说，咱们不是诸葛亮，但三个人顶个臭裨将应该还可以吧？

我点头道，你说的有道理，常言道，敲锣卖糖各干一行，卖什么就得吆喝什么。王婆卖瓜重在"卖"啊，既然咱们要做水烟这个生意，也就应该多了解一些这方面的情况，虽算不上行家里手，起码也要做到不是外行，以免贻笑大方。

那是那是，杨信颔首道。他脑瓜子灵活，是那种一拨灯芯就闪跳亮光的主儿，因此笑容可掬地望着我说，感情三少奶奶聪慧过人，已经有了现成的主见，就明示奴才去照办好了。

别说什么奴才，你们三爷不是最讨厌你们这样称呼自己吗？你是大账房，咱们是一家人，这样客气就生分了。我无非是想让你将有关水烟这方面的知识搜集一下，给咱们的伙计都讲一讲，比如抽水烟和吸旱烟、烟卷有何不同，优长所在，特别是和大烟土相比，有什么好处。再者，怎样抽水烟以及在什么时候抽最好。

我想了想，又说，你明天就着人专门在泾阳、三原以至长安和咸阳城，广为采购搜集各种档次水烟烟袋和烟筒，包括抽烟用的火镰、火石、烟棉、纸媒以及水烟壶中的相关配料。

我一口气说了这么多，让杨信不由得瞪大了眼睛。

天哪，三少奶奶，我就说嘛，你早就胸有成竹了。我等愚笨，怎么就没想这么多呢？我们做水烟生意，不单是简单地卖个水烟，和水烟相关配套的物件，不是照样可以赚大钱吗？

我听他这样一说，也不由得笑了。

还是你脑袋瓜灵光，能抽起水烟的，也是最赶时髦的，不是文人雅士，就是商贾富户。这是赚有钱人钱的买卖，首先就得征服了他们才行。对啦，从明天起，凡是咱们天成铭的人，不论主雇男女，每人配给一支水烟筒和五板水烟，你利用晚上关门打烊后的半个时辰，教习大家抽水烟。

行行，我一定照办。

我摆摆手补充道，不是照办，是我们带头，共同抽烟……

就这样，那些日子，我们唐家的天成铭商号，可以用"抽烟成风"来形容。大家下工后，聚在一起，尝试、享受着抽水烟的乐趣与裨益，交流着抽烟的方法和感受。

要说这抽水烟，还真是大有学问，简单一个噙水烟烟管的嘴子，就要有一个适度的把握。你咬得深了，猛吸一口，会将烟管里的滤水吸进口里；如果只噙烟嘴咬得浅，既抽不着烟丝，更抽不响水沸，自然也发不出咕嘟嘟的响声。

此后的每天晚上，我们主雇聚首一堂，常常互相比赛谁抽得水声响亮，谁的纸媒吹得恰如其分，一口就能燃起火苗，谁的烟丝灰烬吹吐得当，干净漂亮……

第五晞妍："唱戏的"其实就是我

这一天，泾阳时逢大集。正中午时刻，在天成铭商号的门前，我们用木板搭起来一个八尺见方的高台，台子上安置了两张拼在一起的八仙桌子，桌子两旁是两排楠木高背太师椅。

街市上人头攒动，也是最热闹的时候。一位身着束腰绣花旗袍的美貌少妇，袅袅婷婷，轻移莲步走上台子。只见她略施脂粉，头上插起两支银簪轻拢了乌黑的秀发，浅笑微微，不卑不亢。

引人瞩目的，除了她父母赐予她的天生丽质，还有她手里平端着的一只金光闪亮的铜质水烟壶。只见她纤纤手指紧捏一根燃亮火头的纸媒，站在台子正中，面向四周围观的人们微微颔首施礼，随即落落大方地在一把椅子里款款坐定。

此时，她慢慢地举起水烟管凑向嘴边，就在她的鲜红嘴唇正要噙住铜烟管嘴子的那一刹那，突然红唇嘬起，噗的一声吹燃了手中的那个纸媒子，纸媒子上立即绽开一朵橘红的火花。火花移向填满烟丝的水烟哨子的同时，女人的樱桃小口也适时噙住了烟嘴，顿时发出一阵音乐般欢快的咕噜声响。

这个女人不是别人，大家已经能猜出来，毫不矜夸地说，她其实就是我——三水唐家天成铭大掌柜唐敬忠的夫人第五晞妍。

关键时刻，我血液里那种敢说敢为的冲动再次压抑不住地奔流起来。我决心冲破风俗禁忌，为推销水烟身体力行，使尽解数，亲做展示。

这一招果然奏效，一时间，在泾阳街道招来了比看大戏还要拥挤热闹的滚滚人潮。

后来，坊间有人这样评鉴我的表演，他们不吝称赞，都说仔细观看我抽水烟的样子，简直就是人间美景，尘世奇葩。说我的那份讲究，尤其是那份雅致，几乎就是"娴雅贞静"的现世范本。或者像王夫人之林下风，卓文君之风流放诞，庶几近之。

其实，我不过是在抽水烟的过程中略微讲究了一下细节的雕琢而已。我首先把水烟丝在指头上揉呀揉，揉搓成一个小球蛋儿，然后按在水烟壶的烟梢上，紧接着一手平端烟壶，一手攥了那纸媒子。纸媒子本是黄草纸卷成，纸头上始终缠绕着一圈儿细火微芒，就这样一次次将嘴唇秀挺饱满地嘬起——大概还有点儿性感，舌尖一顶，上下嘴唇轻轻抖动，对着纸媒子头一吹，那朵橘红的火花就应势而生，再次变魔术般燃烧起来。

于是，我就点着烟丝，将嘴噙住烟壶嘴儿，恰到好处地一吸，烟壶里的水就翻滚开了，发出快意的咕噜声响。

单是听这种颇有节奏的声响，你就可以得到一种宁静天趣。

一袋烟抽完，我素手扬起，调过梢嘴儿，哧地一吹，燃过的烟丝灰球便飞了出去。有时，我只需把梢子往上一提，又猛然往下一磕，铜烟梢子便会发出一声脆响，那些激情燃尽的烟球死灰也就随那声音飞了出去。

我这样反复演示几次，一言不发，将水烟管擎起送向围观的人们，动人地微笑着频送眼波，邀请勇者上台抽烟。

此时，在看台的两张八仙桌上，早已摆好十几支不同质地和样式的水烟壶了。大账房杨信也早已在一旁伺候，他代替我高声吆喝，哪位？免费品尝水烟，想试一试的，只管上来。不会抽，我们三少奶奶会指教你⋯⋯

一时间，十几个愣头小伙抢占先机，呼啦啦拥上台来。杨信、柳花还有秋生也适时登台，一一安排他们坐定，分发烟管，然后让我出面，一一演示指点。

瞬时，小小台面，笑语喧哗，热闹非凡。

几番轮换之后，早有急性子的买主就要买水烟、水烟壶等一应烟具。秋生和柳花遵了我的呼唤，赶紧将现存的一些水烟发售出去，可惜存量有限，很快就供不应求了。

这时大账房杨信就开始发挥他特有的聪明才智。他在桌子前方一坐，着即展开一册预售簿来，请那些预购水烟的买家一一细述姓名住址、所需水烟数量、等级，包括烟具种种，详尽清楚地记录在案，并且承诺他们，十天半月内一定照单赍送。有些心急火燎的买主，甚至于递上碎银押金，唯恐自己被落了空。

好戏开头——满街路人交口传诵，都说天成铭的女主人带头演示抽水烟，比看秦腔还有意思。此话传进我的耳朵，我没有一笑付之，置于脑后，而是眼前一亮，立即又抓住了一个闪闪发光的灵感。

我当即设宴，让杨信请来泾阳秦腔戏班的几位彩头名角，免费提供他们水烟，要他们依据抽水烟的诸多好处彩排小戏一出，随后在泾阳、三原、淳化、长安、咸阳、户县、周至、临潼等关中平原各地反复演出。所用资费天成铭全包，演出收入则两家对开，各分一半。

如此这般，推广水烟的连台好戏正式拉开了帷幕。

恰在此刻，也可以说"水到渠成"，要么就是"渠成水到"，我的唐三爷率领的远征采购大队，一路风尘仆仆赶回了泾阳。

天成铭商号门前一直没有撤去的台子，也正好派上了用场——由于购买者人数众多，几个分号的门口也如法炮制搭起了同样的台面，而推广水烟的秦腔剧目，也正在泾阳文庙前的广场上演得如火如荼⋯⋯

水烟上市,质量上乘,买卖公平,也因为我这个三奶奶抢先着手宣传的铺垫,没想到二十多万斤水烟居然遇到了疯抢。

一天之内,几大车货就发售一空了。

那天各销售店铺最后结账,着实把大账房杨信给吓了一跳:十八万,十八万啊!一天净赚银子十八万两!

我和唐三爷都有点儿不敢相信,可反复核对结算,再看看白花花堆得小山似的银子,我们又不得不信了。

一天赚了十八万两!既是个奇迹,也符合常理。在我们唐家的经商史上,它是浓墨重彩的一笔,也被后世家族子孙代代传颂。

许多年后,当我由三少奶奶变成三奶奶,拖儿带女荣归三水故里之时,我们妯娌闲聊,长嫂难以置信地问我,你那足智多谋的脑袋,是如何想到在商号门口搭台唱戏推广水烟来的?

我嫣然一笑,满不在乎地说,什么足智多谋呀,我不过是照着葫芦画瓢——依样学样呗。

学哪一个样?大嫂子百思不得其解。

他大舅他二舅……我忍俊不禁,咯咯地笑弯了腰,不是说都是娃他舅,高桌子低板凳,都是木头……

他舅?

长嫂,你难道忘了你大哥、二哥在太峪镇上摆水烟摊……还被咱们唐三爷牵的驴……呵呵,给踢了的事?

一语未了,长嫂的脸瞬间红透了,都有点儿火辣辣的意思。看她的样子,似乎有点儿感到无地自容。

看来,我有些得意忘形,言多有失了。我们夫妻间无话不谈的枕头风,怎么也不该在长嫂面前卖弄的呀!

易红娥: 一天赚了十八万两!

一天赚了十八万两!消息打从泾阳传到唐家庄园,府上男女老少,无不欢欣鼓舞。

确实也值得庆幸,我们感谢上天的恩赐,更要感谢为我们唐家商务建功立业的领头羊——唐敬忠。

是的,唐三爷毕竟不是小打小闹、小赚即足的生意人。他的话不无道理,要做大生意，就要大投入，更要大气量。

一天赚了十八万两，可毕竟不是每天都赚十八万两呀！

唐三爷大获成功，虽然兴奋激动，却也不乏淡定清醒，到底是大家之气，胸有沟壑。他深谙"大雨没久落，细雨无久晴"这个最朴素的道理，知道唐家的生意要不拒细流，才会真正起步走上正路。

为此，他紧接着又派人去甘肃收购水烟，还在兰州、青城等地设立了水烟收购站，常年委派杨诚驻在兰州水烟原产地，开设了天成铭的兰州分号。杨诚自然不负重任，严把进货关口，只要优质的水烟，而且实行现金交易，价格随行就市，公道合理，不欺不瞒，深得金城烟商好评。

天成铭做生意，坚持诚信，公平买卖，使得产销双赢，各得其利。尤其我们持己以诚，接人以蔼，赢得好口碑，大街小巷，妇孺皆知。人们奔走相告，口口相传，兰州一带的商家，很快人心所向，都认准了我们的"金城硕望"——唐敬忠。

水烟由兰州至关中，又从泾阳总店四处扩散，一时风靡神州大地，从西到东，由南到北，从宫廷王府达官贵人及至乡村市井普通百姓，几乎都以吸食水烟为时尚新潮。

咕噜噜的吸水烟声，伴着口中飘逸而出的淡淡烟雾，优哉游哉，让他们真实体验到了"饭后吸水烟，赛过活神仙"的雅趣。

而我们三水唐家的唐敬忠和天成铭商号，在那吸食水烟的咕噜咕噜声中，也声名鹊起。他们扬名立万的神奇故事也流芳百代……

第十五章 他是衣锦还乡人

易红娥：最终靠的是"人和"

一骑黄尘飞驰，马蹄声声，跃出三水县城，箭般直奔太峪塬上的唐家村而来。

村头的千年古槐树下，聚集着一大群翘首以待的男女老少。所有的人都像过节，一律盛装华服。男的长袍马褂，女辈凤冠霞帔，人人欢天喜地，笑逐颜开，正和着鼓乐队的吹打和乐人高亢悠扬的曲调，谈笑风生，不亦快哉。

我，唐易氏红娥率领所有唐氏长幼，正在迎候一位衣锦还乡的贵人——唐家三老爷唐敬忠的归来。

遥想当年，风华正茂的唐三少爷，偕娇妻美人唐第五氏，奔赴山区口外，殚精竭虑，经商发财，一去整整十五载。他使唐家的生意由此兴盛，扩展四海，繁华闹市，声名显赫，影响西陲乃至全国。一代精英人才，其功高德劭，实在是家族的荣耀。漫长的岁月里，他虽也曾几次荣归故里，但都是短暂逗留，匆匆来去。

然而这次不同，岁月无情催人老，我们都升格当了爷爷或奶奶，叶落归根啊。最主要的还有，他这次是从皇城归来，是受了乾隆和嘉庆两代皇帝接见和款待，并赏赐了七品顶戴花翎官服、鸠杖、缎匹、荷包以及御制七言律诗等等。这用当时的话说，叫作皇恩浩荡，煊赫一时，也是名副其实的光宗耀祖了。

听说省府、县衙都分别隆重设宴，先后迎接了唐三爷载誉归来。我们唐家，毋庸置疑，当然更应该是好好庆贺一番的。

这不，除了我们族中之人，全村百姓以及周边村庄的乡党，也都纷至沓来，赶到唐家村观看热闹，欢迎唐三爷了。

就在这时，一匹奔马出现在村口。这是给唐三爷一行打头送信的哨马。只见那当差的翻身下马，被众人引领到我的面前，双手抱拳，单膝下跪，深施一礼，匆忙说道，禀告大当家知晓，唐三爷有话，迎接之礼务请节俭低调，请取消礼乐鞭炮、唱戏班子等烦琐事项。

说话之间，唐三爷和他的夫人已经乘坐一辆家用莺歌轿车，风尘仆仆地抵达村口。两人一身寻常朴素打扮，按照往常惯例在村口下车，然后徐步缓行，与众人见面施礼，问候寒暄之后，再一同携伴向庄园走来。

在众人簇拥下，我们一起走进唐家大院，在正厅大堂上香，拜过天地祖宗，唐三爷夫妇依然如故，要给我和他的大哥还有二哥夫妇磕头。我慌忙阻挡，让他们起身免礼。

这使不得，三弟。我说，一来你我都是平辈，况且都是年过半百垂垂老矣之人，行如此大礼不合适；二来自家兄弟不用客气；三来如今你是皇恩赐封有身份的人，也是为了唐家兴业居家立了头份功劳的功臣，要拜，应该是我们拜你才是。

不不，愧不敢当。唐三爷拱手，毕恭毕敬，又连连摇头道，要说咱唐家头份功劳，那非长嫂莫属。几十年来，你当家理财，劳神费力，关照我们兄弟成家立业。亲朋好友有目共睹，我们自己更是深有体会。唐家能有今天，论天时，叫作君子正天心顺；论地利，那叫祖先积德厚。但皇天后土，最终靠的却是人和，这就是你带领我们全家上下内外同心协力，团结一致，共同奋斗的结果。

唐三爷这么一说，大家都纷纷点头称是，倒叫我难以消受，手足无措，颇不好意思了。

几代人齐聚一堂。等待坐定，他环顾左右兄弟、侄男子孙，独不见他的长子唐世雅叩首请安，便回头对我笑问，看来只差世雅一人未归，我走时他没有相送，回来没有相迎，一心经办商务，倒是难得的专心致志。

世雅的二弟和三弟，分别名世芬、世芳，赶紧过来跪在唐三老爷面前叩首，他们异口同声回答，长兄嘱托我们代他孝敬和关照父母二老。他因为要到江浙去开设商号，山高水远，不能及时返回，敬请父亲原谅。

唐三爷抬手示意他们起来，脸上略显一抹安详。你们大哥是好样的，古人所谓用志不分，乃凝于神。这些繁文缛节未免令人分心，要干事业，专心致志就对了。

唐三爷一直比较器重长子唐世雅。几年前除了泾阳大本营的生意，全国各地外埠的商号就已经基本上托付于他打理了。

大家见唐三爷精神矍铄，面色红润，都希望他给大家讲讲京城的见闻，特别是出席两代皇帝共同主持的千叟宴的盛况。

唐敬忠： 我在心里自语说

乾隆六十（1795）年，我们三水唐家被报官为"百万富翁"。第二年即嘉庆元年（1796），我作为三水唐家的代表奉诏赴京，参加了由太上皇乾隆主持的千叟宴，宴会在故宫的宁寿宫举行。

这千叟宴是清朝康熙皇帝为显示他治国有方，并表示对老人的关怀和尊敬，邀请全国五六十岁以上的逾千老人，在乾清宫举行的隆重而盛大的宴会。这些老人只要德高望重，不论官民，都可以参加。

清朝举行过多次千叟宴，我代表我们唐家有幸参加的是最后一次。那是嘉庆元年（1796）农历正月初四，赴宴者五千九百余人。这年乾隆皇帝执政满六十年，又逢乾隆八十五岁大寿，他将帝位禅让嘉庆皇帝，做了太上皇。在此之前，他们先在皇极殿举行了禅位大典，第四天便举行了千叟宴。到会人中，有一个一百零六岁的高龄老人熊国沛和一个整一百岁的邱成龙，被乾隆皇帝特别关照，称二人"百岁寿民"，以彰显皇家的敬老之心。

宴会开始，嘉庆皇帝侍奉太上皇到皇极殿升宝座，两人接受文武大臣朝拜。

叩拜结束，众人归座，然后进茶。膳食官向太上皇和皇帝奉上果品，嘉庆皇帝从内务府仪官手中接过酒器，跪呈太上皇。太上皇一饮而尽，嘉庆皇帝再回到自己的座位。

宴会上，美食佳肴数量空前，天香鲍鱼、琵琶大虾、罐焖鱼唇、龙舟鳜鱼等冷热荤菜、香茗水果达六十三道之多。席间艺人献艺，演出戏曲节目。饭后，太上皇赋诗，和与会者联句，共写诗三千四百九十六首，这些诗由翰林院编辑成册，呈太上皇御览。

其中、太上皇有诗曰：归禅人应词罢妍，新政肇庆合开筵。便因皇极初临日，重举乾清旧宴年。教孝教终唯一笃，日今日昨又旬延。敬天勤政仍勖子，敢谓从兹即歇肩。

然而，我们毕竟不知就里，对于皇家盛况空前的千叟宴，其真正用意何在，不得而知。不过多少能感觉到皇帝父子的别有用心，隐隐感到繁华的表象之下，"天父、天子"一番虚假安抚之后，除了给天下人"滴眼药"，以彰显他们所谓的"皇恩浩荡"，实际上好像更是为了给有钱的大户下圈套。

如此一来，我便在心里对其打了折扣，对于表面的风光心不在焉，也只淡然处之，实在没有津津乐道和夸夸其谈的兴趣，不论谁人问及，也只能轻描淡写地应付几句而已。在我心里倒是有一番思虑，说出来难免让人出乎意料，为之愕然。

但这些话，在朝廷官场只能三缄其口，在大庭广众中也是不敢说的。因言获罪，不独是清朝，历代如此。说真话的好人，难逃厄运。偶尔，有分寸地给家人透露一点儿，以提醒他们处世为人，也得小心再小心，谨慎再谨慎啊！

记得小时候，我诵读《诗经》，就背过"普天之下，莫非王土；率土之滨，莫非王臣"的句子。这次进京入宫，才真实地领略了啥叫天上人间、霄壤之别。所谓"皇室一餐饭，百姓十年粮"，此言真实不虚。那金碧辉煌，那挥金如土，那花天酒地，那不可一世……唉，一言难尽，没法说！

总之，一句话，皇帝老儿那才叫牛！唯有他，才是真正至高无上的大财东，说一不二的大掌柜，最大份儿的大地主。相比之下，我们这些所谓的"百万富翁"、天下大户，不过是九牛一毛，还比不过他身前身后一个弯腰曲背的太监，简直都是些可怜兮兮的奴才、用人和长工哪！

当然，人有时就管不住自己。这次所谓荣归故里，面对家人讲起朝廷的见闻，我就有些义愤填膺，不胜愤慨，以至于痛心疾首。我的难以自抑和情态失控，竟让长嫂她们目瞪口呆，听得胆战心惊！

我说，这次赴京，讲起来一言难尽啊！想到沿途所见的蚂蚁般涌动的逃荒饥民，遍地饿殍暴尸的恐怖与惨不忍睹，还有连年持续的旱灾与赤地千里颗粒无收的不毛荒野，皇上那山珍海味就真让我食之无味了。而皇帝老儿居高临下吟诗赋词，更显虚伪，不过是装腔作势，鱼肉百姓。颇有讽刺意味的是，两代皇上犒劳我们这些天下有钱人，居然让我们看了一台《桃花扇》。此剧以离合之情，话兴亡之感，抒亡国之痛，表达了强烈的故国哀思。皇上的用意，大概是让我们记住不管怎样有钱，也不过是他们统治下的臣民草根，他们是绝对不会想到，在某种意义上，这也或许是他们终将不可避免的悲惨结局。

我一激动，就会连声咳嗽，忍不住不胜悲苦地仰起头连连感叹不止。

我说，观古鉴今，这倒叫我不由得想起元代廉官张养浩的词句：峰峦如聚，波涛如怒，山河表里潼关路。望西都，意踌躇。伤心秦汉经行处，宫阙万间都作了土。兴，百姓苦；亡，百姓苦……

我说到这里，几度哽咽，泪眼蒙眬中但见长嫂深情注目，一瞬间让我回到了年轻的时候，不知她是否看到了当年我无所畏惧的样子？这番让她心惊肉跳的话，不知会引起她什么样的联想？不过我在她依然有情的眼睛里，偏偏看到了眼角眉梢的一丝婉转温柔，在她的抬头细纹以及轻染雪霜的鬓发上，看到了人生暮年冰刀霜剑的严酷无情。

日月如梭啊！唉，不过是转眼一瞬，我们竟都老了……

只有我内心的焦虑和残留的青春激情，自我感觉还不衰老。

我说，私下说几句犯上不恭的话，现如今，庙堂之上，朽木为官。狼心狗肺之辈，衮衮当朝；奴颜婢膝之徒，纷纷秉政。贪官暴政，掠财劫色，横行霸道，无恶不作；泱泱大国，民不聊生，如何了得，又怎得了……

我不由得亢奋，随即提高了嗓门，郑重其事地对我的子孙们说，你们可都好好地给我记住了，只要这人世还存在着不受严格制约的权力，金钱和财富就一定会沦为罪恶的帮凶。是福不是祸，是祸躲不过。这一次，我所谓的光宗耀祖，赴京参加千叟宴究竟是好事还是坏事，这也只能是骑驴看唱本——走着瞧了！

第十六章　三水唐家这棵树

唐世雅：　咱是唐家非皇家

父亲赴京出席皇家千叟宴的那些日子,我正在江南一带打理天成铭各地分店的生意。商界里的新老朋友闻知此事,都赶来给我道贺。应接不暇之际,我已深深感到了身心的疲累。

我真不明白,天下人何以如此势利,如此喜欢巴结权贵阶层,是父亲参加了千叟宴,又不是我唐世雅。就算我是他的儿子,又能说明些什么呢?

从福州到杭州,再从武昌到重庆,我走了少半个中国,到处都是颂赞之声,不绝于耳。特别是我们自己的那些分号店铺,从掌柜到伙计,一时间都好像飘飘然忘乎所以,简直就以为自己是皇亲国戚了。

我一再警告他们不要过分张扬此事,咱们终究是唐家而非皇家。皇家是浩瀚大海,我们只是沧海一粟,千万不敢妄自尊大,不知天高地厚。动辄就说我们唐家老爷得了"黄褂子",拿这个炫耀弊多利少,甚至会遗患无穷的。

回到泾阳总店,我也没有急着回三水老家去拜望老爷子。知父莫若子呀,因为父亲压根就不是那种狐假虎威的人,在那些赶着去给他老人家贺喜的人里面,缺我一个也许并无大碍,而此时的三水唐家闻名全国的天成铭号,少了我唐世雅就会出大乱子。

我这次巡察南方分号生意,虽然不到三个月,但发现的漏洞和问题差不多够我消化半辈子了。我真没想到,我们唐家外表光鲜,而内瓤子已经快腐化空了,简直就是危机四伏,随时都有覆亡的危险。正是古人所谓其兴也勃,其亡也忽啊!

眼下,我更多想到的是怎么向父亲禀报实情——不,应该是怎样在这看不见的危难之际,采取有力举措力挽狂澜,有效地扭转这种颓势。

我等着父亲回到泾阳。他荣归故里光宗耀祖,毕竟不会滞留太久,我们唐家

商业的大本营在这里,他不会弃之不顾,这么早就告老还乡,回去颐养天年吧?尽管,他已经明确要求我尽可能多担当一些事务,以便加快历练,积累经验,好让他放心地交班给我。但对于关乎全局和整个家族命运的重大事项,理所当然,还是应该由父亲来定夺啊!

这不,父亲果然风尘仆仆返回泾阳来了。这也在情理之中,从经商的角度和他对我们唐氏家族所担当的使命来看,这里其实才是他真正意义的家!

见到父亲大人,我不由得大吃一惊,进而暗自伤神了。几个月不见面,他显得憔悴苍老了许多,而且脸上还少了寻常那种昂扬明朗的精气神儿。眉宇之间,隐约掩藏着某种忧患与郁闷的晦暗,尤其在他得到两代皇帝的恩宠之后呈现出这种状态,简直就是令人费解的事情。

难道他是责怪我没有及时赶回,为他称贺不成?按照成礼,我规规矩矩地跪在他的面前,迎见并向他请安。父亲大人在上,请您原谅,孩儿没能如期赶回迎接您赴京归来。

起来吧,雅儿。我知道你在南方,何必赶回来应景?我依父言,坐在父亲身边,直言担心,询问起他的身体。没啥大碍,父亲微微一笑,颇为自信地说,我还硬朗着哩。

满天下都知道您接受了两代皇帝的接见和款待,咱唐家这阵子的名气,可是如日中天,越发炽盛了。

父亲一愣,脸色骤变,瞬时严峻起来,噢,你也这么认为?

我知道父亲的意思,他一直教导我,尽管身在商场,但一定要少染市侩之气,他要我多读诗书,尽可能超凡脱俗。

父亲多次说到他为我起唐世雅这个名字,就是寄希望我和后辈子孙,要做文明经商、堂堂正正的高雅之人,做一个经世致用、泽被万民的儒商。从而有别于横行霸道、仗势欺人的官商,也有别于唯利是图、不择手段的奸商。

我怎敢忘记他的耳提面命、谆谆教诲呢?不,父亲,我是说,从表面现象上看,真像是锦世繁华啊!

唔!父亲一捋胡须,略微点头。是的,这都是一些虚浮现象、空洞之物,如同水上漂叶、海市蜃楼,万万不可让它蒙蔽双眼哪!

我一听这话,心里顿时便踏实了。

说说南边的商务吧,咱们那边分号的生意怎样?

怎么说呢?我叹息一声,不由得连连摇头。

父亲,我们唐家好比一棵大树,如今看上去枝繁叶茂、参天蔽日,好不风光。可是树大招风,而且大有大的难处,大有大的弊病……

什么？父亲投过来的目光显然有几分冰冷，让我不由得凛然一震。我理解父亲的心情，这也是我一直担心、惴惴不安的原因。

他老人家和母亲背井离乡，用尽了两个人一生的心血努力发展家业，盼的就是把我们唐家的生意做强做大。眼下，如果我贸然提议紧缩商务，将我们唐家遍布全国的商业王国之版图砍去一半，那么，父亲苦心孤诣经营了一辈子的商业成果，是不是就大打折扣，抑或是付之东流了呢？作为儿子，我又是不是有点儿太残忍了？

我……是说，树大了，枝干就多，横出斜逸的，什么鸟儿都会有。所以……也不知为什么，我觉得自己说话的底气有些不足。但是，我毕竟还是要说实话，父亲曾经多次告诫我，经商之人切忌奸猾，所谓一言之虚，遗患丛生；一事之虚，危害终生。我看见父亲一直默默地注视着我，他那锐利的眼神中流露出一种迫不及待的渴盼，我忽然觉得那里面其实是某种对我的信任与希望。

父亲不止一次说过，我们唐家的这份事业最终是要落在我的肩头。我暗自思忖，毕竟，维护唐家商业长久不衰才是我们父子共同的祈愿。

想到这里，我的心里坦然了，说话也流利多了。

我们在南方的生意，主要在苏、浙、闽、赣、湘、粤及桂居多，大小分号近五十家，但是良莠不齐，情况不容乐观。我这次实地查访之后，才发现积弊重重，竟有点儿不敢相信这是现实。

什么？父亲逼视着我说，到底怎么回事？

单从经营上说，有的以次充好，以假充真，欺骗买主；有的短斤少两，暗使手脚，坑骗顾客；有的当面赖账，背后捣鬼，营私舞弊；有的甚至明里打的是我们唐家天成铭的号子，又偷偷另立门户，搞地下交易……

居然有这等事？！父亲蹙眉摇头，好像难以置信。

唐敬忠： 雅儿，你没有说错

古语说，百密一疏啊！

听了雅儿的陈述，我真的有些震惊，我们唐家尽管不及皇家，但表面也是繁荣景象，万万没想到商号内部也有不为人知的危机，虚假祸患隐藏其中！看来，我让雅儿巡视唐家各省分号，确实很有必要。我对他说，你要如实道来，包括你自己的看法和想法。

雅儿点头。他说，父亲，在一些人的眼里，咱们唐家天成铭就是他们一棵偌

大的摇钱树。他们不问栽种,只求收获,绞尽脑汁想的就是从这棵树上牟利。

我不由得咝咝地倒吸了一口凉气,牙疼似的皱了皱眉。

雅儿说,他们的手段不少,花样翻新,防不胜防。那些我们委派出去的店掌柜,尚有很不地道之人,有的虚报冒领;有的在外面赊账;有的买空卖空,玩空手道;有的吃喝嫖赌,挥金如土,腐化堕落。至于那些跟我们合作的分号,更是离心离德,阳奉阴违,当面一套,背后一套。所有这些,莫不让人心寒齿冷,失望至极!

这些……可都是真的?

不瞒父亲,孩儿经过缜密查探,可都有根有据,有名有姓。

我听闻此言,霍然站起——还真有点儿坐不住了。都是我疏于管理,也过分相信了他们。我感叹人心难测,一时间坐立不安,不由得在房间踱起步来。

就在这时,楼下的厅堂里传来一阵纷杂的吵闹声,紧接着楼梯里响起脚步声,当班的伙计匆匆忙忙奔上楼来。

三爷,少爷!伙计气喘吁吁地道,有人……在正厅堂里闹事,说要见三爷和少爷。

我急忙问,是什么人?

一个麻脸大汉,说从汉中翻越秦岭,专门赶过来的。

雅儿也忍不住问,他找我们有什么事吗?

他直嚷嚷,说一定要亲自见老爷,有话要当面说。

不是麻子,是麻烦来了。我自我嘲谑,苦笑一声道,夜猫子进宅——无事不来呀!

山雨欲来风满楼!我已经揣摩到个中缘由,会意地朝雅儿递了个眼神道,是神是鬼,人家既然远道而来,那就见见吧。

在楼下的会客室里,我们见到了这个"麻烦"——之所以这样叫他,是我已经八九不离十地猜测到了他的来意。

此人外表看着粗犷,说话也武声大气,但却不怎么失礼。见了我们父子,他先是双手抱拳,恭恭敬敬地施了一礼,然后开门见山地开了腔,都说蜀道难,难于上青天。我说讨债难,难于闯过鬼门关啊!

此话怎讲?我以礼相待,请他落座,又让伙计奉上茶来。我颇感诧异不解,是谁欠了你的钱啊?

来人道,唐三爷有所不知,都整三年了,就是你家汉中分号的贾仁老板。他先后收了我六千斤上好的春茶,价值八百多两银子,一直拖欠,不肯及时支付。最近我再去讨要,他居然翻脸不认账,说我拿的那欠条是我自己捏造出来的。真是岂有此理！天下哪有这种霸道之人，不付欠款还倒打一耙？你说这冤不冤枉？

来人说着，抖抖索索地从他那身皱巴巴的长衫口袋里摸出一张黄麻纸来，双手递给了我。

听人说唐家老爷仁爱天下，行德行善，诚实无欺。我就翻山越岭，整整走了十三天，才从汉中赶过来呀。但求唐家老爷、少爷，给个公道说法，让那贾仁赶紧把钱还我。

这个贾仁呀，哼！真是人不长尾巴，比驴还难认啊！你二妈娘家的这位表兄哪，冠冕堂皇的，一直还让我觉得他是个诚实厚道的人呢！当然，人也是会变的不是？

我默默地看了一阵那张黄麻纸欠条，自言自语道，果真是山雨欲来风满楼了！

说着，我把那张纸递给了雅儿，一声无奈长叹，不由自主地发出一段让来人莫名其妙的议论。

雅儿，你没有说错，经商不都是简单的加法，当减则减，当裁则裁。人说宁咬鲜桃一口，不吃烂杏一筐。我们不能一味求大、求全、求虚假繁荣。针尖大的窟窿，还会漏斗大的风呢，何况眼下千疮百孔，都赶上筛子眼了。不能再继续等闲视之了，我们这棵树上那些该修剪的无用而有害的枝枝杈杈，真的是应该动刀斧了。

雅儿完全明白了我的意思，看样子他还为我的明察和决断暗自欣慰，竟也情不自禁地附和了我一句。

树干和树根上的病患虫害，更应该认真医治，根除。

第十七章 "黄褂子爷"的"大家法"

易红娥： 他居然大发其火了

自从我们唐三爷赴京一趟，赢得了乾隆、嘉庆二位新老皇帝的宴请、嘉许与恩宠，我们唐家的旺势可谓如日中天。

这个闻名遐迩的三水唐家，确实有点儿大。由于唐三爷受到皇家恩赐的七品顶戴花翎、鸠杖、缎匹，荷包以及那首御制的赴宴者人手一份的七言律诗，而声名鹊起，越发显赫了。

尽管唐三老爷对赴京参加千叟宴这件事非常低调，甚至讳莫如深，他把领受的黄袍马褂一直束之高阁，从没有见过他上身穿过。然而他的名讳却已经传至四方，人们已经有意无意改口唤他为"黄褂子爷"了。

自然，我们唐氏家族的老少爷们儿和大姑娘小媳妇，以至于用人，凡是能跟"唐"字沾上边的，是亲不是亲也都能连扯带拉，被人们普遍地高看三分，就像月亮和星星虽然跟太阳隔着个夜晚，实际上还是沾着它的光亮一样。

一句话，咋不咋的，首先是牛气冲天，声名大震。

而我，作为"黄褂子爷"的长嫂，仍然是这个大家族的大当家。

人生真是如梦，一晃几十年过去了。我守着这个大家，而唐三爷继续偕夫人走南闯北，见世面，经风雨，做生意。我们里外配合，给唐家积蓄了丰厚的家底。最要紧的是，他的第五唏妍先后给他生了三个男丁——连他们的子女再晃荡三年五载，也都要成家立业了。唐家这一棵参天大树，虬枝盘结，不断分离出众多繁茂的枝杈。

回想当年，我从婆婆手中名正言顺地接过大当家的铜钥匙，掌管农事商务，置地盖房大小家事，管理着主仆几百口子的出项收入，吃穿用度，也应该算名副其实的唐家决策人物、家族的权力核心。今日的唐家，家大业大，生意兴隆，真可谓店铺遍地开花，财源滚滚了。

先辈开创的雄厚基业，为我们的迅猛发展奠定了坚实的基础。加上我们这一辈人不懈的勤奋努力，唐家各类商铺继续扩展，已经遍及全国十三省、五十多个县，商业街坊多达九十余所。

世人只见唐家的荣华富贵，可是又有几人知道这背后的酸甜苦辣呢？不错，这说法哪怕只要有一分真实，其中就一定有我们不为人知的十二分呕心沥血与非同寻常的磨难与艰辛。

事实上，也确实是难为了我的三弟唐敬忠了。他东奔西走，忙着打理外面的营生，一年到头是基本不沾家的。三水唐家不成文的规矩，几十年如一日，都是男人在外面挣钱，然后拿回来交给管家的女人，也就是交给我……我这个女人，也就这样成了被男人推上家族中心位置而成为尽心尽职的家奴。这样的我，则按照惯例，循环往复地置田、买地、盖房子，成为别人眼里风光显耀的有钱人、地主和财东……

这时我们唐家的土地除了三水境内，已开始向周边的邠州、淳化和耀州扩展，面积已达两万余亩；佃农猛增到五百余户，年收租子少说也有三千余石粮食；单是牛驴骡马等大牲口，已达一千二百多头，而羊则养了一万两千八百多只。与这些财富的膨胀相对应的是我们的唐姓人口的不断累添，男女老少六十多个主子，仅使用的仆人就有一百五六十个。

俗话说，由俭入奢易，由奢入俭难。家大业大，四时八节，祭祀庆典，礼尚往来，不知不觉，也就讲究起排场来了。作为大当家的我，呼风唤雨，家人待我如众星捧月。至于我个人的生活，毋庸讳言，吃则山珍海味，穿则绫罗绸缎。凤冠霞帔寻常事，翡翠珠宝已经不稀罕。单是莺歌轿车，就有六十余辆。正所谓"出门不离车马轿，全堂执事锣开道"，风光鲜亮，好不令人艳羡！

当然，大有大的难处。人多嘴杂，众口难调。族中兄弟，妯娌成群。几世同堂，百人百性，家务难断。外姓旁人看到的是我杀伐决断、雷厉风行的丈夫气，并不知道要治理好一个大族有多么难，尤其是我的男人只会种地而不谙治家之道，我须得咬紧牙关承担一切责任。日久天长，我已经觉得疲惫不堪，做梦都盼着三弟归来，好放下我肩上的这副担子。

果然，三弟还真的回来了。算不算心有灵犀一点通呢？

这是麦子变黄即将收割的五月天气，唐三老爷难得有空，回到了唐家。这许多年，族中的很多红白之事，他因为商务羁绊，大部分都未能及时赶回。他也曾多次慨叹，以至于觉得遗憾。

收麦季节，他回来了。他已经知道，往常全力帮衬我管家的两个小叔子——老二和老四，近来身体均欠佳。还有一个原因也许我还可以猜测，可能他心里还

有我,心疼我,怕我为他们的唐家过分操劳而倒下吧?但愿,这不是我一厢情愿的非分之想。

总之,他回来了。我想,即使他什么都不为,毕竟出生和成长在这里,那份祖辈的农耕情结是割舍不断的。再说我们唐家这个地方,就是《诗经》中《国风·豳风·七月》中记载的古豳大地。

《国风·豳风·七月》里叙写了农人的劳动生活,在暑退寒始,物尽成熟之时,这期间打枣、煮稻等农家生活、农事活动,都是后稷曾孙公刘在豳地这地方教稼子民,垦彻田地,造房安居,辟域兴疆,由此开创西周农耕文明先河的。

豳风唱,农事忙,麦田翻银浪,金穗撒清香。"七月食瓜,八月断壶。九月叔苴,采荼薪樗,食我农夫"。这些无不为唐家三爷悉知,他在田间地头查看即将收获的庄稼,也去看正在施工修建的那些新庄园。一路观看,沉默不语,似乎他不是唐家最有分量的主人或真正的主宰。

好在他回到敬忠府,邀我坐在石榴树下一边乘凉喝茶,一边谈天说地,拉一些闲话。

时光就这样安静而又飞快地流去,令我万万没有料到,有那么一天他居然会大发其火。

唐敬忠:我真的是不敢信

都说故土难离,此言不虚。回到我的唐家村,浓郁的黄土气息让我神清气爽,仿佛自己一下子也年轻了十几岁。生长麦子的土地,其实也是养育我的土地呀!扑面而来的亲切感使我真切地把握住了自己的根脉。不管怎么说,我们唐家总是从这里起根发苗,成长起来的。

这天上午,我带了两个贴身随从漫步田间,贪婪地呼吸着麦田里新鲜的空气,仔细察看一块一块的麦地。村子周边那些平坦肥沃的田地,都是我们自家族中人或雇佣长工耕种的土地,也是这个大家族每年吃粮的主要来源。我之所以逐块地察看巡视,主要是想根据麦子的成熟程度来安排麦客开镰收割的先后次序。

跟随我的两个随从,分别叫杨兴和杨明——他们的父亲,分别是杨诚和杨信,是当年跟随我在泾阳打拼经商的两员虎将。如今两人的儿子也都十八九岁了。他们打小跟着自己的父亲在我们唐家的分号厮混成长,早已和唐家难解难分了，其实已算是我们唐家的自家人了。

那杨兴忠诚老实，就是他父亲杨诚的一个翻版；而杨明则更多一份聪明伶俐，毫无疑义，保持了他父亲杨信的遗传基因。两人一左一右追随着我，在唐家村的田地里走走停停。

眼前是一垄一垄连天接地的滚滚麦浪，在蔚蓝的天空下大海一样随风涌动。麦子日渐成熟的清香扑鼻而来，提神醒脑，令人对马上到手的收成兴奋不已。

不觉日端午正，我们三人行至村子西头，在一片大树之下驻足乘凉。酷暑盛夏，烈日当空，我们汗流浃背，气喘吁吁，三个人忍不住摘下头上的草帽不停地扇风乘凉。

就在这时，从旁边一间茅草覆顶的农舍背后传来几个孩子突兀的喧闹吵闹之声。

跪下，跪下！为啥不跪？你个小奴才，还不跪下……跪下！

接着，就是一阵厮打踢腾，同时传来一个男孩子细若游丝、十分压抑的啼哭。

不许哭！同样是一个男孩子的声音，声色俱厉，非常强硬。再哭，就把我们仨全部驮到背上去，罚你再爬一圈。

我听到这声音有点儿诧异，挥手示意杨兴和杨明不要吭气，然后小心翼翼地蹑步挪动，躲在树后悄悄循声望去。这一看可了不得，让我大吃一惊。

原来不是别人，居然是我的孙子丰诏，还有我的两个侄孙子丰辅和丰宰，三个男娃，正在围攻和教训一个和他们年龄相仿的男孩。

不知何故，他们惩治这男孩的方式有点儿特别。就是叫那孩子趴在地上当马，当驴，或者当狗。总之，他们希望他充当什么角色，那孩子就得当什么角色，还得学那种动物一边叫唤，一边驮上他们在地上兜圈儿爬行。

这不是欺负人嘛！

住手！我非常生气，简直是怒不可遏，立即疾步上前大喝一声，都给我住手！

三个男孩一看，眼前是他们的祖父，情知不妙，就乖乖地垂首而立，一动不动地站在那里，乖乖地等待我教训和发落他们。

喂，你……我转身询问趴在地上的那个男孩，你也站起来，叫什么名来着？我问那孩子道，你说说，是怎么回事，他们为啥要把你当马骑呢？

那孩子嗫嚅了半天，眨巴眨巴眼睛，不敢吱声。

他……他不听话，还骗我们。我的大侄孙子丰辅支支吾吾道。

怎么骗你们了？

丰辅自知理亏，不敢作声了。

我的孙儿丰诏大着胆子，抬头望了我一眼，羞愧地说，爷爷，是……我们不对。是我们想吃他家这棵树上的杏，就逼着他上树去摘。可他摘下来了，又舍不得给我们，说要拿回家让他爷爷去集上卖。我们说他说话不算数，就……

就大骂人家，还要人家当马让你们骑，对吧？我厉声质问。

丰诏低着头，一时面红耳赤，难为情地点了点头。

这是谁的主意？我继续怒不可遏地喝问，老实讲出来，不然看我怎么收拾你们！

三个人你看看我，我看看你，都吓得不敢吭气。

你们……都给我跪下。杨明，给我回家去拿"家法"！不，去那边的邻家借根棍子。

我的大侄孙子丰辅，见我已经动怒，赶紧战战兢兢地辩解道，他叫二狗子，他说这杏树是他爷爷栽的，我说你们这些下等人，吃你们几个杏还不行吗……

闭嘴！我听他还在狡辩，不由得咬牙切齿地吼道，你胡说八道！树是人家他爷爷栽的，自然是他们家的。你四爷呢？你们几个不好好在学堂读书，跑出来胡疯，还欺负人家孩子，成何体统！

我越说越气，忍不住火冒三丈。你们干了坏事，还嘴硬逞能，今天我非打断你们的贱骨头不可！

说着，我便捋起袖子，将垂在胸前的辫子往头顶一盘，不由分说上前先将我的孙子丰诏扇了一记耳光。

你身为老大，做人不正，崴了狗性，怎么给两个弟弟做楷模的？杨兴，去找绳子，把他们三个给我捆了，就绑在这棵杏树上！

我的大侄孙儿丰辅向来活道，很懂得好汉不吃眼前亏的缓兵之计，打小教训他，不等"家法"——那根棍子落到屁股上面，就先大喊大叫说疼死了，接下来就是连声讨饶。果然，这丰辅就开始故伎重演，率先喊起饶命来了。

三爷、好三爷爷，你饶了我们吧！今后，我们再不敢欺负人了还不行吗？

别喊！再喊，今天就打死你们！

这时，杨兴已经拿来了一根粗壮结实的棍子，然而，就在他递给我的一瞬，那二狗子忽然从地上一跃而起，一把将我们家的"家法"夺了过去。只见他两手一握，居然如同折一根筷子般不费吹灰之力就咔嚓一声给折断了。

这个举动来得突兀，又敏捷至极，愣是把我先吓了一跳。

咦？你个小小人儿，居然有如此功夫！哪里学的？

二狗子赶紧俯身在地连连磕头，所答非所问地说，求求大爷，千万别打几位少爷。都是我一时鬼迷心窍，犯不着他们的事儿。

这孩子的大义让我为之佩服，又感到蹊跷。

他们欺负你呢，你怎么……还反而为他们求情？

大爷饶了他们吧！二狗子说，今天，确实是我不对，是我耍赖了呀！本来，我是答应摘下杏子给他们的，后来又变了卦，该打的是我。求求您，放过他们吧！

我的大侄孙儿丰辅见机行事，不失时机地大献殷勤讨好，替二狗子回答了我的问话。

回三爷爷话，二狗子能上树爬墙，飞檐走壁，他一直在偷偷练武功呢。

这么一说，我更皱紧了眉头，还真的觉得不可思议了。

我好奇地问他，二狗子，你既然身怀绝技，武功不凡，为何不反抗这几个混蛋少爷，还让他们把你当马骑呢？

因为……他嗫嚅道，因为，他们是少爷。

这话怎讲？

我……我家境贫寒，出身低微，不能和少爷们争抢。

我忍不住道，既然自知身份低微，那为何还要争抢？

他嗫嚅着回答，只是……只是，今天家里……确实没吃的了，一点儿都没有了，我和我娘都等着米下锅呢。我就想把这些杏子拿到太峪镇卖出去，看能不能换点儿米面……

我心里一动，原来如此啊！沉思少顷，我随即道，难得你一片孝心，只是人穷志不穷，你不该丧失气节，甘心受他们几个混蛋的摆布。

说到这里，我愈加生气了，我们唐家的后人岂能欺负穷人！我当即转过身来，一脸肃杀之气地呵斥着丰诏他们几个。你们给我听着，作为唐家的孙子，你们靠的是祖上父辈积攒的财富过日子，不能享先人福，造后代孽，更不能为富不仁，胡作非为！要知道，欺负别人就是践踏自己的人格；因为尊重别人，才是做人最起码的道德。从今往后，你们给我牢牢记着，爱出者爱返，福往者福来。好好给我体会这话里的道理！

就在我义正词严训诫孙子和侄孙的时候，我怎么也不会想到，差前错后，有两个女人历史性地相继出现在了我的面前。我实在感到猝不及防，真的是不敢相信，人生居然会出现如此相类似的场景。

向荷花： 天下太大也太小！

天下太大也太小。我和他，想见面时难相见；不想见时，却又狭路相逢，躲也躲不过。怎么就这样巧！

那次他救我于山崖下，正是我心灰意冷不想活的关头上；这一次，又是我想活却活不下去的节骨眼！

我怎么也没想到他会出现。听见几个孩子在打闹，我赶紧冲出那间无法遮风挡雨的破茅屋。人穷志气短啊！我一出来，就顾不得羞涩和脸面了，卑微地匍匐在了唐三爷的脚前面，深深地埋下头哀哀地告饶道，大爷不要生气，千万别责罚孩子，是我们二狗子……太不懂事。吃几个杏算啥？您快放了几个少爷……求求您了。

我结结巴巴说完这些话，忍不住抬起头来仰视他，这让他——当年我的情哥哥，让我牵肠挂肚的那个唐家三少爷，如今的"黄褂子爷"唐敬忠万分惊愕。

你……荷花……

是的，是……我。

你怎么……会在这里？

悲从心起，百感交集。我一时感慨万端，抽抽搭搭，连连摇头，半天泣不成声，说不出话来。

我命不好，跟三爷你没有缘分。自从被你族中那位唐大先生逼婚，我千方百计给你捎话，只是没有回音。我拼命不从，最后还是让你们门中唐大先生的外孙子陈骡子娶了我……

唐三爷听到这里，忍不住仰天长叹一声，问道那陈骡子后来对你好吗？

我一脸苦愁悲戚，不胜哀婉地回答他说，他空有其表，看上去人模人样，谁知竟是个不学无术的纨绔子弟，最终还变成了一个吃喝嫖赌、抽大烟的二流子。没过几年，他因为在泾阳、三原胡混，又挂了别个女人，就回来要休我。我娘家双亲早已去世，几间破屋子也被人瓜分霸占。万般无奈，我才带着二狗娃和他爷爷，来投奔陈骡子的舅舅，现在就住在他家借给我们的看瓜棚里。

我说到这里，指了指面前的孩子。这二狗子，是我唯一的指望，我和他相依为命。他也是个苦命的孩子，求三爷你……宽恕他这一回……

唐三爷也是人，男人，当然也是个好人。面对当年两小无猜的荷花妹妹，突然出现在他的眼前，竟一时无语，定定地望着我，好像要从眼前的我一眼望见曾经年少时的岁月。可惜，我的青春不是一只不死鸟，我的明艳动人，我的让无数人称羡不已美貌，已快没了踪影。

不过，我确实看到了，看到了一脸沧桑的唐三爷，大名鼎鼎的"黄褂子爷"华发轻摇，深邃的双眼突然湿润了起来。

唉，世上无数有情事，放眼多是无奈人啊！

易红娥：　也许我来得很不巧

当我听杨兴说两个孙子在田里闯了祸，受到唐三爷动用"家法"严罚重责，急急忙忙就赶了过来。

可是，我首先看到的却是他们两个——他和他年轻时的那个相好。

向荷花，她是怎么从地下冒出来的呢？

只见唐三爷俯下身子，情意绵绵，正伸出双手将荷花扶了起来。那一刻，也叫我重睹芳华，意外得见了类似当年他们在承业堂前两情相悦的一幕。

此情此景，使一路小跑赶到这里的我突然不知所措。少顷，我不动声色也默默地在他的脚下跪了下来。

咦？你这……这是……干啥呀？长嫂……

他回头望了一眼满头大汗的杨兴，明白是他跑回去给我报了信来。但他没有想到我会及时赶至，还顺手另拿来了一根"家法"。

就在这时，我将那根直溜细长的圆木棍齐眉举起，双手呈上，递在唐三爷的面前。他好像明白了一切。

长嫂，你快快起来，你……这又何必呢？这不是折我的寿，陷我于不仁不义之地吗？

三爷，你孙儿和你侄孙儿的错，都是因为我管教不当，要求不严而酿成的，你要惩罚他们我不反对，但要从我这个大当家的开始惩治才合乎情理……

唐三爷平日里沉着稳健，我不相信他发起威来能即刻变得六亲不认。他果然为难了。请长嫂快起。他过来亲自搀扶起我。

就在此时，四弟唐敬信闻讯赶至。他扑过来就跪在了地上，吓得三爷连忙上前，一把将他搀住。四弟，你有咳疾，应当好好静养。你出来干什么呢？

我刚在书房迷糊了一阵子，没想到他们几个偷偷出来惹祸，是我管理不善，教导无方。你就且饶了他们这一回吧。

三个族人，还有杨兴、杨明，为我们的孙子辈儿求情，这叫唐三老爷左右为难。

唐三爷摇头叹息，俗话说，十年树木百年树人，我从小读三字经，所谓子不

教父之过，教不严师之惰。归根结底，都怪我一味只顾在外面经商挣钱，疏忽了一件关乎家门长盛不衰的大事，那就是对子孙们的培养教育啊！

　　唐三爷的话中满满都是愧疚。他说，今天看在这么多人的面子上，且免了你们三个的皮肉之苦，但责罚和内心的忏悔是断不能少的。从今天起，你们几个三天之内只许喝水，不许吃饭，就以"仁义礼智信、温良恭俭让"十字为镜，好好反思你们为人的欠缺与不周。士先品行而后文章，你们每人写一篇反省体会，三天后交给我。

第十八章　女人如花花似梦

唐敬忠：　就怕他们成为败家子

　　渐入暮年，大概人都容易耽于往事，自觉不自觉地把年轻人当成镜子，去发现自己曾经的身影。

　　我没想到我会在这时撞见曾经两小无猜的女伴。那天夜里，我亲自告诉了第五晞妍当天发生的故事，也开诚布公，坦然讲述了我和那个名叫向荷花的女人青涩的过去。除了儿女情长，我还和夫人一起忆起了我们唐家先辈艰难创业的历史。

　　我的先父自幼聪明能干，祖父先是把他送进本村私塾学堂学习孔孟之道，但他对此不感兴趣，以至于常常逃学。父亲私下颇爱琢磨经商之道，祖父就因势利导，投其所好，十四五岁就把他送到太峪镇上的商铺当了小伙计。

　　说来我还真的跟父亲小时的情境十分相像。我告诉夫人，那时我们唐家在太峪集上就开有一个铺子，也就是后来的那个承业堂。生意不大，经营一些日杂用品，兼卖一些蔬菜和粮食，后来还有个染布的作坊。我那会儿年龄尚小，但天生就好像继承了父亲爱倒腾买卖的禀赋，用了不到两年就把杂货店的生意扩大了三倍。再后来自不用说，我们已经结为夫妻，不久便夫唱妇随，一起走出唐家山村到泾阳去做生意，镇上的铺子就由四弟照管经营去了。

　　夜深人静，在摇曳的烛光下，我是一边展读唐氏家族的庄园总图，一边和风细雨地给我的夫人唠这些家长里短的。我抚今追昔，一时感慨，难免心潮起伏而不能自已。

　　单从这庄园总体规模上说，八十七座豪华院落一座座彼此相依相连，多么宏伟壮观！我们唐家从落脚三水开始，三门人丁，侄男子弟，不断繁衍分支。这么多人假如都不正经干事，不去采花酿蜜，只管坐享其成，这个家再大再富也会坐吃山空的。如果后人都成了纨绔子弟、浪荡公子，那我们辛辛苦苦务农、经商，艰苦奋

斗、挣钱发家还有什么意思呢？这不等于是在作孽，害他们吗？

我明白了，老爷。聪颖过人的夫人见我忧心如焚，脸上也明显掠过一层晦重的阴影，轻声细语宽慰起我。道理尽管如是，老爷也要保重身子，不必过虑才是。往后，我会更多地操心孩子们的培养教育之事。

不，是我们。你为这个家已经付出很多，而我们不可阻挡地一天天迈入暮年，总有一天要把这份家业交给下一辈人。现在不重振家风，将来他们如何挑得起这副担子？俗话说，富不过三代，怕就怕他们成了败家子啊！

夫人点头，同时又忍不住紧皱眉头，她说，你看我的身子，太不争气，不能继续陪伴你去泾阳了。

夫人往后你只要感到累，就给我捎话。哪怕外面的生意不做，我也一定会马上回来陪你，一起为长嫂分担家务……

我知道夫人旧病复发，胃疼起来吃不下饭，也睡不好觉。这阵子便特意留她在家里，一面将养身体，一面协助长嫂料理家务。

夫人见我如此体贴，一时激动，竟忍不住眼眶湿润了。她默默地点了点头，将头轻轻地靠在我的胸脯上，缠绵缱绻，牵起了我的双手……

第五晞妍：为谁辛苦为谁甜？

人勤地不懒。

这一年风调雨顺，加上精耕细作，不算租出去的土地，我们唐家耕种的千亩小麦普遍长势良好。

丰收在望，开镰收割，招来了大批麦客和季节短工。每当这个时候，因劳力不足，这些外乡的麦客便不约而来。他们风尘仆仆而来，衣着朴素，行李简单，憨厚的面容上少了些许欢颜，多了一种疲惫。他们纯朴、厚道，不讲究吃住，到饭时端着就吃，累了跌倒就睡，天亮就爬起来弯下身子扎进麦田，一口气割倒几亩地也不停歇，真是叫人感叹不已。

为了解决他们的饭食问题，麦场旁新搭了临时厨房，可寻找做饭的得力下人却成了棘手的事。长嫂为此打发人出去，连续多日在周围村庄聘人帮忙。

这些日子尽管我多年的胃病又突然复发，但想到能为长嫂分担一些家务，也为我的唐三爷多出一份力气，我忍着阵阵发作的疼痛不适，天麻麻亮就悄悄地起床，自觉地前往各处催促视察了。

这段日子，我的唐三爷在家，虽说是回来休息，然而大忙季节，毕竟不能安歇。我为了让他颐养精气多歇一会儿，所以不敢惊动，就蹑手蹑脚走出房子，推开了耳房丫鬟的寝室，开始了梳洗打扮。

丫鬟晴儿，是小慧出嫁后接替她的一个十五岁的聪明伶俐的女孩。她伺候我洗过脸，淡淡地敷上了粉底和胭脂，又给头上施过幽幽生香的发油，就执起象牙梳子小心翼翼给我顺起了云鬓发丝。

哟，三奶奶。晴儿低低地失声叫了一句，你有了一根白发！

死丫头，大惊小怪，这有啥好惊奇的？望着镜子，我淡定地笑了。

唔，还有一根……

别一惊一乍的，眼看抵近艾服之年，几根白发还不正常？

我嘴上这么说，但从晴儿手上接过她从我肩头捡起来的数根白发，心里还是咯噔一下。再瞧瞧镜子，镜中的自己显得陌生。从跃上眼角的鱼尾纹和明显凹陷的双颊，很难想到当初赏心悦目的桃花面，连自己都失去了欣赏的心情。

唉，女人如花花似梦啊！

花注定谢，人注定老，一切美好的存在都注定消失。想起来这难免有些宿命感，但确实亦很无奈。我惶惶地走出耳房，似乎在逃避什么，心头飘过一阵子不知所措的缭乱。

这时晨曦初露，一抹朝霞晕染开来，鲜明地映照在正厅堂屋的门上。那里有一副长联，原出自于我的文思和手笔。镏金大字在朱红的楠木长匾上顾盼寓情，熠熠生辉：

斯馆依公刘之归，先畴如昨，齿雅，齿颂，齿风，期不坠艰难事业；
得氏自叔虞以来，世德相承，思忧，思居，思外，愿无忘勤俭家规。

我凝视良久，心有所思，缓步走出庄园高大的门楼。

唐敬忠：我要的就是这效果

辛勤的庄稼汉们都已早早起来，趁着清早天凉下地割麦子去了。

早起一天松，晚起一天紧。踩着皎洁的月辉，我也悄悄起来向麦地走去。美丽的乡村晨曦格外清爽，乡亲们在麦田里忙碌。牛拉的木轮车运送着麦子，铮亮的镰刀飞舞着。热闹的乡路上农人与夜虫齐唱，宽广的麦田里晚风与镰刀共舞，只听见唰唰唰唰！咔嚓咔嚓！一排排麦子应声倒下，一颗颗麦粒被幸福地收藏，一个个山似的麦秸垛，转眼间也拔地而起……

我知道我们脚下这块被称作古豳国的大地，尧时的农师，后稷之十余代孙公刘，曾经立国于豳谷，治疆场，实仓廪，建君立宗，分田授衣，复修后稷之业，成为周人开国的功臣。他们是我们这些后人的楷模。其实，收麦的季节也是乡间最热闹的时节，随处都能听到欢声笑语，都能闻到麦子成熟的芳香。

麦地里的土路上，小儿在前面拽着绳子，父亲驾着车辕，辕绳深深地勒进颈肉里，母亲和闺女在车后面推，车轱辘滚得生快，脸上的喜悦和汗珠一起奔流，车上麦子装得像小山。一家人有说有笑，驾着马车欢快地行进在乡间的路上。

农人们沉浸在金浪滚滚的麦田，就感到日子分外充实甘甜。丰收给了庄稼人喜悦，汗水浸泡着希望。沉甸甸的麦穗里，饱含着多少人生艰辛。

没有人比我们更热切，没有人比我们更珍惜。因为我们都再明白不过，我们收割的不仅是麦子，更是沉甸甸的期盼。庄稼人辛苦一年，等到这收获季节，更是在用闪耀的镰刀诠释生的艰辛和生的渴望啊！

就说我们唐家几世，都是男主外、女主内。我们长嫂这个大当家，一心为唐家挑重担，而我作为她的助手和这个大家族的骨干，也不可偷闲啊！

尽管，有时劳累忧烦至极，我也有过放下生意安度晚年的想法。每每此时，总禁不住想起古人议论蜜蜂的那一首七绝诗：不论平地与山尖，无限风光尽被占。采得百花成蜜后，为谁辛苦为谁甜？

到底为谁呢？

昨日，看了我们丰辅、丰宰、丰诏以及二狗子写得自省文章，颇感欣慰，也很吃惊。写得比较深刻透彻的还是大侄孙儿丰辅，看得出他的君子风度，见识不凡，能够从欺负二狗子这件事上举一反三，从做人、爱人的角度反思自己。我当即就忍不住赞叹，将来能够光耀门楣的后人必是此子。我对夫人还说，欲图家族兴盛，就得选贤任能。

接着我看了二狗子的文章。让我惊奇不已的是，这二狗子才十三四岁，不过舞勺之年，竟能认清自己缺乏诚信之过。文笔朴实无华，颇有不凡见识。

我对于二狗子赞赏之余，有点儿若有所失。我跟夫人款款而道引申出一番感悟。

我说，我们辛苦挣钱持家，不就是为了下一代长大成人吗？可要是这下一代人不争气，我们这样拼死拼活地奋斗又有啥意义呢？对于后人的培养教育，远远比务农固本、经商发家重要得多。

今天，我就将几个孙子和侄孙儿们全都领到地里，让他们跟着下苦的麦客们一起割麦。第一天的定额是，每人不得少于三分地，连收带运，必须拉回打麦场上。古人尚云，一粥一饭，当思来之不易；一丝一缕，恒念物力维艰。确实，早该让他们通过劳动出力流汗，知道白面馒头不是天上掉下来的。

这，就是我今天一早下地的头一件大事。

当然，尽管我上了年纪，但还是要身体力行，给他们做出好样子来。农家出身的我自然懂得五月的麦田火烧一样。

站在地头，一望无际的麦田金浪滚滚，欢歌流淌，到处可见移动的草帽以及在草帽后面一堆堆流溢麦香的麦垛。车子进进出出，送水送饭送水果的人们络绎不绝，踩着扎脚的麦茬，沿着车辙出处，我一头扎进起伏的麦浪里。

今天我短衣短裤，一身农夫打扮。弯腰割了一阵，就有些体力不支，汗水已经湿透了衣衫。但我还得坚持，因为我要给儿孙们做个样子。好在打小就干农活，手握镰刀，尚能运用自如，割麦捆麦，动作也娴熟老到，自觉还是个合格的老农。

收割一阵，我就停下来，回过头一个个指点，教给孙辈们怎么下腰，怎么用镰。有我在当面指教，他们还都很卖力，一点儿也不敢偷懒。

我心想，这就对了，要的就是这效果。

第五晞妍： 她还不完全是不幸

我在地头当了一阵子看客，赶紧转身离去，到麦场旁边的厨房帮长嫂做麦客们的早饭。

临时搭建的芦席大棚下一派热气蒸腾的景象。

蒸馍、炒菜、面条、稀饭，十几个人在大小不等的锅台上忙活。中间的大面案上，几个女人正在和面、揉面。我知道，这是厨房里最用力气的活儿了。

一个身材颀秀的女人正挥汗如雨，在案头忙碌。我眼前不觉一亮，只感到散着香气的一个影子，仿佛清风打转般在大棚下旋来旋去。她专心致志地将案头的活儿做得出神入化，洒脱利索，连我看得都耳目繁忙、应接不暇了。

一笼笼蒸熟的馍馍抬下了锅，被晾置在另一张案上，热气喷涌，氤氲缭绕，忙碌的人儿顿时被云蒸雾罩，如同仙女一般。她是谁？如此娟美的倩姿，怎么会如此眼熟？透过雾气，我不由自主开始目光追逐，仔细打量起她。

看上去，她至少也有四十多岁了，没有缠足，更不显老。大概由于自幼劳动，故而身条腰肢发育得丰满圆润。她穿着一件朴素雅致的月白粗布偏襟单衫，牙白罗裙，银白剪口布鞋上还绣着几朵折枝水仙。

抬眼再看，一双玲珑秀美的耳朵上没戴耳坠，云鬓绾结，素雅干净。猛然别

过脸来——那长相是形容不得的，白里透红，自然纯朴，只能说谁看着谁就会觉得美，也许男人们看了会觉得更美。这种美在于自然让人想到了《爱莲说》："予独爱莲之出淤泥而不染，濯清涟而不妖。中通外直，不蔓不枝，香远益清，亭亭净植，可远观而不可亵玩焉。"

我相信此莲花不唯周敦颐之独爱。生父曾经多次为我讲诵，并且坦言他亦钟爱此花之高洁品格。我已经认出了她——向荷花，也是我曾经的情敌。

给三奶奶请安。

显然，她看见了我，窘急地放下挽起来的衣袖屈膝下腰，深深地给我施礼。

快，请起……

我连忙抓住她的一只手扶她站起。她的胳膊浑圆结实，白瓷光亮，是如此完美，简直是美玉雕琢啊！

可惜的是，这样天生丽质的双臂却缺少一对与之匹配的金银玛瑙玉镯子！

你，怎么……能干这些粗笨的活呢？

可她大概误会了我的疑虑，羞羞答答，不好意思地低下头说，青黄不接，家里已揭不开锅了。我来混口饭吃，顺便给二狗子和他爷爷挣点儿钱好买口粮……

此情此景令我头绪纷乱，刚才的那份惊讶，还有内心深处的某种敌意和戒备，一下子荡然无存了。

我大概是第一次认认真真地近距离看她，但见得有一种不易觉察的幽怨哀愁，荡漾在她水汪汪的眼波之中。不知为什么，我的眼睛云遮雾罩，突然模糊湿润了。依稀之中，我看到的不是她而是我的一个姊妹，往日的恩怨情仇烟消云散，遥远的嫉恨转瞬之间被发自内心的怜爱悉数代替。

给我一条围裙吧。

我只说了这样一句话，她一时没明白我的用意，愣愣地站着。

旁边一位老妈闻声赶紧给我递上来了围裙。我将袖子一挽，系好围裙，就开始在案头跟她们一起揉面。

她一把拉住我，关切地说，三奶奶，这使不得的，我们有做得不周到处，请你指正就是了。你身体欠佳，千万别……况且，这里又乱又热……

我笑了笑，摇了摇头。

唐家的女人不是金枝玉叶，从祖辈开始，都是和下人同吃同劳动的。我说，咱们在一起干活，拉呱，多好。

真的，我也不知为什么，对她颇有好感。我想，假如一个男人，爱上她是很容易的；而一个女人，如果心地正直善良，喜欢她也不算难——毕竟她看上去那么清纯脱俗，而又善良厚道。

我们有一句没一句地拉话，大多是我问她答。渐渐地，我也更多地了解了她的处境和艰难。

　　原来，几日前她娘家妈去世，她还在守孝。可这边的家里，一老一小还等着她挣钱养活。她就不得不赶紧回来，应招来唐家打一阵子短工。

　　她的男人，亦即二狗子的父亲陈骡子是个二流子式的人，吃了上顿不管下顿。应了个名儿，说是去口外赶场，实际上是往泾阳、三原一带浪世事游逛去了。他至今不归，家里的事也一概不闻不问，还捎话要休了她。

　　她给我说，她嫁的这个男人吸食烟土，没几年就把一个还不算差的家给踢腾了个一干二净，真正是上无片瓦下无立锥之地。她没办法，只好带着二狗子来投靠陈骡子的舅家，借住在人家的看瓜棚里，苦吃苦做，养活儿子和年老的公公……

　　我见她花容月貌，心里难免叹息起红颜薄命。为什么我们同是女人，但命运却如此悬殊，有天壤之别？

　　记得《梁书》上有过这样的记载："人之生，譬如一树花，同发一枝、俱开一蒂，随风而坠，自有拂帘幌坠于茵席之上，自有关篱墙落于溷粪之侧。"

　　生命如花，开的时候同枝并蒂，没有什么分别。一旦飘落，有的落在富贵精美的所在，有的落在贫穷肮脏的所在，只能顺其自然。花开的时候，是孕育的时期，飘坠的时候，是降生人世。一出生，命运居然就如此大不相同。

　　那么，我的命运能否算是"坠于茵席之上"？而她，向荷花，是否就是"落于溷粪之侧"呢？

　　可是想想，似乎也不尽然。当初她父亲在太峪街上的唐家承业堂支差，凭着石匠手艺管理豆腐坊，日子并不太差。她因为常去看她的石匠父亲，便有了和年少的唐三爷接触的诸多方便，很容易爱上风度翩翩的唐敬忠，也很容易博得他的欢心。事实上，他们已经两情相悦，心心相印了。然而最终却有缘无分，黯然分离。

　　我想不明白。看来，人生的悲剧各有不同，有的是无端地遭遇恶人陷害，而自身力量微弱难以抗争，酿成悲剧；有的是突发不幸，一瞬间天崩地裂无可挽回；还有，明知道前面是悬崖，还得硬着头皮往前面走，最终落得个粉身碎骨。比如，向荷花和我，"生灭原知色是空，可堪倾国付东风"。此中玄机，谁能幡然了悟？

　　我胡思乱想着，在大棚里凑合吃了午饭，让荷花与众厨娘稍事歇息，自己就信步出来，向庄园走去。

　　雇工们正赶着满载麦子的木轮子大车，往打麦场走，沿路撒落了许多麦穗。

我看见前面一老一少，踝跫而行，不时地低头弯腰，仔细地捡拾那些麦穗。捡到满怀时，他们便登上场畔，自然而然地将麦子扔到了大场上唐家那些山一样的麦垛之上。我被这个"细节"猛然击中，身子不由自主摇晃了一下。

他们衣衫褴褛，却把道上捡来的麦子想都不想就弯腰捡起，又顺手还给了唐家，实乃有气节之人。我疾步上前询问过后，方知这一老一少正是缺吃少穿，等米下锅的二狗了和他年迈的爷爷！

这身躯单薄瘦小的孩子和他驼背弯腰的爷爷，一下子在我眼前高大了起来。我也恍然明白，为什么荷花愿意为他们爷儿俩忍辱负重，吃苦受累，出门来做工了。

也许，她还不完全是不幸的。

唐敬忠： 贤妻胸襟博大啊！

麦子上场，颗粒归仓。

头茬麦碾完，我就有些心神不安，迫不及待地要起身回泾阳了。

也许，对于大多数女人而言家就是"天"；而对于很多男人，往往"天"才是家。我一直坚信，干大事的男人当有鸿鹄之志，就应该在外面闯大世界。

如今，泾阳天成铭总号还等着我管理经营，我不能再这样安逸度日了。

夫人给我打点好行装，预备下了路上所需的盘缠物品，恋恋不舍地为我送行。几年前，她还和我形影不离，一直陪伴着我在泾阳经商，但是这次她身体患病，加上其父母年事已高，身边无人照料，长嫂苦苦相留，要她在家将养。我们夫妇不得不开始天各一方，两地分居了。

也就是说，她的"天"暂时定格在唐家这个地方，而我的"家"，远在四方。

唐家老少都熟知我的脾气，我勤俭谨慎，性情淳厚，不善言谈，也不喜喝酒，即使交友，也只选择正派厚道之人。夫人说，这些都是她信得过的，她唯一不放心的是说我办事太过认真，不注意自己的身体。

临行前的晚上，她给我端来热水泡脚。擦洗完之后，她趁我坐在床沿，忽然正儿八经跪下施以大礼，颤声说道，明天老爷就要离家上路，为妻有两件要紧的事需要叮嘱。

我慌忙拉她起来，并坐在她的身边，笑容可掬地说，这是干啥？咱们老夫老妻的，何必如此拘礼？有什么话，你只管说好了。

夫人站起来，略停片刻，满含深情地望着我，像要把我看进她的眼里收藏起来。这目光看得我都有点儿招架不住，急切地催促她道，说呀，你我之间，还客气什么？

这头一件，是我真心希望你保重身体，任何时候都要把自己的健康放在首位。咱们的生意分散各地，你一个人即使全身是铁，也打不了几百个钉子，对吧？

你也要像教育咱们的儿孙那样，注重培养一群骨干人才，也好早早放开手脚，让他们独当一面。希望你带孙子丰诏和侄孙儿丰辅他们几个，让他们好生历练，能够尽快顶门立户，也让你告老还乡，颐养晚年。我嘛，还等着伺候你呢。

我望着她，见她眼瞳中掠过一束亮光，满脸都是亲切温柔。我不由得朗声笑道，感谢贤妻的关爱，我一定尽力照做就是了。那么，还有一件事呢？

这另一件事嘛，我有一份重托，要转交给你。

重托？

是的。你还记得那个二狗子吗？对，就是那天跟咱们的孙子和侄孙玩恼了的那个孩子。他娘荷花有一个心愿，想叫二狗子跟着你，跑个腿、当个差什么的，在外面历练历练。

真的是她的意思？

不瞒你说，一半是她的，另一半，则是我的主张。

这又从何说起？

晞妍回答我说，荷花只是想让他来咱家当差，混口饭吃。可我觉得，那孩子倒挺老实本分，也识了些字，你不也觉得那孩子不错吗？何不带在身边，好好关照培养一番？兴许是个可塑之才，将来说不定还会派上用场。

我听闻此言，瞪大眼望着她，满心狐疑。

你，怎么会……

晞妍莞尔一笑，接过我的话说，你一定想说，我怎么会为荷花着想？唉，我们都是女人，也都过了青春年纪。何况，荷花现如今的日子，可是要说多难就有多难哪。

听你的意思，你也怜香惜玉了？

怜香惜玉，难道是你们男人的专利？她反问我，其实，这也是我和长嫂共同的心意。

那好吧，你们不妨多资助她点儿银子吧。

她需要的可不仅仅是银子。

我有些不解，莫名其妙地望着晞妍。

不说别的，单是她那个不争气的男人，就足够她受了。

你说的是陈骡子？

晞妍放低了声，愤愤不平地说，听说她男人因为长期吸食鸦片的原因，那东西老挺立不起来，可硬是要做那个事。所以就夜夜拿荷花撒气，又掐又打，折磨得她遍体鳞伤。她对我说，要不是放心不下她那个儿子，她早都死过十八回了。

唉！我喟然一声叹息，忍不住摇头。

那陈骡子打小就欠本分，天晓得荷花怎么会嫁给他？

可不是嘛！夫人说，我听了都为之心疼呢。不抱成见地说，荷花确实是个难得的美人，可惜一朵花儿插在了一堆牛屎上，活活地糟蹋了她。现如今陈骡子那狗东西一去不回，只管在外面吃喝嫖赌，家里的一老一小也不闻不问，更不要说管荷花了。

我一时沉默不语，须臾，恍然大悟，笑眯眯地紧盯着晞妍的脸问，如果我没猜错的话，夫人一定有了接济她的计划？

晞妍说，荷花品貌出众，加上还认识字，我和长嫂商量过了，想让她来家给我俩当个助手，同时把她的老公公也带过来，看个门、扫个院的，有一口热饭吃。还有，他们住的那个茅草屋子是借陈骡子舅舅家的，夏不遮风避雨，冬不御寒保暖，如何能挨得过去？我们想花一点儿银子，让给咱家修建庄园的工匠顺便给荷花家人好好盖两间房，也算我们积德行善，做了点儿好事……

她说到这里，我已眯缝起眼睛用欣赏的眼光端详起她来。

哎呀，我的贤妻，我只是想知道，你，怎么会想到这样做的？

她说，这还用问吗？不都是依样画葫芦，跟你和长嫂学呗。

跟我？

你不是常说，善不可失，恶不可长吗？我也在想，人生在世，为自己和子女后代活着，是必然的，也是必要的；可仅仅为自己活着，是不是又是狭隘、自私和卑鄙的？再说，有了钱就要花，这无异于花开了就要结果，也是顺理成章的事；问题是应该结出善果，把钱花在正向上，干好事、善事、正经事。起码，应该是利己不损人。再进一步，那就是要为他人尽可能给予帮助。古圣先贤不是也说"穷则独善其身，达则兼济天下"么？

是啊！我连连击掌，喜形于色地称道，正所谓"树因花果圆满，人应礼仪当先"呀！这积德行善，可一直是咱唐氏家族的发家之宝。

说到这里，我倏然站起，忙不迭地整理了一下衣衫，煞有介事地双手抱拳，彬彬有礼地朝她一揖，口中念道，没有想到贤妻胸襟博大啊！所论正理正道着实在我之上，真乃高人。这也叫我始信了《石头记》中那男主人公所说的一句话来。

是什么话？

女人是水做的，冰清玉洁，十万倍胜过我们这些须眉男人啊！

那男人呢？晞妍故意逗我，男人是什么做的？

男人嘛，泥土之物。终归，是离不开女人这一泓清水的呀……

第十九章 河上未是风雨恶

杨兴：人生自当重情义

夏收忙罢，唐三爷就领我们上了路，他急着回泾阳天成铭总号打理商务。

我是他的贴身侍从，除了他的孙子丰诏、侄孙子丰辅，当家的大嫂子又给他增加了二英子和两个家童。我们着骑着马，前呼后拥，跟着坐在轿车里头的唐家爷孙，朝着三水县城方向疾速驰去。

对了，我们三爷给二狗子改了名儿，叫二英子。他说出外干事，就得堂堂正正有个叫得响的大名。荷花母子都很喜欢这个带了点儿女孩子味的名字。唐三爷对此的解释是柔中蕴刚。

唐三爷坐在车窗旁边，时不时撩起莺歌轿车上的绿绸帘子，不断回望养育他的这一片浑厚的黄土地。看得出来，他内心充盈着喜悦与欣慰，有如刚刚收获过麦子的裸露的麦地，是一种收获与付出之后的舒展与放松。

阳光照耀，官道上尘土飞扬，迎面扑来的风如热浪般，带着令人窒息的灼热以及十分刺鼻的土腥味儿。这种味儿，其实就是三水唐家的味儿。

唐敬忠老爷是一个头脑清醒的儒商。他后来不止一次对我说过，唐家靠耕读传世，根就在三水的黄土里埋着。外头的商贸营生无论做得怎样昌盛，都不过是农耕这棵大树上开出来的鲜花，结出来的果实。

也正因此，他这一回重返泾阳，就更多了一些自信与执着。其中几分，无疑来自家业的振兴和不断发展；更有几分，来自他们唐家几个女人的辅助与支持——这些女人除了三奶奶，无疑还有一个大嫂，甚至，还有一个向荷花。

在女人的这块土地上，唐三爷也如同他掌控着的唐门家业一样，付出的是一份真情耕耘，得到的或许是双份，乃至更多的收获。这大概是他始料未及的事情。

相爱容易相知难！唐三爷在后来寄给三奶奶的家书里，直言不讳地谈及他别家而去思念贤妻的心情。他是个透明的人,还将那些话特意念给他身边的我们听过。一边念着,还一边打趣逗我们说,年轻人,你们要学着点儿,将来好取悦老婆哟!

他说,他想起"孔雀东南飞,五里一徘徊",还想到《牡丹亭》里的那句"但是相思莫相负,牡丹亭上三生路……相对忘言语,精神添几许,动容喜向询,早发从何处?"

我们能想象到,唐家的三奶奶,比起珍重唐三爷为她挣回来整箱整包的金银财宝,必将会十倍百倍地珍重他这些真情的表露。

人生自当重情义。这不仅是因为人生短促,还因为人生的道路并非一帆风顺,难免要经历一些坎坷曲折、风风雨雨。就像大自然一样,如果每天都是晴天丽日,想来既不可能,也不尽美妙。

那天,他们刚刚赶到三水县城的北门坡上,天空顷刻间就风云变幻,乌云密布了。须臾,雷鸣电闪,铜钱大的雨点哗哗哗地纷乱抛洒。接着,就是如注大雨倾盆而下。

下坡的土路被雨一浇,异常湿滑。就在这时,突然间一声滚地炸雷,天罡地煞似的降在三爷的轿车前面,愣是把一匹老老实实驾辕走道的黑马惊得失魂落魄,瞬时前蹄腾空,长嘶一声。轿车眼见就歪斜开了,端直地朝着路外侧的悬崖倾覆下去……

车把式老梁头跟随唐三爷多年,虽然富有驾驭轿车的经验,但面对如此危急情况,也急红了眼。刹那间,老梁头纵身跳下了车,死劲勒住了辕马,一个转身巍然挺在崖边,大声疾呼,老爷,快,带少爷跳车!

唐三爷一个激灵,先把孙子从车上推下山路的内侧,自己也随即跳了下来。

这时,只见老梁头身子向悬崖倾斜,已经岌岌可危,眼看就要坠入山渊。千钧一发之际,忽然,二英子一个轻捷的身影飞奔而至。他弯下腰,用单薄的身子死死抵住了不断下滑的轿车木轮。这时,一个家童紧紧拽住了老梁头的一只胳膊,唐三爷的侄孙丰辅和另外几个随从也纷纷下马,及时赶上来一起搭手,这才扯住了惊马和轿车……眨眼工夫,谢天谢地,终于化险为夷了。

此刻的唐三爷不胜感慨,尽管被大雨淋得落汤鸡似的,还是毕恭毕敬地抱起拳头,向车把式老梁头连连作揖致谢,深深鞠了一躬。

梁师傅,今天,是你救了我们爷孙一命。大恩大德,没齿难忘啊!

老梁头抖索着花白的胡须,一边摇头,一边指着旁边撩起袖头正在擦脸的二英子,愧疚地说,要说感谢得感谢二英子。今天,可是多亏了这个小家伙,咱们才得了救。

噢，对了，还有你，二英子。唐三爷发自肺腑，频频点头称赞道，真没想到，你小小年纪却能如此见义勇为，令人敬服。

不，不！二英子像被吓着了似的，诚惶诚恐，直往后退。这一刻也分不清是雨水、汗水，抑或是激动的泪水在他脸上恣肆纵横。

三爷说，孩子，你舍身救主，人品不凡。真不愧是英雄出少年。

老梁头杌陧不安，慌忙回礼，连说失责，连累了老爷和小少爷受惊。

唐三爷睨了丰诏、丰辅一眼，正色说道，看见了吧？救命之恩要终生铭记，绝不含糊。特别是这二英子，他不是你们的亲弟兄而胜过你的亲弟兄，今后，你们可要感恩戴德。

丰诏、丰辅心领神会，赶紧随声附和，是的，爷爷。

众人说着，有人已经给老爷和小少爷打过来伞，大家相互搀扶，随着轿车慢慢下坡，终于安全抵达县城。

唐敬忠： 一定要修一座济民桥！

一场突降的暴雨，让我们经历了一次惊心动魄的风险。烟雨苍茫之中，我们一行抵达县城的泰塔。

我一指前方，让大家就近前往泰塔下面，在那里的门廊里暂避风雨。

来到塔下，我抬头仰望，不觉心驰神往，方才的一幕顿时化为烟尘，无影无踪。

这座泰塔，我颇为熟悉。它高近六丈，直径四丈有余，是三水县城最高大的建筑。塔有七层八面，二十四个洞孔，五十六个风铃。洞口饰有精巧玲珑的栏杆和雕刻而成的各式花纹，每层每端外伸石雕龙头。顶端的四周还有铁人跪地，象征天公作美，赐福人间。

我知道这塔很有些年份，据说它建于北宋嘉祐四年（1059），竣工于治平四年（1067），眼下已经像一位饱经风霜的老人，经历了数百年世事的沧桑巨变。遗憾的是，不知从何时起塔身开始微微向北倾斜，所以也有人叫它斜塔。斜塔虽斜，却千百年不倒，彰显着它非同寻常的内在定力。另一方面，也说明它本身在修建之初以及施工的过程中，已经隐伏了不易觉察之隐患。

此情此景，不由得让我又想起刚才在路途上的惊险一幕。悬崖勒马的紧急逆转，也让我想到了唐氏家族分布于各地的商行店铺。雅儿说的对，必须下大力整顿商铺，尤其是要选贤任能，给各个分号输送年轻能干的人才。

我心里一直暗自叩问，务农经商，耕读传家，如何使祖上创建的百年基业不衰不毁，世代绵延呢？

因为，这份忧虑也来自我肩上这副担子的分量。身负自觉的使命，急切和紧迫便从中而来。雷雨甫停，我便立令大伙儿继续赶路。

侍从们劝我更换一下淋湿的衣衫，我一挥手慨然笑道，大热的天气，淋点儿雨正好消暑。凉风送爽，岂不快哉！

我们一行策马驱车来到县城东边的红土坡下，但见一条浪涌流急的河水横亘眼前，挡住了去路。

这条河名曰汎河，环绕县城而过，也是三水境内一条比较宽阔的河流。河上无桥，天旱过河蹚水，雨涝水冲人亡。向有民谣交口形容：汎河滔滔逞凶狂，恶浪滚滚向西淌；浪涛卷走人畜房，哭声阵阵断寸肠……

此言不虚，眼下河滩就乱石密布，浊浪滔天，时而会有上游漂流而下的木椽房梁，以及淹死的猪牛马羊；偶尔还能看到肚皮泡胀、滚圆似鼓的男女尸体，真是满目凄凉，惨不忍睹。

暴涨的河水发威似的吼出雷鸣般的咆哮，阻挡着不能前行的我们，让我忍不住心急如焚，更加黯然神伤。

唉，老天，这不是涂炭生灵嘛！

我望着混浊的河水奔涌肆虐，不由得发出一声深沉的叹息。与此同时，一个明晰而且坚定的意念闪电般发射出耀眼的亮光，倏然间掠过我心头。我决绝地想，一定要修一座桥，一座坚固不垮、方便百姓的石头桥！

我们正在河边徘徊，恰在此刻，一骑快马自县城方向飞驰而来。

骑马人在我们面前翻身下马，拱手深施一礼道，唐三爷，在下奉命传话，知县张云龙大人听闻老爷路过县城被雷雨阻滞，特意设宴为您压惊洗尘。务必请唐三爷给点儿面子，光临县衙。

我闻此言，匆忙还礼，请那差人快快起身。踌躇片刻，望着恣肆横流的汎河，我不得已地说，也好，恭敬不如从命，我也正好想去拜会一下知县大人。

三水知县张云龙这时已在县城最高档次的幽风酒家摆好筵席，亲自在门口迎候我们一行人等。

彼此相见，款款施礼。

张知县便说，久仰唐三爷的大名，今日有幸得见，实乃下官厚福。

我摇摇头，赶紧回话，知县大人何必客气？我乃一名凡夫俗商，本不该惊动大人，又不敢拂逆盛情，就冒昧登门了。

过谦过谦。您身为"黄褂子爷"，曾受皇恩厚赐，举世皆晓；而唐家旺族，

富比王侯，更是咱们三水人的荣耀哇。

张知县说着，连忙拱手礼让我入席就座。我呢，望着一席丰盛无比的美味佳肴，竟有些惴惴不安了。

少顷，我捋了捋自己颔下那撮稀疏的胡须，彬彬有礼地说，我们唐家距县城咫尺，只因麦收大忙，以及凡庸事务，没有及时拜见张大人，还请多多谅解。今日承蒙大人宽宏大量盛情款待，实在感激不尽。敬忠冒昧，借此机会有两件事相求，不知当不当讲？

张知县道，这是你的家乡，一家人何必客套，但讲无妨。

今天这一席美味，我和我的随从一定领受，但饭钱务必由敬忠来结；还有，我想请大人允准，由我出资在县东红土坡下的汃河上架一座永固桥梁，以便行人来往。不知大人意下如何？

求之不得，求之不得啊！

张知县目光一闪，透出掩饰不住的惊喜之色。本县早就闻知，唐家自发家致富以来，一贯践行慈悲为怀，乐善好施。今日得见唐三爷，更证实了此言不虚。这事绝对要得，不妨就将这座未来的石桥命名为"唐氏大桥"，或曰"敬忠石桥"，以便永世纪念唐家的贡献。

这个大可不必。我连忙摆手道，要说名字，我想不妨取利民济世之意，就叫"利济桥"如何？

这倒也好。张知县说，只有一件在下万不能从，那就是今天的简餐便饭，无论如何也不能由唐三爷承担。我明白唐三爷的意思，你怕我动用官银，挥霍浪费民脂民膏。这个，你也大可不必担心，我敢以良心担保，完全是用自己的俸禄以个人名义请唐三爷的。

我听他这么一说，不免会心一笑。

果真如此！容我深鞠一躬，因为三水百姓能遇到张大人这样清正廉洁之官，也是我们桑梓之福啊！

说话之间，我就拿取笔墨纸砚，即刻修书，使人飞马回报长嫂和夫人第五晞妍。

传信的是杨兴，我的信都是未封的一张纸。在写给夫人的信中，我写得简明而又含蓄，自觉文采斐然而又饶有兴味。其中"以其之矛攻其之盾"，其实正是引用了夫人自己的话给她说事。

我说，贤妻昨日所言极是，人生在世，为自己和子孙后代活着是必须的，但是仅仅为自己活着确实又是狭隘、自私和卑微的！更多的还是要为社会和他人谋福利。

在写给长嫂的信里，我直陈了捐银修桥的必要，请她决断付诸实施。两位夫人的回复，不约而同，决断都很简单：其一，修桥补路，老爷善举，理当为之。其二，专款专用，专人监管——应在县城专设理事，举荐向荷花管事，四爷的儿子唐丰毅协理。其三，银款不必一次到位，亦不可向官衙承诺捐银无度，应视工程进展次第补给，以保障完工为限。此中深旨，只可意会不可言传。

回信末尾，她们意犹未尽，还特意关照了我这样两句话：河上未是风雨恶，别有人间路难行。

回程的路上我反复咀嚼，愣是没参透它的意蕴和所指。后来发生的故事，才让我大吃一惊，原来这两句话的提醒和警示，竟然在我们唐家那段风雨如晦的特殊日子里，全应验了。

我不明白，我们唐家的女人何以会先知先觉，竟然有料事如神的本领？

杨兴： 树大招风，钱多招灾啊！

事情得从嘉庆八年（1803）闰二月十六日说起，那一天，大清国发生了一件惊天动地的大事。

那是在京城戒备森严的紫禁城里，一个名叫陈德的汉军镶黄旗人，因为行刺嘉庆皇帝而被满门抄斩了。

皇帝遇刺的倒霉时段，唐家的天成铭分号生意却正在唐世雅二掌柜的统筹经营下，正迎来蓬勃兴旺地发展的第三个高峰时期。以陕西为中心，西向甘肃、新疆，北向辽宁、北京、天津等地，东及江苏、浙江、上海等地，南达安徽、福建等二十三个省，五十多个县。

三水唐家的所有亲朋好友都会自谓自况，"汇兑中国十三省，包捐知府道台衔；马走外省不吃人家草，人行四方不歇他人店"。最负盛名的莫过于散布各地的十大天字号商铺，坐镇泾阳的唐敬忠三老爷完全可以说是日进斗金，财源滚滚。

俗话说，树大招风，钱多招灾；也说木秀于林，风必摧之。唐家财势旺盛，自然引人注目，有人羡慕，有人妒恨，有人明里讨巧，也有人暗中捣鬼。

无奈，我们的大掌柜唐敬忠老爷做人低调，不事张扬，加上他的少言寡语，总给那些别有用心、图谋不轨的来访者一种高深莫测的神秘感觉。而这种不知深浅的神秘感，又无意识地诱发了他们对于唐家兴旺原因的窥探兴趣。于是，有人干脆开门见山，直言请求唐三爷传授生意真经。

唐三爷虽不矜夸，倒也不很保守。他往往客气地一笑，当即随口而道，和盘托出。走正道，堵歪门。勤劳、智慧、诚信、公平，尤其是后面还要挺立一个大气度。他堂堂正正地说，这，就是我们唐家祖祖辈辈从无到有，发财致富的秘诀。

人家不信，他就指着门楣上自拟的一副对联给他们看，上面用醒目的大字书写着：

　　知足不辱，知止不殆，退一步乐意无穷；
　　以让为得，以屈为伸，忍三分物情自顺。

这些人，还是不明白唐家三爷到底念的什么经，更不谙他以静制动、以守为攻的经营方略，只觉得他运筹帷幄，神通广大，魔力无边。所以，就赐他一个"唐大蜘蛛"的外号，借用"南阳诸葛亮，稳坐中军帐。摆起八卦阵，专捕飞来将"来形容他的深谋远虑和出奇制胜。

然而，事实并非完全如此，因为船的命运往往是由河流来决定的。

话说嘉庆十三年（1808）仲秋的一个后晌，坐落在泾阳县闹市中心的天成铭号总店，走进来一个东摇西晃的、瘦骨嶙峋的醉汉。此人獐头鼠目，后脑勺上一根说黑不黑，说黄不黄，蛇一样细溜顺长的杂毛辫子在喉结粗大的脖子上绕了一圈，剩下的那一截子猪尾巴样的辫梢翘在赤裸的胸前。他个头不低，只是瘦弱。他那皮包骨头的身板支撑着一袭藏蓝色长袍，腰间还系着一条松松垮垮的黑宽布腰带，腰间斜插着一杆长杆烟锅。

他趔趄着进来，就一屁股坐进正庭大堂的太师椅上，歪起脑袋，翻着白眼珠子大呼小叫起来。

去……叫你们唐家三爷……出来，我有话，要给他唐敬忠……说……

前台柜上的伙计们，都能看到他骨头里冒出来的痞子习气。大伙儿全认识他，这几年他隔三岔五就来找唐三爷，说来说去，目的也就俩字——要钱。

大家都说他五行缺金，眼里只认银子。每一次来都胡搅蛮缠，总能在唐三爷那里蹭去几两银钱。久而久之，惯出了他的毛病，不但胃口越来越大，而且趾高气扬，越来越变得理直气壮起来。不仅把天成铭当成了他的钱庄，俨然把自己摆到了大掌柜的地位上。

怎么着？是……没人给老子传信是吧！

他抽出腰里的长烟锅，在面前一张八仙桌子上叭叭地敲得山响，一边还指手画脚，训斥着几个正在柜上忙碌的伙计，蓄满白沫的嘴巴喷出一股子混杂了酒味的臭气。

我说你们这些小王八羔子，一个个装聋卖哑，诚心不待见你大爷我对吧？哼，我叫你们狗眼看人低，眼里挂不住你爷！那好，你们就等着瞧吧！别说你们这些个乌龟王八小喽啰，这一回我不叫他唐敬忠趴在地上跪着求我，我就不姓陈了……

正说话间，从账房里面快步走出一位英俊青年。他斜睨了来人一眼，眉头立即蹙成了一个疙瘩。

爹，你咋又来啦？

年轻人走到他跟前满腹怨恨地说，我给你说过多少次了，不要再来找唐三爷。难道，前几天我给你的钱又挥霍完了？

去你的，谁是你爹？

那人横眉立眼，没有好气地满嘴谩骂道，你个小王八蛋，不也是谁有钱就认谁是你大吗？依我看，你亲呀，也许还是唐敬忠呢。他年轻时，就跟你妈那骚货眉来眼去，说不清楚。现在，又将她名义上雇到了唐家当了管家，实际上呢，还不是秃子头上的虱子……傻子都看得出来，不过是想着偷鸡摸狗，暗里来往更方便嘛！嗨，你明白吗？他正因为心里有鬼，所以呀，才会对你这么好的……

好啦，你就住嘴吧，尽胡说些啥！

对，他就是陈骡子。这个老油条就在这里，对着他的儿子耍起泼来。他扬起手中的长烟袋锅，就要向二英子的头上砸来。

二英子急忙稍微一斜，躲闪开来，随即抬手，身手矫健地抓住陈骡子的烟袋杆子使劲一拽，便夺过来拿在了手里。

你走吧，别在这里丢人现眼，影响人家做生意了。

我丢个啥人？你狗日的，吃了几天唐家的饭，真的不知道自己姓甚名啥了么？

二英子见他越发张狂、撒泼，太失体统，就招呼几个伙计一起上手，连推带拉将那陈骡子给推了出去。

好，好！陈骡子人虽然被赶了出来，嘴巴子还不拾闲。他指着天成铭的大门喊叫道，唐敬忠，你给爷听着，咱明人不说暗话，看在咱们曲里拐弯还有一点儿远亲的面上，限你三天之内……三天！给老子送十万两银子到春红院！否则，咱骑驴看唱本，就走着瞧吧！

这个陈骡子，由于心术不正，喜欢偷鸡摸狗，也算三水县出了名的一个"人物"。用村人的口头语说，就是一个人人眼黑的"众人恶之"，实实在在的懒汉无赖。自从他得知他媳妇向荷花被唐家三爷和大奶奶收留，还重用当了管事，就

节外生枝，打起了歪主意。

起初，他拐弯抹角找到唐敬忠，一把鼻涕一把眼泪地哭穷。唐三爷心软，不管咋说，亲不亲故乡人呐，何况是远亲？就资助他一些银子，让他好生回家种地，赡养老父，或者在泾阳、三原打理一点儿生意，以便养家糊口。

他满口答应，还感恩不尽。可惜的是他尝到了甜头后，就不断前来找唐三爷，以种种借口、谎言索取银子。

唐三爷每次都不伤他的面子，每每不让他空手而返。同时也苦口婆心，一次次劝他改邪归正，干点儿正事。他每次呢，也都感激涕零，信誓旦旦，答应得非常干脆。可一出天成铭大门，不是直奔妓院寻欢作乐，就是迫不及待钻进大烟馆子醉生梦死。即使过足了大烟瘾，他又会马上跑进妓院。

据他直言，鸦片这种东西可以让他异常亢奋，情欲大发。无疑，他兜里一旦有了银子，即使那些最洁净的夜间小鸟都会抢着同他睡觉。她们像杀猪似的号叫声震动了春红院的墙壁，吓得鬼怪都能颤抖起来。

这是因为，虽然他的那个小玩意儿不行，可他使用了一种蛇毒配置的油脂，加上鸦片的刺激，就足以使女人的蝶窦大开，欲火熊熊。有时候，他还会同时压榨三四个女人，自诩过着皇帝一样的生活。而那些卖身的女人，则卑贱地趴在他的脚下，祈求他的宠幸和白花花的银子……

然而，有谁知道，被他玷污的不只是唐家无辜的银子，更重要的当然还是名声。因为他开口闭口，总说他老婆就是唐家的管家，言下之意，唐家的银钱也就是他家的财富。

可以想象，这样的日子自然难以为继。这个浪荡之徒一次比一次更加频繁地来骚扰唐三爷，一次比一次胆子大。慢慢地，竟狮子大张口，不知餍足了。唐三爷也开始谨慎，一次比一次更加小心地捂紧了口袋。

试想，这个无底洞得有多少银子才能填满？再说，唐家的银子是正大光明做生意赚来的，老是给他没完没了地挥霍，让他拿去花天酒地，那是助纣为虐，还能算乐善好施吗？

唐三爷开始拒绝他了，而陈骡子也开始凶相毕露了。

世上好人总算计不过坏人，因为好人从不设防，也不会算计别人。这就是好人往往吃亏、遭殃的根本原由。所以，自古就有"害人之心不可有，防人之心不可无"的箴言。

无妄之祸果然从天而降了。

仲夏后的一个晚上，天成铭总号刚刚关门打烊，门口哗啦啦潮水般涌来一群穿着丁勇兵服的官府差人。他们敲开店门，二话不说径直冲向二楼唐三爷的卧房，不由分说就给他锁上了木枷和手铐脚镣。

这是怎么回事呢，总得说清楚呀？

唐三爷惊诧不已，实在感到措手不及。更加不可思议的是，他一个有君子风度、安安分分遵规守法的生意人，何罪之有，怎么会致使枷锁扛身呢？

打头的差人说，你别着急，会有给你说清楚的地方。我们只是例行公务、公事公办，执行巡抚按察的命令，先拿了你人，再封你的门店而已。

当天夜里，唐三爷就被下了大牢。狱中的牢头，经他再三哀求，只悄悄给他透了个口风，他一听完，脑子嗡的一声，眼前一黑，差点儿就要晕过去了。

所谓"罪状"果然大得吓人，首要一条：暗中勾结叛党乱贼。只这一条，就够砍唐三爷十次脑袋。他有几个脑袋呢？且不说，还有偷运贩卖皇家官窑瓷器；假以赈灾救济之名，伙同地方贪官巧立名目敲诈百姓以及霸占有夫之妇等诸条附加罪名。这些莫须有的罪名都从何说起，从何说起呢?！

唐三爷身陷囹圄，一时间叫天天不应，喊地地不灵啊！他只是从"霸占有夫之妇"这一条罪项，隐约觉察到了这次乌龙事件似乎和陈骡子有关。

真是舌头板子压死人啊！不久前，那无赖确实因为唐三爷拒绝继续赏他银子而反目成仇，还当面侮辱唐三爷，说他收留向荷花是旧情复燃，是想把他的老婆据为私有，当小妾用……

不过，唐三爷怎么也想不通，凭着陈骡子一个地痞无赖，又如何能兴风作浪，给他罗织下这么大的罪名?！

第二十章　天塌下来也要顶

樊绩：都是我这破嘴惹的祸

对，我就叫樊绩，是一个一辈子靠力气吃饭的保镖，人称樊镖师。

几年前别人介绍我给三水唐家押送货物，但是我怎么也没想到，我会给我的主顾惹来一个天大的麻烦。

嗨，这话怎么说呢，忒丢人哪！

且说那年那位行刺嘉庆皇上的陈德，其父名叫陈良，原来属于契买家奴。陈德因是奴才的儿子，一生都被压在社会的底层，跟官服役，饱尝人间辛酸。他亲眼看到了皇宫贵族的腐朽生活，更加看透了社会的不公，从而激发了反抗情绪。那年恰逢他被主人解雇，又断绝了一线生路，心里愈觉气愤。

事发的前一天，陈德出门上街，无意中发现街上正以黄土垫道，便得知嘉庆皇帝次日斋戒回宫，就下决心届时进宫谋刺。翌日清晨，他怀揣小刀，带着十五岁的儿子陈禄儿潜伏于神武门，隐蔽在西厢房南山墙后，只等嘉庆的到来。

没有多久，皇帝在大队人马的簇拥下，果然进了神武门。皇帝下轿以后，正待步行至顺贞门时，陈德猛然冲出，手持小刀直扑嘉庆。这突如其来的袭击，吓得嘉庆皇帝匆忙逃入顺贞门，不敢回视一眼。

守护在神武门内东西两侧的一百多名侍卫、护军，个个竟呆若木鸡。只有御前大臣定亲王绵恩、乾清门侍卫丹巴多尔济等数人上前拦挡捉拿。陈德奋起反抗，用小刀刺破绵恩的袍袖，刺伤丹巴多尔济，但终因寡不敌众，力竭被擒。

陈德被捕后，嘉庆皇帝立即命令军机大臣会同刑部严审，令将陈德"备受诸刑，再行磔死"，同时还要株连九族，清查同谋余党。

陈德在酷刑之下亦不屈服，皇帝下令将陈德凌迟处死，将他的两个儿子陈禄儿、陈对儿也予处绞。

另外，皇帝还以失察的罪名，把守候在神武门和东华门的十七名文武官员，分别给予罚俸、发往热河披甲当差的处分。同时手谕都察院，上自朝廷旗人，下到民间百姓，全面廓清叛党反贼。凡是不满当今朝廷皇上或是暗中串通、相互牵连、结党作乱者，一律按叛逆对待，格杀勿论。

事出有因。说也凑巧，我的主顾唐家自从唐三老爷全面执掌所有生意以来，广开财路，同时也为了便于货物的周转流通，先后组织了八支驮队负责向不同方向的商铺分号和贸易合作客户运送货物。

我就是这前往天津、北京的一支驮队里的专业保镖。多年来，我奔走于江浙赣闽一带，将那里天成铭分号的瓷器、茶叶、丝绸、药材等货物分别运往京津唐地区。人在江湖，免不了与三教九流有些交往。无独有偶，这一年四十岁的我死了婆娘，只留下一个已经出嫁的女儿。我因为常年在外赶脚，浪迹四方，也就打消了续弦的念头。孑然一身，今日有酒今日醉，一人吃饱全家不饿，也图了个轻松快活省心。

陈骡子是在大烟馆里认识我的，或者说我正是在消极颓废的大烟馆里消遣时认识了陈骡子。

那天，我们两人过足了烟瘾，我一时亢奋不已，就开始卖弄起自己走南闯北，给唐家赶牲灵的所见所闻。其中大有所谓过五关、斩六将的一系列传奇故事，真真假假，添油加醋，不乏自吹自擂的成分。

我说陈骡子，大爷正经提你个醒儿，你臭小子也别再姓你这个破"陈"了。这年头啊，你这"陈"字生不逢时，正犯着皇恩爷的大忌呢！

这话从何说起？

陈骡子眯缝着小眼，接着又眨巴了一阵儿，依旧浑然不解。难道，姓陈的惹着了皇恩爷？天下是他的，莫非臣民都得跟着他姓？

我说，你别屁硬尻子松。说你坐井观天还不服，没想到你还真的闭目塞听到了这个程度。

我啜一口盖碗茶，砰的一下将茶碗往桌上一蹾，一手抬起在自个儿的脖子上横向一拉，不无鄙夷地耻笑道，你呀，早晚脑壳搬家都不知道怎么回事呢。

陈骡子一个激灵，浑身打战，忍不住哀求起我来。人被人求，那也是一份得意和骄傲不是？

你就别故弄玄虚卖关子了，快说吧樊大爷，到底是怎么回事？

我蔑视他一眼，你真的没听说过几年前皇上遇刺的事？

天高皇帝远，那和咱小老百姓有屁关系。陈骡子若有所思，摇晃着大蒜头似的脑袋道，再说，那件事过去五六年了吧，谁还去翻老皇历？

看看，看看！鼠目寸光吧。我嘲笑他，事是过去了，可咱皇帝爷的气还没撒

完呀！那刺客连同他的两个幼年的儿子，还有众多无辜的亲朋好友，不都在京城菜市口早早祭了刑部刽子手的杀人刀嘛！

陈骡子眼珠子瞪得牛卵子似的，他结结巴巴地问我，敢问樊大爷，这和我姓陈又有啥干系呢？

我说，你能说那陈德不是你本家子的那个陈么？几百年前，难说就不是一笔写不出两个陈字的同根亲弟兄么？所以，这些年啊，但凡陈姓人氏，一概讳莫如深，悄悄地更名换姓。遇上谁也骨头软呀，谁不惧怕那把滴血的大刀？由上自下，大清洗哪……

这番话说得陈骡子寒从心起，浑身起鸡皮疙瘩，不由得一阵子哆嗦。他战抖道，照樊大爷这么说，我这个倒了八辈子霉的破姓，还真是晦气要不得了？

这还用问？

唉，难怪！其实在我们三水那里，我这个姓本来就势单力薄十分弱小，不像你们东家，人财两旺，那才叫红火。噢，对啦，要不，我就去求一下唐三爷，干脆就让我姓他们那个唐算了，反正都是三水地盘上的人。何况，他们唐家原本就是我的娘舅亲。

我奚落他，你倒想得个美哟！

陈骡子说，怎么不行？眼下，我爹等于被他们唐家供养，我那个骚货老婆还做了他们家的管家，这还跟一家人有啥不同？如此这般，我也有了个依靠，平时花个小钱碎银子什么的也顺理成章跟他伸手不是？他说到这里，扬扬自得，好像他已经是唐家的人了。

陈骡子当即就开始做起了美梦，美滋滋地说，好在唐家生意火爆，他的分号遍布全国，弄不好唐三爷一高兴，还会赏我个管家、掌柜什么的，那岂不是两全其美？

我一听这话，嘿嘿笑了，稍事沉吟，摇了摇头。你想得倒美，但也要想到万一倒霉呢？

此话怎讲？陈骡子有些丈二和尚——摸不着头脑。

千不该万不该，我怎么着也不该在这时显摆自己的所谓见多识广而胡说八道。

俗话说，大有大的难处啊。唐家的生意兴隆你没说错，可是出头的椽子也往往先烂。你还不知道吧？也就是去年春上，唐家少东家唐丰诏去景德镇进瓷器，半道里就曾遭人抢劫，那帮贼人还和官府勾结，讹他偷运私贩皇家官窑御品呢！

我怎么没听说过此事？

那是因为唐三老爷聪明过人，善于应变，很快使银子摆平了此事。舍财免灾嘛，他们图的是平安呀！

陈骡子贼眉鼠眼，眼珠骨碌碌一阵子急转，忽然若有所思地讲，你这么一说，倒让我想起一件事来，你为唐家赶脚十多年，也许早听说过，说是在唐敬忠手上，他们唐家曾经发过一次外财。

我当然听说过，没有什么事能躲过我樊绩的耳朵。你陈骡子说的大概是多年前，一个标营的军爷，曾经在唐家天成铭号寄放了近两万两银子。后来，这位军爷不知去向，一直没有回来，也不知是死是活。唐家正是用了这笔巨款到兰州贩卖水烟，才一下子发家的事吧。

我说罢此言，愀然作色，厉声说道，我说陈骡子，这件事事关重大，你可要闭紧你的臭嘴，千万不要胡诌，弄不好会大祸加身身首异处的，你懂不懂？

陈骡子沉吟了半晌，将信将疑，真的……有那么大……危险？

都怪我这张破嘴，一边提醒别人谨言慎行，这厢里，自己却没有管住敞开了门的嘴巴，也合当了言多必失的警策。

你想不到吧，这档子鬼事也和你那个破姓有那么些可怕的瓜葛。

这怎么说？

说来也巧，据传当年那位身穿"库兵"字服的圆领军爷也姓陈，还是那个英雄好汉陈德的远房叔伯，朝廷内正严查摸底，你要是透露出去，还不把天给捅个大窟窿！

陈骡子眨巴了一阵眼睛，兀自摇头，顿时一改满脸阴郁，忍不住志得意满，哈哈大笑着拍起大腿。

着，樊大爷，今天我骡子请客，咱现在就去春红院。我给爷孝敬一个没开苞的雏儿，让您老牛薅一次嫩草，尝尝鲜味，解一解馋，好好逍遥逍遥……

易红娥： 易红娥我要扛大事

天成铭总号被封，我们的唐三爷下了大狱。

消息被快马传递到三水唐家。我一听眼前一黑，只觉得天塌地陷，身子一软，扑通一声便倒了下去，不省人事。

我醒过来的时候，发现自己一摊泥似的躺在床上，床前围满了人，是两个大惊失色的儿子和他们两个手足无措的婶娘，还有一个满面愁容的向荷花。丫鬟杏儿和其他下人，出出进进地乱作了一团。

千万……别告诉你三……娘……

我是用全身力气说出这句话的。因为第五晞妍最近身体很差,正在养病中,我严令任何人不得将此事告诉她。

有好一阵儿,我的脑子一片空白,恍惚间不知所在。我的目光发直发呆,愣愣地盯着天花板,傻傻地看着。

大奶奶,你怎么样……好些了吗?

听见这轻言细语的声音,我才发现我的手始终被另一双手紧紧相握。我顺着那双白皙纤巧的手看过去,才看到忽然变得十分矮小的向荷花,正贴在我的头边。原来,她一直是跪在我床前的。

荷花轻轻地摩挲着我的手背,试探性地摇了一摇。您挺住啊,大奶奶……我循声偏过头去,看见雨打梨花满面泪痕的荷花大管家,还有老二、老四两个妯娌以及儿子们一个个悲悲切切的面孔。

这是干啥?!倏然之间,我心里也不知打哪儿蹿起一股无名火气,好像是恨眼前所有的人,更像是恨我自己。

荷花,你给我起来,不要跪着!天不会塌下来——即便是天塌下来,我们照样也要把它给顶起来!我声嘶力竭地斥责他们,也是在咬牙切齿命令自己。一个顶天立地的唐家大当家,是不会轻易倒下的。也不知打哪儿得来的神力,我一骨碌翻身起床,抬起手从容镇静地理了理云鬓,首先询问了二奶奶和四奶奶,他两个叔叔可知道此事?

老二家的点了点头,而老四媳妇却忍不住抽泣着说,他四叔一听,当即,就吐出一口血来……

你们俩赶快回去,也让你们大哥赶紧从太峪镇的铺子回来,好生照料好他二弟和四弟。他们身子骨弱,又都有病,就对他们说没有啥大不了的,还有我易红娥呢。

她俩奉命而去,我接过杏儿递上来的热茶慢慢地抿了一口,让自己进一步镇定下来。而荷花那关切的目光,就一直在我脸上睃视追逐。我知道她在期待什么。

少顷,我放下茶碗站了起来,一把拉过荷花的手,类似下战书那样豪气冲天地说,今天,就看我们了荷花,该轮到我们两个一起从鬼门关夺回他,夺回我们的唐三爷了!她似懂非懂,却毅然决然、义不容辞地点了点头。

我看到她点头的一瞬,秀美的嘴角不由自主往回一收,自然而然地将牙关咬死在了一起。那决断,那坚定,那豁出一切甘愿赴汤蹈火、甚至于不惜牺牲性命义无反顾的表情……突然,我竟然生出一丝遗憾——为唐三爷的遗憾。他这辈子，错失了向荷花这样一个冰清玉洁的女人，与其说是损失，毋宁说是不幸啊！

你快去打点，备好轿车，咱们马上就走，去救三爷。

荷花转身出门，我回过头对站在一旁的我的两个儿子说，听着，咱们唐家遇到了大难，你三叔给咱们在外头撑持的这份家业岌岌可危。你们已经成人，要做顶天立地的男人，每临大事要有静气，稳住情绪，好生把家里的一切照料好了。说完，我起身走出来，荷花这时已经把轿车准备停当。

我说，走吧，咱俩一起去三奶奶的娘家一趟。荷花只有那么一瞬的疑惑，美丽的大眼扑闪了一下，但很快就心领神会，默默地点了点头。

不错，我们遇到了生死攸关的大事，迫在眉睫，更需要有高人指点迷津。

向荷花：巡抚大人听我言

萧瑟秋风漫卷古城西安。

尽管布政使门口两边的花坛金菊烁烁怒放，开得正旺，人们还是明显感到了一阵紧似一阵的步步逼近的寒意。

这是九月末的一个上午，唐家女掌门人易红娥头缠"民妇喊冤"的白布头巾，跪在官衙大门正中。而我，向荷花，步步紧随也跪在她的身边。

这已是第三天了。

我向荷花作为唐家大管家，命运和当家大嫂子紧紧相连。我几乎跟她一样打扮，表情也一样庄严肃穆。

本来，大嫂子想留我在家全面掌管家政事务，但我头一次违抗了她的安排。我说，我现在跟唐家命运相连，你不答应我跟你一起搭救唐三爷，我就长跪不起了。

大嫂子被感动了，她思忖再三，终于含着眼泪点了点头。你呀，果然是侠肝义胆，还真的让我不可拒绝了。她这样说。

而我则说，大嫂子视我荷花亲如姐妹，你和大老爷以及三爷将我另眼高看，恩重如山。今日唐家有难，也就是我荷花有难。家里就让两个少东家暂且照管，我一定要亲自前往，左右跟随，以便尽力听命照应，备不时之需。我再一次咬牙道，请你相信，只要能救出三老爷，就是上刀山、下火海，荷花我也一定以身报恩，万死不辞！

按照第五晞妍的秀才父亲的反复叮嘱，头一天，他要我们跪伏请命拦路喊

冤，必须给布政使大人和巡抚按察递上去申诉书，让他们对唐三老爷的冤情有所了解，引起重视。

那文书字斟句酌，言之凿凿，有理有据，是由他亲自执笔，一气呵成写的：

跪伏皇天后土大清乾坤，民妇唐易氏呈请龙安并祈请布政、巡抚大人为唐家掌柜唐敬忠申冤。三水唐家唐敬忠无端蒙受不白之冤，实为恶人构陷莫须有罪。唐家耕读传世，守法经商，以善为本，公平信义，口碑相传，妇孺皆知。自嘉庆元年（1796）唐敬忠承蒙天子隆恩厚爱，赴京参加太皇帝和皇帝的千叟宴以降，忠心爱国，扶危济困，先后为朝廷捐银百万余两，赈济灾民、修桥补路，普世救助四百余万两，平常接济左邻右舍更是不计其数，皆有据可查，有人为证。所谓"勾结乱党叛贼"实乃无稽之谈，情理悖谬；又曰"假意赈灾盘剥百姓"，更是信口雌黄荒诞不经；还有"霸占民妇"一说，尤为罗织罪名，纯粹诬陷害命。诚请大人明察秋毫，从公审断……

申诉是递上去了，但两院大人既不露面，更无回应。

第二天，再递申诉。按照唐家老亲家另一手安排，让我们同时递上三万两银票，并详陈唐家唐敬忠曾借用不知名的军爷寄存的那一万八千六百两银子的经过，还有当时过秤的记录与旁证以及借据，同时附以三水知县示证材料，即县府入档的详细案底，以证明唐家多年捐助社会公益事业的明细款项。

可是，结果依然石沉大海，没有回声。

倒是官府看门守院的那些兵勇，比先一天更加张牙舞爪，凶神恶煞。为首一个带班小官，恶声恶气、狐假虎威地吆喝着那些木头桩子似的小兵勇，恨不得立马将我等扫地出门。

走走，不许在这里胡闹！他们的一次次驱赶，让我和大嫂子一次次心灰意冷并幡然醒悟，我也很自然地想起"何以为官？堂上一呼阶下百诺是谓官"的话来。

一连三天，我们呼天抢地，不要说进去申诉当面禀报，甚至连县衙的大门都进不去。想到唐三爷关在大牢正受熬煎，生死未卜，我才醒悟唐家料事如神的老亲家，为何要我们破釜沉舟，将最后的狠招数付诸行动！

俗话说，事不过三。这是第四天上午，巡抚门口突然出现了一队"全堂执事"的人马，只见所有男女，一色诰命朝服打扮，为首两人各执一块大红金字招牌，上书"诰授奉政大夫"和"诰授中议大夫"，其后是一位霞冠凤帔、珠光宝气的卓越女子，双手平摊一件皇帝亲赐龙凤呈祥的黄袍马褂，徐步缓行，款款而来。

她就是易红娥——三水唐家的女掌门人。在她身后，正是我，双手分握皇家特赐龙头鸠杖和雕凤银牌。再后面跟的便是家丁随从一行人众。

我们这一行人行至巡抚门前，看门护院的那一帮标营官兵，一个个贼眉鼠眼，好一阵面面相觑，随即慌忙躲闪，退让到了大门两侧，而且毕恭毕敬，抻袖子甩手，赶紧跪倒在地不断磕头。此间，早有小官进去飞报巡抚大人。

我和大嫂子暗递眼色，悄悄耳语了一句，这帮兔崽子，真个是狗眼看人低呀！没想到还有他们害怕的时候！说话间，我们已经抵达县衙大门下。只见一帮官宦簇拥着中间一胖一瘦两位大官，一位顶戴花翎、身着宽袍七品武职彪补服，一位身着六品文官鹭鸶补服。

他们看见大嫂子手捧的三品文官孔雀补服黄马褂子，不约而同垂手而立，自动排成两行，诚惶诚恐地行跪拜礼。

大嫂子见机行事，也立即跪伏下来，声情并茂地高声宣读出心急如焚的明确诉求：

大清皇恩特赐陕西省三水唐家唐敬忠三品顶戴花翎，家族内大当家易红娥跪拜巡抚大人，祈请明鉴，我唐家三爷唐敬忠遭受诬陷，蒙受不白之冤，恳望大人核实真相，拨云见日，还他公正。

说罢，我将另外备份的申诉亲自递上。

巡抚接过，十分客气地回礼，并站起来抬手让我进入大殿细述。我和大嫂子随后跟进。巡抚大人一挥手，众官殿前即刻止步不前，只有两个贴身护卫紧随左右。

进入大殿正厅，抬头仰望，正有"明镜高悬"四个大字挂在迎面正中位置。大嫂子再次施礼，屈膝万福，然后将黄褂子递给我捧着。她神情淡定，镇静从容地坐在了巡抚摊手礼让的一把雕花楠木太师靠背椅上。

巡抚大人在我对面坐定，一捋稀疏的花白胡须，开始专注批阅我所递上的那份申诉。少顷，他面含愧疚之色款款说道，三水唐家声名显赫，本官早有所闻，只是最近回复公务进京，昨日才返陕西。唐家三爷如此大案，居然没有听到。今日大夫人亲自登门申诉，一定内心焦灼。恕我认真核实审查，一定尽快水落石出，给你一个明确回复。

我们唐家三爷是冤枉的，请大人一定公正明断。这话没有等到大嫂子说，我

便忍不住插了一句。

巡抚大人的目光转到了我的脸上，也许被我的一脸正色和还算姣好的相貌有所打动，忍不住指着大嫂子问我，这位……是你们唐家何许人也？

她叫向荷花，现在是唐家的大管家。

我情不自禁，马上接过话说，巡抚大人听我言，您是有所不知啊，在唐家三老爷的所谓罪行之中，有一条就是所谓霸占别人老婆的诬告。其实说的就是我本人，那个恩将仇报的小人正是为妇名存实亡的丈夫。

此话怎讲？巡抚大人莫名其妙。

我当即慷慨陈词道，我那男人游手好闲，自从我嫁到他家，不仅不管我们娘儿俩的死活，连他唯一的亲生父亲也不赡养。是唐家大奶奶和唐家老爷慈悲心肠，收留了我们娘儿俩，还将他的老父也在唐家代养起来。可他不思悔改，一直在泾阳、三原流浪鬼混。手中没钱时就借助乡党的名义，隔三岔五向唐家三爷伸手。唐家三爷出于同情，不时给予赈济，不想他胃口越来越大，最终竟伤天害理，反倒捏造罪名，告起唐家三爷来了。

这么说，你男人就是唐三老爷的原告了？

十有八九就是他，别人干不出这种丧尽天良的缺德事！

你那个男人，他叫什么名字？

他叫陈骡子，是个吃喝嫖赌抽五毒俱全的二流子。申诉里面已有详述。

好。巡抚大人目光不易觉察地流动着说，既然这样，我会马上差人传讯这个陈骡子。二位夫人只管放心，本官一定亲自审核，公正断处。

听了巡抚大人这么一说，我们心里有所释然，立即起身告辞。拜别之际，大嫂子将一封包装精致的兰州水烟作为赠礼，留给了巡抚大人。她一语双关地暗示他说，从来烟茶不分家，一点儿水烟不成敬意，大人一定要亲自品尝，因为它别有一番风味在里头呢。只有我知道——那里头，她悄悄包了一张一百万两面值的银票。

唐家的老亲家让大嫂子包银票不要超过五十万两，害怕出手过分阔绰大方反而坏了事。可大嫂子坚持说，有钢就要使在刀刃上。她认为既然要用肉包子打狗，就应该不眨眼地扔出大包子、香包子，不让它咥饱吃美，它是轻易不会为你摇尾巴的。

总之，大嫂子心里一横，一咬牙关就豁出去了。她说，只要能救出我们三爷，即使让唐家倾家荡产，我也会在所不惜的。

从巡抚衙门出来，大嫂子一番掂量之后，悄悄对我耳语道，我隐隐感到已经有了一些胜券在握的希望了。她拉住我的手说，该轮到我们去探监，看望咱们唐家那个牵心扯肝的唐三爷了。

易红娥： 向荷花遭劫被绑架

  我很想让荷花陪同一起前往，可这一回荷花却果断地摇头，主动避让开了。

  我理解她的聪慧精明，更能体察到她的复杂心境。这时候，即便她对唐三爷如何柔情万种，爱得如何刻骨铭心，也只能深藏不露了。她是这样说的，请大奶奶代我问候三爷。你们对荷花的恩德今生如果报答不尽，那就容我暂且欠下，来生做牛做马，也要回报你们的厚爱。她说着，嘴角不自觉地泛起一丝苦笑，那双纯净漂亮的丹凤眼里闪动着晶莹的泪花。

  我紧紧地握了握荷花的手，心里一软，同样含着热泪，第一次改变称呼不叫她大管家，而是对她和婉亲切地说，好妹妹，看你说到哪里去了。这些年你为唐家日夜操劳，为姐姐我分忧解愁，我们谢你还来不及呢。

  荷花轻轻地摇头，她默默地为我安排好了侍应随从，就先回旅馆去等候我了。万没料到，青天白日的，就在前往旅馆的路上荷花竟然遭劫，被几个不明身份的蒙面大汉给绑架走了……真是一波未平，一波又起啊！

  有钱能使鬼推磨。这句话，至少在一个金钱至上的世界是绝对的真理。金钱如果再和权势相互勾连，那几乎就是畅行无阻、无所不能了。

  三天后，我们唐三爷被无罪释放，平安回到了天成铭总号。

  总号又开始正常营业了。天成铭附近各分号的大小掌柜，还有省府州县的客户顾主贸易伙伴以及亲朋善友，一时纷至沓来，络绎不绝，都前来慰问唐三老爷。他们争着抢着要为三爷接风压惊，但都被三爷委婉地推辞了。

  他为人处世的风格原本低调，一直恪守"风流不在谈锋胜，袖手无言味最长"的格言，自信天地有大美，山川蕴真理。他一直教导我们的子侄子孙，有情无言，有爱无声，有理无争，有学无显，要有一份沉静淡然。特别指出，这才是耕读经商和做人的最佳境界。经历了这一次无妄的牢狱之灾，他就变得更加沉默寡言了。

  长夜难眠，他一夜夜辗转反侧，席不安枕。我知道，他内心深处的搏斗与挣扎一直没有停息。除了忧国思民，最主要的还是牵挂那个当着我面不好启齿的向荷花。

  向荷花突然下落不明，对我来说，不亚于唐三爷的无妄之灾，而对于三爷自己来说，也许比他遭受磨难还要揪心和痛苦。

  我们都猜到了，是陈骡子作祟造孽。虽然官府已经将其缉捕归案，但他死不

承认自己绑架了荷花。他借题发挥，一口咬定是唐家杀人灭口，想要赖掉唐三爷长期霸占人妇的滔天罪行！

我们唐家一方面报官，一方面悄悄派出了三批用人在省府和泾阳、三原一带的大小旅店，特别是烟馆与妓院秘密探寻。

二英子更是寻母心切，连续三天昼夜不归。他带了两个帮手，发誓要找到母亲，还要活剥了绑架母亲的凶手！

这天早上，坐卧不宁的我们正在为荷花的命运担忧，下人忽然来报，说有人在楼下大堂负荆请罪，要亲自见唐三爷和大奶奶的面。

我陪同三爷赶紧下楼，来到正堂大厅，只见一人赤裸上身跪在地上，一根粗壮的辫子仓促地纠缠在头顶，像是一团乱麻。而他的背上，已被荆棘坚硬的尖刺戳得鲜血淋漓。

罪奴樊绩，求见唐三爷和大奶奶惩治失言之罪。

这……是怎么回事？唐三爷紧蹙眉头，还有点儿神思不清，你是……

回老爷，樊绩乃京津一路驮队里的一名粗野镖师，多年蒙受唐家不弃之恩，混得衣食无虞。无奈好吸一口，有一天在妓院的大烟馆，不期碰上陈骡子那厮，唉……

说到这里，他悔恨交加，竟开始自掌嘴巴，噼里啪啦一阵子左右开弓，顿时把一张胡子拉碴的黑脸就扇成了酱紫色。

快别这样！我求援地望着饱受牢狱之苦的三爷。唐三爷也示意下人拉住了他的手。

你别过分自责，唐三爷问他，怎么回事？你只管如实道来就是了。

那樊绩却羞愧难当，一时语塞，不知从何说起了。

樊绩： 这事，包在我身上！

那是我头一次拳头与嘴巴的较量，一身武功的我，却也是人生头一遭败北变扁。尽管我精通南拳，又在少林寺学过一阵罗汉拳，结果还没等到出手，就被陈骡子的三寸不烂之舌软缠硬磨，不知不觉给征服了。由此，我才忽然明白，天下最厉害的并非拳头，居然是两片薄薄的嘴唇。

……

嘿，"嫖师"！

那会儿，瘦骨伶仃的陈骡子一身鬼气，嬉皮笑脸地凑过来，斜歪在我对面的床上，就是这样招呼我的。

他妈的，你喊谁呢？

你不就是唐家天成铭的大"嫖师"么？

我厌恶地瞪他一眼，不屑地笑骂他，你个驴么，还狗屁骡子，老子是镖师知道不？

知道。陈骡子一翻白眼，别以为我不识字，嘿嘿，哪一个嫖客不是自吹自擂自己的家伙坚硬如铁、金枪不倒……

去你个驴蛋！你狗日的枣木拐棍一根么？净是一身的邪马歪道，咋总往身子下面裤裆里想！

咦，你正经得很么，跑到这儿干啥？骡子宽大的驴嘴一撇，你不歪，难道不是你大的亲儿？

你怎么说话……

陈骡子一咧嘴，嘴角就扯到了腮帮子上。这不是明摆着的理嘛，你大不歪有你吗？你不歪，那不断子绝孙了吗？

嘿，你的狗嘴里还真吐不出象牙来！

象牙算个屁，我还有虎眼哪。

什么虎眼？

如狼似虎的虎呗！你给我装什么正经？天下哪个男人见了漂亮女人不是如狼似虎，恨不得压扁揉碎？你以为我不知道，你老小子死心塌地跟着唐家三爷卖命，除了眼瞅着他们唐家白花花的银子，会不在乎他们唐家那几个花儿朵儿似的漂亮娘儿们？尤其是三奶奶，嘿，那份绝版的漂亮……

你又在胡说了。我问他，我咋不知道，三奶奶究竟怎么个漂亮法？

漂亮嘛，用我们三水的方言，就是鲜睛！

鲜睛？

好看呗！你看她瓜子脸，葡萄眼，马莲枣儿鼻子，粉红的樱桃小嘴赛过那蜂糖罐……

尽是好吃的，看你这货，就是个馋痨。

不光好吃，最主要是好看呀！凡是像唐家三奶奶那样儿鲜睛的女人，看见她，你就准会和尚打伞。

和尚打伞？

这你都不懂吗？就是男人下面那活儿……会硬挺呗！

陈骡子说着哈哈大笑，行啦，樊大爷，今天小的请客，给你老小子呀，选一个底盘子最亮的妞儿，还没开苞呢，让您也尝尝鲜味儿……

就这样，不费吹灰之力，我就晕头转向，被陈骡子的唇枪舌剑加烟枪美女一时间给弄得五迷六道，不知身在何处，也不知道自己是谁了。

……

都是我……嗨！把持不住，胡成精，一时兴起嘴不把门，信口开河胡吹冒撂，说出了咱天成铭唐三爷曾经得到一笔军爷的官银的往事。谁知这厮竟然作为口实，东拉西扯，罗织罪名，害得唐三爷受苦下了大狱。我真是罪该万死，死有余辜啊！

说到这里我羞愧难当，急忙请求道，请唐三爷和大掌门严厉惩罚我吧！大嫂子——我们下人也时常叫唐家女掌门大嫂子，她和唐三爷一听，顿时恍然大悟。

唐三爷不胜感慨，道，真是祸从口出呀！他说着，急忙俯身扶起我来，并亲手为我解下荆棘木棍，招呼伙计快拿药酒涂抹我背上的刺伤，一边又让丫鬟上楼去拿他的一件内衣及崭新长衫给我穿上。

我既羞又愧，一时不敢起来，更不敢抬头，只是一个劲捣蒜头似的不停地磕头。待到最后我仰起脸时，已经是涕泪交加了。

唐三爷仁德，大慈大悲呀！我樊绩跟随唐家三生有幸，本该受罚，可您却以德报怨，宽大为怀，这叫我如何消受得起？

唐三爷和大奶奶一起将我拉扯起来，并让座于我。人非圣贤，孰能无过啊！唐三爷大人大量，反而来安慰我，再说，你也不是故意为之，往后多注意就是了，不必过分自责。

我老樊一伸蒲团似的粗糙大手，只是哽咽不止，一个劲儿在胡子拉碴的脸上，涂抹着恣肆纵横的老泪。

情绪稍稍稳定，大嫂子瞅空问我，对啦樊绩，听你这么说，或许知道那陈骡子使人绑架了向荷花，把她藏到哪里去了吧？

我连连点头，说，我今天从京城返回，一到泾阳就听说了此事。向荷花十有八九在永乐店的一个寡妇家里。因为陈骡子说过，他要休了自己媳妇，然后娶那个小寡妇，在永乐店安家。他上一次狮子大张口，想要唐三爷十万两银子，就是想要给那小寡妇和他翻盖房子，准备成亲……

没等我把话说完，大嫂子就迫不及待插话道，如此说来，樊师傅将功补过的时候到啦！你能不能带人赶紧去解救荷花？她可是个好人，现在是我们唐家的大管家呀！

我霍地站起身，一咬嘴唇，信誓旦旦地拍着胸脯道，三老爷和大嫂子放心，这事就包在我身上了。

果然不出我所料，当天下午向荷花就被我找到，并且雇车送回了泾阳。

向荷花遍体鳞伤，说是被陈骡子狠打了一顿。他逼她写一份所谓的自诉"证言"，侮辱唐三爷强行霸占了她。还要她承认，她和唐三爷几十年前就曾私通，并且有一个私生子，即二英子。荷花哪里肯从？她抱定决心以死抗争，一直绝食，三四天水米不进。

陈骡子没有办法，便和那个小寡妇商量去街上找那些专为人写状子的卖字先生，假以荷花的口气写成证词，回来又强行按上了荷花的指印。这事对陈骡子可谓轻车熟路，他诬告唐三老爷的状子，就是在街上找人写的。但他没想到，螳螂捕蝉黄雀在后，当他再找到那个黑心卖字先生正要编写证词时，巡抚衙门的便衣官差早就等候在那里，将他逮了个正着。

唐家三爷的不白冤案很快过堂审理。尽管陈骡子在大堂上仍然耍泼，满口胡言，无中生有，但是巡抚大人据理公断，最终将他以诬蔑构陷好人的罪名下了大牢。这倒也应验了世俗"搬起石头砸自己的脚"和"多行不义必自毙"的警策之言。

易红娥：从来时的路，回……

老实说，这场人为的无妄之灾，对于我们如日中天的唐家事业并没有造成太大的损伤，可是唐三爷的内心世界却创伤不小，元气大损。他毅然决定把总号的事务移交给了长子唐世雅，还从江浙召回了侄孙丰辅等人，让他们协助世雅，共同统管和打理唐家各地的商号生意。实际上已经让下一代接班，实现了唐家商业的权力交接。

就在这时，唐家使人飞报传信，送来噩耗——四弟唐敬信因患痨病久治不愈，溘然去世。我们急忙整理行装，回家奔丧。唐三爷深爱他的四弟，闻此不幸悲痛不已，只说出一句话，从来时的路，回……

天色灰濛，秋雨绵绵，一路人马急匆匆地赶路，一口气就赶到了泾阳的口镇。此地为泾阳和淳化的交界，也是关中平原与渭北旱塬的分野。眺望嵯峨山脉，烟雨笼罩，一片迷茫。冶峪河自黑松林奔流而出，滋润着口镇乃至泾阳平原的大片土地。而我们一行数十人，三辆轿车，都已经人困马乏，所以直接赶到了我们唐家在此处的车马大店，准备用饭，稍作休憩。

我和唐三爷分别下了轿车，身体已经康复的荷花也从后面的莺歌轿车上下来，徐步紧跟。眼看我们就要抵达车马大店的门口，冷不防从旁边的树林里蹿出一个人来。他手握一把长柄大刀，气急败坏地叫着，哈哈，唐敬忠，你衣锦还乡

好风光啊！没想到老子今天……就是送你回老家的！

来者不是别人，正是那个罪该万死的陈骡子。他一边喊叫，龇牙咧嘴，眨巴着阴鸷得意的目光，一边就径直向唐三爷执刀刺杀过来。我一着急，赶紧将唐三爷护在身后，紧闭双眼，单等那最后一刻的到来。

蓦地，哎呀一声惨叫，我觉得胸口被人重重地冲撞了一下。我暗想，这被刀刺中的感觉，原来只是闷响并不怎么疼痛。看来，死并不是多么痛苦的事情。

在一片嘈杂声中，我极力睁开眼睛，却看见荷花那挺秀的身子歪歪斜斜，正缓慢地朝我脚下面瘫软下去。低头再仔细看，她的胸口正插着那把长柄大刀。

荷花！荷花……我用力扶住荷花，可恨那陈骡子手握刀柄猛然一抽，噗的一声，一股鲜血喷泉似的从荷花的胸口迸射出来，我赶紧用手去捂。

抓住他！我和唐三爷同时喊道。几个家童和伙计奋不顾身一拥而上，当即就把陈骡子生擒住了。

这时，只听见一声撕心裂肺的大喊，一个身手矫健的小伙扑上前来，一把抱住了向荷花，连声哀哭不止。娘，娘啊……

荷花慢慢地睁开眼睛，她看见了我，又转眼看了看直愣愣望着她的唐三爷，然后回头望了一眼二英子。那一刻，她俊秀的脸庞居然浮现出一丝明媚宽慰的笑容。

好姐姐，我很高兴。二英子呀，记住，下一辈子为人，我们娘儿俩，还伺候大奶奶和唐家……三爷，记住……唐三爷情不自禁扑过来抱住了向荷花。荷花，荷花，你不能死！你挺住，挺住……

向荷花笑了，笑得很甜很美。她断断续续地说，三爷，我很……满足……也……很……幸福……她就这样走了，突然走了，走在我和唐三爷还有二英子的怀抱里。我的心开始泣血，破成了碎片，荷花妹妹，你不能走，不能走啊！

……

第二十一章　为官为商都一理

唐敬忠：我不亏国家亏女人

　　辉煌一生，失败一生。无论如何，这是我始料不及的结局。
　　唉，我一辈子的信念是宁肯自己吃亏受苦，也绝不亏欠任何人，没想到最终却欠了三个女人一笔最大的情债……
　　我与她们，初见惊艳，再见依然，断断续续，几乎是一生陪伴，却又未能报偿。我该怎样报偿，有没有能力报偿？也许，我将空留遗憾，是永世无法回报她们的了。
　　世事难料，这种报偿会落到下一辈人的身上，也就是说，大哥长嫂对我的一世恩德，需要我在他们儿子——我的二侄儿，在四川做官的唐丰铭身上回报。
　　我的二侄儿唐丰铭是通过科举考试自己取得功名的。他一直是我们唐家人除经商以外引以为自豪的另一种骄傲。
　　时光如梭，我们的唐知县远赴四川做官，一去就是五年。在他的儿子都开始学认"父亲"两个字的时候，他才回了一次唐家村。
　　初春的一天，他忽然风尘仆仆地站在了我的面前。他的出现让我猝不及防，实在不敢相认。五年光阴，说长也短。我没料到，他的样子看上去至少要老去了十年。这不能不让我深感惊异：他一朝为官，没有一点儿想象中大腹便便、脑满肠肥的影子；相反，竟像遭受了几年的劳役苦刑！
　　几年前他青春焕发、红润放光的面容，变得憔悴枯黄；挺直顺溜，白杨树干似的身躯，竟然有一些弯曲佝偻。最主要的是他的眼神，过去是多么纯净清澈，现在则不易觉察地蒙上了一层忧郁混沌，甚至有一抹掩饰不住的凄凉无助。
　　一见面，我的心为之一凛，不由自主痉挛般地抽搐开了。究竟是什么原因，短短五年，让我们风华正茂的唐家少爷形销骨立，耗损到了这般田地？世人都说当官好，威风八面不得了！可我这个做县官的侄儿，既没发财，更没发福，倒像

是去四川受了几年活罪，看上去非但不怎么风光，而且还显得有些萎靡不振、心事重重了。

这情景可让我这个当三叔的心有戚戚，不无忧虑啊。所谓官场，鱼龙混杂，清者自清，浊者自浊，我还不知道吗？不是个大染缸，至少也是个泔水桶。人都说近墨者黑呀，我这个县官侄子该不是学坏了吧？看他的样子，嗨，怎么说呢？简直像个落魄的大烟鬼——对，就像我们唐氏家族中那些被鸦片毒害的踢家子、败家子。是的，我必须谨慎从事，认真对待，好好地考验他才行！

五年没回家，回来了他却说只能住三天。火烧眉毛似的，就得立即返回四川。为啥这么急哟，就不能多住几天么？

我心里充满狐疑，而他则一直在茫然地摇头。看得出心急如焚，异常焦虑。当天下午，在他媳妇陪同下，他就急忙赶来见我，而且郑重其事地对我说他娘要他来求我。

求我，为什么是求我呢？我觉得蹊跷。自从出了那件惹来牢狱之灾的大祸之后，我就告老还乡，帮助长嫂料理家务——长嫂以她年老体衰，尤其是大哥去世以心情抑郁为由，几次三番要把大当家的权力交给我，但都被我一再拒绝了。这一回，难道她有啥难言之隐，需要我独自裁决，当家做主？

贤侄啊，怎么啦？你身体没啥麻达吧？我过去拉住他的手，上上下下好一阵打量，接着发自内心地感慨道，人都说千里做官，为了吃穿。可你做了几年知县老爷，人却瘦了一圈。这样下去如何是好？我还以为你会衣锦还乡，荣归故里，至少可以告慰你逝去的父亲，也可以使整天为你操心的母亲放宽心呢。我边这样说着，眼眶边潮湿起来，忍不住有些哽咽。唉！这天下功名啊，也不尽如人意。你看把我娃……熬煎成啥了！

我的侄儿赶紧小心翼翼地搀扶我坐下来，将他给我和他婶带回来的四川茶叶、点心等小礼品一一呈上。他自感羞涩，期期艾艾地解释他的穷困。

请三叔、三婶见谅。一是回来时比较仓促，加上路途遥远确实不便；再者，侄儿任职的地方乃穷乡僻壤，十分贫瘠，实在给长辈拿不出啥好礼物。

这倒不必，你有心就行了。我宽慰他说，咱们唐家家大业大，分支也多，自从分过几次家后，也已经大不如以前了。不过，就咱们这一门直系嫡亲来说，情况还好。特别是外头的生意，由于上辈人打下了坚实的基础，目前还有赚头。不说日进万金，至少每天都有进项。我说到兴奋处，不免口若悬河，开始夸耀起他娘当家理政的建树了。

贤侄恐有不知，你父亲去世后我们就开始为他修建陵寝墓园，这可没少花钱哪！仔细算算，快三年了，工程马上就要竣工。这种规模，别说在咱小小的三水县,就是在陕西省和中国西部,甚至是全中国,也屈指可数。说起这项工程,我颇为得意,脸上浮起一层大功告成的欣喜之色。

走,叔这就带你去瞧瞧!我向来说一不二,说走就走。虽然年过古稀,可自觉身体健朗,步履轻盈。说话间,我顺手抄起龙头拐杖,一挺身便甩开步子,噔噔地带头走出院子,转眼就到了墓园工地。

呈现在我们面前的墓园,迎面是一座造型特异、别具一格的陵前牌楼。石质牌楼为门洞式建筑,中间高约三丈,横宽两丈余尺。上下分了五层,每层均以飞檐重拱连接。全部使用石柱、石梁和数以百计的雕石建成。

陵前有三道门头,各有名家墨宝之石刻楹联和横额。周围石梁及四块石柱和各层横梁的前后与两侧,雕刻有十八尊喜怒哀乐神态各异、栩栩如生的罗汉石像以及楹联、匾额等。

石牌楼两边偏下,竖有石旗杆一对儿。下方甬道两侧,则整齐排列着石人、石马、石羊、石狮,各种姿态的石头雕像。浮雕刻工,可谓艺术精湛,构思奇巧,堪称传世佳作。

工程虽接近收尾,工地上依然人来人往,工匠们都在埋头忙碌。唐丰铭边走边看,不知为何又是耸肩,又是摇头。

三叔,这么大的工程延时已久,恐怕花费老大了吧?

那还用说。告诉你吧,不说别的,光这些匠人们吃的辣椒面子,你猜猜有多少?没等唐丰铭回答,我就呵呵笑道,已经吃了三石六斗了!

唐丰铭回头望了他媳妇一眼,惊讶地吐了吐舌头,神情愕然。

这时,我一路在前,已经引领他们来到陵寝前面。眼前所见的墓穴,呈庭院楼阁式建筑。沿墓南角石阶转弯而下,通过墓门直达墓内天井。迎面为安放灵柩的正厅,由底至顶高约两丈。其厅石拱券顶,木板贴面,砚石为门。两边竖联,镌刻着描金题字"漆灯盏盏明福地,松云郁郁护佳城"。

墓道东西均为耳房,重檐飞拱,双层楼阁。里面用于摆设金银珠宝等殉葬品和各种祭奠器皿。耳房下方的墓内,东西厢均为假门,两侧竖联分别刻有"馆设蓉城迎故主,星辉箕尾觅归魂"和"甲马声嘶环银海,旌旗队引入玉楼"等楹联。

墓内下方,即南端墓壁,嵌有石屏四幅。上下左右,分多层次,选刻了二十四孝图和其他民间故事图案。

四周顶部均以脊兽和琉璃瓦装饰,俨然一座富丽堂皇的庭院。

太破费了吧?唐丰铭看着,竟情不自禁脱口而出,三叔,这得花多少银子啊?

我听他这样说话，不以为然地说，建筑费用加起来总共还不到二十万两吧，你怎么就说太破费了呢？亏你还是个县官哪！唉，看来也当得可怜，没见过大世面呀！

回三叔话，您老人家真的给说对了。这些银子，差不多是我那个县上贡朝廷一年的赋税了。

我的侄儿吞咽了一口唾沫，吞吞吐吐地说，再说，如果用这些银子赈灾，那可要救济多少难民？那些少吃缺穿、甚至卖儿鬻女的穷人，可是食不果腹、衣不蔽体，急需要钱啊！

我缓步走出墓道，反身指着奢华的墓室说，这和给你父亲修建陵墓有啥关系？我用拐杖一指跟在旁边听命的管家道，二英子，你给丰铭少爷说说，他这些年吃的是皇粮不问家事，不知道我们唐家每年要无偿捐赠出去多少银子。

已经成为唐家大管家的二英子急忙点头应和。是的，老爷。唐少爷，您有所不知，咱们唐家每年各种名目的赋税和捐赠，至少不下三百万两银子。

我的目光直视丰铭，不自觉地摆出一副长辈居高临下谆谆教诲晚辈人的架势。

你可能还不知道，当年我参加乾嘉父子皇帝的千叟宴回来，就说过一句话的，是福是祸，那就走着瞧吧！现在想想，还不失为远见。那个破"黄马褂子"用处不大、害处可不老少。这一次，差点儿就要了我的老命。它等于是皇家给咱形象地拴了一根狗项圈，把牵你的绳子紧紧地抓了在他们的手里。

我一时激愤，愤愤不平地用拐杖捣着地皮说，你瞧，今天对付灾民造反，明天防范外敌入侵，还有这里那里的天灾人祸，总是有说不完的名堂伸手跟你要钱。除了皇上生辰、妃子晋升、皇子满月，乱七八糟多如牛毛没名堂的贺礼还有府道县衙明明暗暗的敲诈勒索……唉！你说说看，咱们祖祖辈辈辛苦经营创下的这份家业，平白无故给人家付出了多少？给我们父辈花点儿零头碎银，修建好最后的归宿，你说有何不妥？难道这不是你们后辈的孝道和应有之责？

完全应该。唐丰铭频频点头，忽然双手抱拳深施一礼，不意间后退一步，顺应着说，三叔所言极是。实不相瞒，侄儿这次回家也有十万火急燃眉之需想求三叔帮忙。我供职的那个县连年旱灾颗粒无收，可朝廷一催再催，丝毫不减赋税。我禀奏了多次，他们非但不给宽限减免，反而说我故意抗旨，犯上作乱，要治我的罪呢！

你说清楚，是啥意思？我终于听出了他的话外之音，慢慢地瞪大了眼，同时也故意拉长了脸。估计此时我脸上那急遽变化的诸多复杂表情像漫天乌云一样狰狞凌乱。听你的意思，难道还要我们唐家给你那个县代上赋税不成？

唐丰铭闻言，扑通一声重重地跪倒在了我的面前，不停地磕头。不是侄儿无能，那地方连年灾害，民不聊生。朝廷如此变本加厉，横征暴敛，老百姓真的是没有出头之日了啊！

　　我心里不是滋味，用鼻子哼了一声，不无奚落淡漠地说，那是你们当官的事，跟咱们唐家有啥关系！我们家又不是皇家国库。我刚才跟你说了，该缴纳的官税我们一分不少，不该交的都交了不少。再说，你那四川山高水远，就是代你交了那份赋税，咱们唐家又会得到啥好处呢？你能保证他们会免了咱们成都分号的种种苛捐杂税吗？

　　三叔，你权当救民于水火，积德行善嘛！

　　唐丰铭再一次求我，言辞恳切，几乎就要声泪俱下了。三叔，你不是常常教导侄儿为善最乐，要做个清正廉洁的好官，不要被人戳脊梁骨，给先人脸上抹黑吗？侄儿代表清溪县三十万百姓，恳求你了。

　　贤侄，人家当官发财，讲究家里跟上沾多少光、得多少利。你做不到这一点儿也就罢了，反而要拿家里的钱去给你打点官府。这还不让别人笑掉了大牙？这事嘛，我看你还是先给你娘去说，不管怎么着，她老人家才是我们唐家的大掌柜呀！

　　唐丰铭还是跪着不动。他泪眼汪汪地求我道，三叔你为难我了，正因为我娘是咱们家的大掌门，我才不能求她，因为她在这个事上也做不了主。我娘说了，咱们唐家能有今天的财富，不是因为她会治家理财，主要是三叔您和婶娘在外面以命相搏，用血汗挣来的。所以她说，除非您老人家发话，不然，她一分钱也不会给我。

　　听罢此言，我忍不住连声呼叹，发起了心中久积的愤懑与牢骚：

　　嗨，你看看，看看这些食禄者的面目！自古至今，官场势盛则民不聊生，官场势微则百业俱兴。是故，我繁盛中国，落后于世界民族之林而不自觉自知，以官驭民世代绵延，愈演愈烈！所以为官者傲横猖獗。官官相护，勾连紧密。十年百载，怕是乱不了这老古董的陈旧章法，即便是迫不得已的临时应变，也不过是换汤不换药的欺世盗名、糊弄百姓，玩一回新瓶子里装旧酒的障眼法罢了……

　　唐丰铭听我这么一说，期期艾艾，半天讲不出话来。三叔您老人家讲的不无道理，不过，我们最好还是不要非议朝政……

　　啥叫非议朝政？哼！我听此言，不由得怒火中烧，更加慷慨陈词了，看看现如今我们这些皇帝，咋就一代不如一代呢。

　　三叔，求您不要再说，这些话……可是犯上作乱的言辞。

　　屁话！我一杵拐杖，却一发不可遏制了。

他们搞不好国家，难道还要禁言灭口，不让人说话吗？国运式微，任我们小小唐家如何努力，倾其所有也是杯水车薪，难挽狂澜于既倒啊！我情绪激昂，说到这里，声音稍稍缓和下来，开始低头劝慰我那可怜兮兮的县官侄儿唐丰铭了。

贤侄啊，莫嫌三叔不赏你面子，国家不是咱们唐家一家的，咱顾不了那么多啊！之前你让随从小迷糊回来，我不是都给过你几次银子了吗？数额也不算小。俗话说，家家有本难念的经。现今的形势你要看清，自上而下都是各顾各了，我们不得不捂紧口袋。你远道而归，快回去陪陪你母亲，好好团聚团聚吧！

说完这些话，我就要转身离去。这时，突然从一旁的车马大道上旋风般"刮"过一个人来。说是"刮"来，是由于他身量太轻，宛若影子。仔细再看，才发现他还算有点儿人形。此时已是早春季节，别人都换上了夹衣袄，而他却穿着一身沾满灰土、污渍斑驳的旧棉袍，头上则不冬不夏地戴了一顶无檐破草帽，腰里更是叫花子似的缠着一条细草绳。最主要的是——他没有脸。长脸的地方门帘子似的盖着一块黑布片，忽闪忽闪，酷似小孩的小屁帘，唯一能看清的是一双凹陷失神的大眼睛。他的眼睛本来是很好看的，可惜如今糊满了眼翳，特别瘆人的是还血糊淋漓的，开始烂眼圈了。

那人急奔过来，扑通一声就跪在了我们的面前。三爷，救救我，救救我……他上气不接下气地喘着粗气，竟然连连向我作揖。我不无厌恶地瞪了他一眼，冷冷地哼了一声。我说贼狗啦，你还没死吗？你都没脸啦，还活个啥尿人哪？

那个被叫作贼狗的，连哭带笑，不知到底是哭是笑地从喉咙深处发出一声类似蚊虫哀鸣的哼哼声，老爷救救我，我已经……受不了，受不了啦，老爷可怜可怜我吧！

我一时间气得七窍都要冒烟，颤声指着他说，我问你，咱分家另爨各过各的日子多少年了，你咋还老缠着我！再说，前几天我不是叫二英子给过你二两银子吗？怎么这么快就花完了呢？

那人磕头道，一笔写不出两个唐字啊，我们到底是一个老祖宗。三老爷，你能看着我……饿死吗？

我不屑一顾抬腿就走，鄙夷地朝地上啐了一口唾沫。你个填不满的坑啊，还有完没完？你咋一个劲儿地不学好呢？我这样老接济你，实际上不是在害你吗?！

那贼狗没脸没皮，才不管这些，忽然扑上前来死死地抱住了我的一条腿，怎么也不让我走。

我摇了摇头，一时倒犯了难。我抬腿狠狠地踹了他一脚，出口的话却又比豆腐软、比棉花柔了。

唉，羞先人哩，不争气啊！二英子，就再给他十文钱吧！

贼狗也不嫌少，当即拿了钱，伏地连连磕头。猛然他一仰起脸，把我和在场的人全吓了一跳，因为他已经没有鼻子，只看见一个烂得一塌糊涂的黑洞洞，上面的脓血里头还有蛆虫在不停蠕动。

一股恶臭扑鼻而来。

丰铭媳妇忍不住噢的一声，差点儿吐了出来。侄儿丰铭急忙赶上了一步，一把扶住了她。回，咱们……回家吧。丰铭媳妇断断续续对他说，我算才明白，你这个知县大人当得太清白了。你叫我整整等待了你五年，这么辛苦到底为了啥？我说县老爷，咱别丢人现眼害祖宗，不做那个穷县官不行吗？说着，她不容分辩拉起丰铭，转身就往回走。这举动颇让我这个三叔深感突兀和大栽面子。

我一时愣怔在那里，望着他们夫妻相互搀扶离去的背影，半天没有吱声。

唐丰铭：我不过区区穷知县

我唐丰铭应该承认，我这个知县当得太窝囊。窝囊的我就愈发显得可怜和无助。

我在三叔那里碰了一鼻子灰，有点儿失魂落魄像丧家犬。我们夫妻相互搀扶，神情黯然地回到了家。

世事变了，真的变了！不过是几年时间，我们唐家竟然也今非昔比啊！垂头丧气的我，忍不住连连摇头叹气。

媳妇殷勤小心地伺候着我。在她给我沏茶送水的时候，我的贴身侍从小迷糊和几个带刀护兵，大概是见我脸色不好、心情不顺，一个个垂手而立，噤若寒蝉，也不敢说什么话。我看他们连日来鞍马劳顿，脸上尽显着困乏疲惫之相，就召唤用人给他们吃喝管待，好生安顿去歇息了。

傍晚时分，我去母亲房间给她请过了安，但没提三叔不肯赈济银子的事，我不想让她老人家为此犯难和烦恼。我催促用人照料我们唯一的儿子早早上床睡觉之后，就跟我的娘子对面而坐——五年没见了，我们却好像没有更多的话要说。

起风了。风从屋顶上刮过，猎猎地摇晃着窗户。活跃的风，不甘寂寞地陪伴着我们五年不见面的夫妇，相对无言，一直沉默。

半响，我才问我的娘子，那个贼狗，下午见到的那个……家门兄弟，怎么会

变成那副模样？小时候，他浓眉大眼，长得很俊样呢。人也聪明伶俐，非常精神。可是……

娘子也被我的情绪感染，忍不住叹了口气。老爷有所不知，这些年来，我们这个唐家的变化可真是天翻地覆呀！自从分过了几次家，日子越过越好的虽然也有，但比较起来，日子越过越差的就太多了。按说，老祖宗给大家创下的家业都差不多，起码每家每户都有一处庄园宅子，田地和店铺也分得比较均匀。问题都出在了各人的身上。

自己的身上，此话怎讲？

瞧瞧老爷，你可真是个客人了。她苦笑道，大概你过去是一心只读圣贤书，两耳不闻窗外事。后来做官到了外地，家里的事情也生疏得很了。如今我们唐家整个家族，一心操持家业发家致富的人可少得多了。也许，这也是钱多惹的祸吧。侄男子弟们，斗鸡走狗，讲究吃穿，胡作非为的越来越多。地没人好好种，生意也懒得用心去打理了，整日坐享其成，坐吃山空呀！你都想象不到，经常是租子也没人去收，外边生意上的银子，流失的比赚的还多。

我听她这么一说，讶异地瞪大了眼。这怎么行？族中的几个大伯、大叔为啥不管教呢？

谁管谁呀？咱们那个在三原打理生意的族中大爷更可笑了，三教九流，狐朋狗友，整天山吃海喝、寻花问柳不说，花起银子如泼水，眼都不眨一下。正是他对后辈和下人们说，能挣钱，也要能花钱，否则要钱干啥？你有没有听说，他一脚踢了十三万银两的事？

我惊奇地摇头，忍不住问，到底是为了啥？

说起来够荒唐了，他和别人打赌，说能把三原的妓女全玩完。结果把十几石黄豆炒热倒在一个场上，然后就让那些妓女脱光了衣服在上面跑。凡是跌倒的就滚蛋，没有跌倒的就赏钱。就那样，总共赏出去了十三万两银子。于是，人们都口口相传，还编了顺口溜出来，说什么，唐家有个九弯弯，脑瓜里头转圈圈，山吃海喝胡成精，一脚踢了十三万……

我放下盖碗茶，难以置信地直摇头，竟有这等事，这才是给唐家的祖宗抹黑丢脸哪！

她说，我们已经见怪不怪了。我们唐家这个远近闻名的大财东，家风不正了。族里有很大一部分人不学好，纨绔子弟的习气越来越浓厚。还有相当一部分人染上了大烟瘾，每天起床后啥事顾不上干，先要抽大烟，说是这样才能来精神。一到下午，天还没有黑，那些烟神就急了，赶紧让丫鬟端上烟盘子，点上烟灯，烧好大烟，再好好抽一番，比吃饭睡觉都敬事。有的烟瘾重，干脆不吃饭，家里来了客,也使大烟招待人。

她对我说,听外面做生意的弟兄们回来讲,如今的烟土最值钱。可恨的是,官府衙门也唯利是图了,不仅疏于治理,而且怂恿自己人也种鸦片,还用最好的土地种。那鸦片嘛,开出来的花倒很漂亮,学名叫罂粟花,成熟结果之后,采得浆液熬出成品,颜色黑乎乎的就像牛屎,俗名便叫作大烟土了。我们唐家大家族,除了咱们这几家,几乎每家都有那玩意儿。一般人家能存几大盆,富有的能存几大缸。谁家存得多,就显得越富有、越体面,你说这是不是怪事情?

我一时摇头嗟叹,真是不可思议、荒唐之至啊!

她说,今天你不是见了那个贼狗吗?他家当年多富有!也许就是因为太有钱,才养成了个好吃懒做的坏毛病。凡事都不肯动脑子,整天东游西逛没个正经事。他既爱赌,又好色。有一天,他想穿一双新靴子,就让下人去给他买。那些下人早看透了他是个败家子,就故意给他买的不合适。靴子拿回来,他一穿不合脚,就又叫去买。结果呢,来来回回往太峪镇上跑了二十四五回,也就是买了二十四五双,才给他买了一双合脚的。那些多余出来的靴子,他就充大方全部送给了下人穿。族里人都叫他踢家子。

他爹娘咋就不管呢?

他爹也是咱们一个远房大伯子,可怜死得早。他娘说话他不肯听。后来发展到又拆房子又卖地,得了钱不是还赌债,就是到镇子上去逛窑子。最后老婆也卖了,自己没地方吃饭,就在镇子上的茶楼给人拉风箱,时常吃人家的剩饭菜。因为花花肠子爱嫖妓,染上了花柳病。早听说他烂了鼻子烂了眼,我还一直没看到过,昨日一看见,简直要吓死人……

唉,真是家门不幸啊!我真有点儿束手无策空叹息。我问她,这叫什么你知道吗?这就叫,天作孽,犹可恕;人作孽,不可活啊!

我拍着自己的头,把一根夹杂了白发的大辫子扔到脑袋后,烦躁不安地在屋子里踱开了步。

看看我们这些绞尽脑汁贪占天下财富的精明人吧,我们就是这样被无情报复的!我们在造福子孙的名义下,获取了成亿万万的财富,可惜在荣华富贵的背后,几乎无一例外都给自己种下了最为凶险毒辣的恶果。这恶果不是别的,全都是我们那些穿金戴银的"心肝宝贝"——骄奢淫逸、绷着作威作福阔脸的那些个后代子孙哪……说到这里,我这个区区知县不禁痛心疾首!

还是我善解人意的好娘子温婉地宽慰我说,你也无须太伤感。唐家的后人里,其实远远不止贼狗一个人,还有比他更糟的呢。有的偷鸡摸狗当了贼,有的

流落他乡没音信。谁都难以置信，闻名于世的唐家大财东，竟会养了这样一群不肖子孙！

她这句话无意中戳到了我的心痛处。

许久，我忽然悲从心起，双手掩面呜呜地泣不成声了，这可吓了我娘子一大跳。

你……你咋啦？

我，我还有啥脸说别人！半天，我哽咽道，其实，我也是个不争气的货，比他们又能强多少？听上去好像在外面当了官，可是既没给那里的百姓办成啥好事，还给家里老要银子办官差。这不也是给唐家丢人抹了黑吗？

娘子说不打紧，你是办正事，咱们慢慢想办法，总得往前过。大不了，咱不做这官了！

不是你想的那么简单！我对她说，你是不知道，上司都是催命鬼啊！最迟我后天就得赶回去，不然他们会问罪。坐牢杀头倒不怕，怕就怕人言可畏，他们胡说八道诬陷我，让我背个坏名声。最主要的是百姓也难免受其害，还得照样逼死人命缴税款。你想想，多少人要跟着受连累，甚至丧性命！

我这样一说，她也神情凄然，一时无言以对了。我们夫妻多年不见面，一朝重逢时，却没想到会孤灯夜难眠，双双一筹莫展想不出好办法。

早饭后，我又去见三叔。娘子不放心，和儿子小峰一起陪伴我。

我们一行分别给三叔请了安。三叔手端那只被他把玩得明锃光亮的黄铜水烟袋，冷冷地应了我一声后，就低下头去咕噜咕噜地吸起了烟，偶尔抬起头来吐一口云烟，便把自个儿淹没在了一缕缕乳白的烟气中。他微眯着眼，神情黯然的脸上有一种高深莫测的迷离飘忽感。

果然是梦，是凌晨最后一个残余的梦。三叔果然还没有完全走出那梦境。那时他看见，一个人身穿黄袍马褂子，脸色阴郁地走近了他，接着就声色俱厉地斥责他说，你难道忘了我说过的话，这世上顶顶要紧的东西不是钱，而是怎么样用钱吗？用之得当，国兴家旺；用之不当，家破人亡啊！三叔一个激灵，猛然惊醒，觉得那人面很熟，好像是人称"黄褂子爷"的他自己。恍惚之间，又觉得更像是官服加身的他侄儿唐丰铭，也就是我……

这个奇怪的梦，是后来三叔告诉我的，他不明白他为何在梦里见到了自己，同时也见到了我。

贤侄啊，你不会还是向我来要钱吧？

三叔语气中夹杂的揶揄与讥讽很明显，虽然是笑着说，那笑却委实带着一股冰冷气，是从齿缝里面挤出的。

我只好厚着脸皮恭恭敬敬地给三叔深施一礼,认真恳切地说,三叔,我是来辞行的,公务紧急,不得不回去复命了。我知道您老人家在生侄儿的气,那也是应该的。都怪侄儿不孝又窝囊,没能给您老争上光。

三叔的口气和婉了些,你这是啥意思?回去好好做你的官吧,不管怎么说,大小当个官儿比民强呀!希望你多长点儿心眼,为人处世不能太死板。我问过小迷糊,听说你还是老样子,待人过分驯良温和,对谁都一团和气,没个做官的样。那还能行吗?你总不能把自己当成普通老百姓,你这样书生气,那还有啥威风?

三叔,不是那么一回事。我急忙辩解道,我是不明白,为啥从古至今当官的,怎么就非要给老百姓看脸色?他们可都是些安安分分的好人啊,口口声声叫我父母官——天底下,哪有父母不爱儿女的理?我想,做官的威望,绝不是靠称王称霸能树立的。

三叔哼哼一笑,笑得冰冷而严峻。你说的不是没有道理,可惜,都是些不顶屁用的空道理啊!

我的夫人和年幼的儿子就站在我旁边,尤其是我夫人,她心里一定不好受,大概也像打翻了五味瓶,酸辣苦甜分不清啥滋味。也许只有她,才知道丈夫为官的苦衷。

他是为善而痛苦啊!她这样感叹着,居然说出了一番让人刮目相看的大道理。三叔,请让我说几句。以我妇人之见解,大清王朝日甚一日地腐败,对外屈膝投降全是软骨头,对内呢,又只剩下了个欺压老百姓。我丈夫唐丰铭任职的四川青溪县遭逢大旱,连续三年没收成。百姓借贷无门,生死难保,日子太艰难。可是官府苛捐杂税照样收,逼得鸡飞狗跳墙,上吊投河也没人管。身为父母官的你的侄子,几次三番上奏朝廷,如实禀报大灾荒,反映黎民百姓多以树皮草根充饥度日,请求朝廷免赋并予以赈济。可恨朝廷既不听他的话,也不派员来调查,相反接二连三,一个劲儿地下圣旨,警告他逾期不缴纳税款,后果自负。

我娘子可怜我,为我继续申辩道,你侄子为官清廉,心地又善良。他知道即便是拿刀子砍,也只能砍出百姓的血和肉,砍不出一文钱。他是实在没办法,这才日夜兼程回到咱唐家,恳求家里帮助他呀!

三叔正襟危坐,一直拧着眉头静听我娘子代替我诉说,然后沉思片刻道,当官是要为民众,贤侄的心是好的,可好心也要办成好事情啊。当年,我送你去省城上学,目的就是想让你知书达理长智慧。像这样的情况,该怎么处置,你得动脑子呀!还记我给你讲过多次的文家举人的故事吧?

我点点头，回眸望了我娘子一眼，希望她心知肚明能意会。看来，三叔是绝对不肯帮助我了。三叔说的那故事，言下之意不就是让我自谋自断，与朝廷去周旋吗？

　　上一辈老人都说过，三水自古多才俊。我们唐家北边的文家村，就有过一个举人在皇帝身边任大官。他为了给家乡人减赋税，有意无意地经常对皇帝诉苦情，总说三水的自然条件太恶劣，家乡的百姓如何穷困和可怜……

　　也有朝臣不服气，自然也不相信。举人便启奏皇帝委派大员前往三水去考察。举人在此先，专门给县府衙门官员传话说，要好生招待考察大员们，只是千万不得给吃白米和细面，更无须大鱼和大肉，只将他们带到石门关以外马栏一带的荒僻村庄去，让村民以糜子面馍馍蘸上醋水去供奉。晚上呢，则以冰炕凉席来伺候。所为何故？原来此种糜子面食物酸涩苦糙难消化，食用后胃胀肠鸣频频泛酸水，稍一受凉气，还夹不住屎尿屁。

　　结果可想而知了，那些考察大员一个赛一个不停点儿地跑茅厕，叫苦不迭，不过两三日就脚底抹油打道回府，返回朝廷向皇上禀报诉苦了。

　　皇帝听罢描述，当即恩准了举人的奏请，免了三水百姓全部的税。可举人却装模作样充好人，假言殷勤，还要对皇帝表忠心，只说既然都是皇子和皇民，也不必一概全免去，只是象征性收一些也好说。皇帝因其忠心耿耿颇为感动，龙颜大悦，便准了他的奏。

　　正由于此，三水人相比周边邠州、淳化各县的老百姓，缴粮纳税少得多。举人为三水人谋了利，也为他祖先争了光。为感铭此人的大恩惠，三水人祖祖辈辈凡是路过该村子，历来骑马者下马，坐轿者下轿。如有冒犯不敬者，立即就会招致村民群起而攻之，甚至挨一顿狠揍。

　　我当然明白三叔提说此故事的用意，我当即作揖回复他，三叔说的对，只是愚侄没有文家举人的才华和幸运啊！他位高权重，是在皇上身边做事情，几乎是一人之下万人之上哪，怎么着都好说话。而我身处四川那个地方，山高皇帝远，加上还有"官大一级压死人"这个官场的铁法则，州府、省府只知应付差事变着法儿给自己捞银钱，根本就不顾百姓死活啊。天怒人怨，老百姓就剩下以死抗争了。

　　我几乎是苦口婆心，不无忧伤地说，三叔你知道吗，百姓们冒死给我的县衙大门上贴了一副啥样的白对联？上联是"官府英明，只要百姓钱不要百姓命"；下联是"专制神圣，只管你顺从不管你无能"。横批是"暗无天日"。就算你侄儿我窝囊吧，可眼下连"顺从、无能"也做不到了，因为我的上司催逼得紧。他们说，半月之内，我若再缴不上赋税，就要按大清律法之犯上作乱、违抗朝廷圣旨来治罪了……

我说到这里，欲言又止，索性跪伏在三叔的脚下，规规矩矩地磕了一个头。侄儿有几句话，想讲给三叔听。我父亲已然去世，是三叔您视我如同己出，一手把我抚育成人的。侄儿惭愧，今生不能报答您的大恩德，那就只好等到来世再报了！

三叔一直眯缝着的眼忽然就睁大了，贤侄这是哪里的话？你年纪轻轻的，如今也是上有老、下有小，是家里的顶梁柱。咱做不成官，还可以回家种地经商嘛，总不至于在一棵树上吊死呀！

我摇了摇头，说，三叔说的没有错，只是侄儿当下进退无路了。那情形就像碌碡拉在了半坡上，上不去，也不敢退下来。我要不回去，他们就会追到家里拿我来是问，恐怕还会连累咱一大家人；我若回去吧，可又缴不上赋税，也是坐牢杀头的结局在等我。死我倒不怕，只怕无辜辱没了咱们唐家的盛名啊……

说到痛心处，我忍不住再次哽咽了。我只有一点儿请求，那就是我娘，要托您关照了；我媳妇她还年轻，就请三叔允许让她改嫁吧；儿子呢，是咱们唐家的亲骨血，您就看着……过继给族里没儿子的哪个弟兄吧……

我因为动真情，一时抽噎说不下去了，也不等三叔发话应承我，就给他老人家一连磕了三个响头，猛然抽身，一甩长袖，忽地一个转身，径自走出了上房的门。

这当间，我的娘子还带着儿子，泪流满面地在三叔的面前傻傻地跪着哩。看我一阵风似的旋出门，他们娘儿俩更不知所措，只管垂头丧气抹眼泪。

还是儿子峰儿机敏，见我人已走，拽了拽她娘的衣襟急忙喊，娘，我大……走了，他真的……会不要我们了吗？

我的娘子有点儿慌神了，眼泪汪汪，乞怜地望着我的三叔唐敬忠。

三叔，看在他是你亲侄的分上，你快救救他。我娘子哀哀地哭道，看他的样子，已经有了不想活的念头……

她的话没有说完，只听见大门外腾起了一阵喧闹声，紧接着小迷糊便慌慌张张飞奔着进屋，上气不接下气，都有些结巴地喊叫道，老……老爷，少……奶奶……话没有说完，小迷糊就哭天号地说不出话了。

快说呀，出啥事啦？三叔一惊，似乎预料到出了啥事情，霍地站起来问，小迷糊，你家老爷，他……他咋啦？

知县大人，他……上吊了……

啊！三叔再也顾不得矜持庄严之态了，他忽地站起来，三步并作两步，踉踉

跄跄向大门外面跑。我娘子也拽着儿子的手紧随其后跑出来。

大门外的一棵槐树下，已经聚集了不少家里人。他们正在七手八脚地将我从树上往下拖。

他们没想到，我早将一根绳子准备好，绑在了槐树上。趁人不注意，我让小迷糊悄悄挽好了绳套，我一出来就将自己的头套进去。

下人们见唐三爷不顾一切地跑过来，赶紧闪开躲在了一边。只见三叔慌忙跑过来，一把抱住我，情不自禁地说，我的瓜娃啊，天还没塌下来，你咋能走这一步？！人生在世，还有啥能比命更值钱呢？不就是要银子吗？那算个啥尿事，生不带来，死不带去的身外之物嘛。你以为你三叔是爱财如命的守财奴吗？不是的！我只是试探你有没有在官场学坏，变着法儿回家来骗。看来三叔冤枉了你……

三叔说着，居然也嘤嘤地哭开了。你要是这样走了，我怎么对得起你大……我大哥，还有我的长嫂啊！

三叔……是我……太不争气了……

叔侄二人真真实实演了一场苦情戏，一时间抱头哭得悲天怆地，让在场的人都忍不住抹起了泪。

不说了。你叔再糊涂，还能不知道你跟那些败家子不一样吗？他抬起宽大的袖子擦了擦满脸纵横的老泪道，好啦，我答应再帮助你一回，你说个数，给你就是了！

我泪眼婆娑，怔怔地直视着三叔，扑通一声伏倒在了他脚下。

三叔，您这话……可当真？

那能有假？我当长辈的还能……骗你吗？在先，我确实生你气来着，觉着让你去当官，你竟混成了这样子。我也是有意试试你，是不是真心为民的好知县。当然，我们唐家就算供得起你那个县，情理上也讲不通呀！唉，算你运气不好吧，摊上在那个穷地方当县官，也确实让你作难了。不说了，权当咱又给朝廷贡献了一回吧！

三叔哇，您这是……是在救您侄儿的命呀！我此刻感激涕零，浑身都哆嗦了。我原想，已经无颜再回清溪县去见那里的百姓了。所以，倒不如死在自己家，也算是叶落归根魂归故里吧。我知道三叔一向慈悲为怀心地善良，打小就教导侄儿要做清官。侄儿这官做得确实很清贫，但也问心无愧很踏实。今天，青溪县的黎民百姓眼看都活不下去了，侄儿我活着也没脸啊……

起来吧，起来。三叔拉住我一只胳膊说，你别再发熬煎了，我帮助你还不行吗？

只是，我那个家……人多，有四五十万。我连声叹道，没有个一二十万两银子不顶用啊！

好啦，啥话都不说了。只要你当的是清官，就是给咱唐家的祖先撑门面了。钱算个啥嘛，千金散尽还复来！贤侄干的是正事，积德行善，自有善报。三叔听你的就是了。

我唐丰铭悲喜交集，忍不住又跪下去，口中喃喃道，三叔，侄儿给您老人家磕的头，也是青溪县几十万百姓，给您老在磕头啊！

第二十二章　花自飘零水自流

第五晞妍：　真的是由来已久啊！

不幸接踵而至！

唐家遭遇大难，我第五晞妍的夫君受了牢狱之苦，可惜久病中的我竟浑然不知！

最终知道时，却应了祸不单行那句老话。因为我们唐家三个独当一面、顶天立地的男人——大伯哥、二伯哥及四弟都因病相继去世了。

时隔不久，我们功高德懋的长嫂、大当家——易红娥，也溘然长逝了。

芬芳尽去，独忠何存？我的唐三老爷已经进入风烛残年。他时常见花落泪，望月叹息，不胜悲伤，唏嘘不已。

三年之中连逝三个同胞兄弟，外加一个长嫂，一家之内谁抚诸孤！这是我们唐三爷在这三年中承受的最大打击。心上的负荷与肩上的担子，都让他有些力不从心。

先前规划的八十七座豪华庄园尚未完全竣工，却已在各个门下被不肖子孙偷偷变卖，乃至破败散乱。而唐三爷还在筹划给先人修筑陵寝，想竭尽全力完成祖辈的遗愿。

早先，我们嫡亲的四兄弟也和族中远房的弟兄们一样分灶另爨，各自过活。两个大伯哥和四弟，加上长嫂不幸逝去，留下了无依无靠的老二、老四两个妯娌，孤儿寡母，已显得冷清凄凉。唐三爷和我商量，索性四门家人合在一起，同炊同居，也好照应。

除了必要照料的家政事务，大量的琐碎事项，他坚持让我具体掌管，而他则把主要精力几乎全部投入了"业儒"，即教书育人之上。其实，这正是他返回故里之后，经过很长一段时间苦思冥想的结果。

那些日子，他经常一个人伫立沟畔，远眺乱云飞渡烟雨苍茫的深沟巨壑，一动不动地沉思良久，仿若一尊木雕泥塑的人像。晚上回来，他遍翻书斋典籍，时而手不释卷，时而自言自语。

人为啥活着？拼命挣钱的目的究竟是啥？

他自问自答，先父慈母当年耳提面命，谆谆教导言犹在耳，人要活着必须有钱，但钱不是最重要的；为了生存挣钱是对的，但要明白，这世上的钱是挣不完的；挣钱就是要花，只有自己花了、用了，而且是用在了正向上的钱，才是你的，否则，钱再多，那也不是你自己的……

这话醒脑开窍啊！他领悟道，看来，最要紧和最重要的还是要树人。不解决做人这个根本问题，不注重品德培养，有钱，就很可能贻误子孙，反而害了他们。我们唐家无论如何，可不能再出现贼狗这样吃喝嫖赌、游手好闲而又丧心病狂的人渣、败类了！

我的唐三爷每每情不自禁，就要给我讲唐家发家致富的那些故事。他说，外界人都知道，唐家耕读传家，商贸发财。其实，他们只是看到一个表面现象。唐三老爷拨亮烛花，若有所思地问我，你知不知道我们唐家的兴盛，真正靠的是啥？

我茫然地摇了摇头。

我告诉你吧，说千道万，就四个字。

四个字？

对，是四个字。他欠了欠身子，从案头的笔筒里拣出一支狼毫毛笔，展开桌子上的一方宣纸，然后在砚台里饱蘸墨汁顺了顺笔锋，轻运手腕，一笔一画地在纸上认认真真写下了四个大字——与人为善。

与人为善。我轻声念了出来，但并不完全明了他的用意。

善待别人，其实就是善待自己。我们祖上的先人从四川逃难来到此地，之所以能够站得住脚，后来还发了大财，那都是先人们积德行善的结果。

听长辈们多次说过，那时候家人主仆不分，同吃一样的饭，同干一样的活。正因为我们的先人宽厚待人，那些长工、短工，都愿意给我们家做活。他们干活，也不用监督或督促，都说东家对我们这样子好，我们再不干好活就没良心了。就是那些租户佃农遇上歉收年景，我们要么减免他们的租子，要么推迟延续到来年，再看收成酌情收取。后来长嫂主持家务也依样学样，始终坚持这么做，才有了我们唐家的中兴和富裕。在做生意上，我们唐家更是注重信誉，宁肯自己吃亏，都不能坑害顾客了。久而久之，口碑赢人，回头客多，生意也越做越好。可是，现在……

说到这里，唐三爷的脸上如同被霜打，顿时浮现出一抹浓厚的委顿神情和忧郁之

色。现在呢？我们的晚辈能做到这些吗？唉……他说着，不由自主地摇了摇头。

我宽慰他说，三爷不必过于担忧，家大业大，难免有不周之处。如今又分了家，相信各家的大掌柜们会慢慢用心经营，把他们自己的事办好。

唐三爷摇头复又点头道，我们唐家是一个大家，大家就要有"大家法"。最大的"家法"，莫过于读书育人。玉不琢不成器，人不学不知义啊！

就这样，按照我们唐家三爷的意愿，我们重新翻盖了私塾学堂。除了聘请名师执教，唐三老爷还亲自出马授课。他让族里所有的适龄孩童不分男女，务必一律入学就读，还让村中和四邻八乡愿意上学的孩子全部免费食宿，进来读书。学习好的，还给予奖励。

三水唐家的"宿学"，一时名扬乡梓，为人称道，也为后来的三水县培育出了一批精英俊才。这自然是后话。

我们唐三爷给孩子们上的课，首篇就是周敦颐的《爱莲说》：

水陆草木之花，可爱者甚蕃。晋陶渊明独爱菊。自李唐来，世人甚爱牡丹。予独爱莲之出淤泥而不染，濯清涟而不妖，中通外直，不蔓不枝，香远益清，亭亭净植，可远观而不可亵玩焉。

予谓菊，花之隐逸者也；牡丹，花之富贵者也；莲，花之君子者也。噫！菊之爱，陶后鲜有闻；莲之爱，同予者何人？牡丹之爱，宜乎众矣。

我常常听见唐三爷情不自禁背诵这些熟识的句子，心里禁不住也泛起一阵阵感情的涟漪。我知道，他和我，都在内心深处感念着同一个人，而他则比之我又多了份青梅竹马和感恩舍身救命的情结。

多少哀思，多少怀旧，多少息息相通，多少情同手足！让人情不自禁，想起李清照感伤动怀的句子：

花自飘零水自流。
一种相思，
两处闲愁。
此情无计可消除，
才下眉头，
却上心头。

我能理解，比起经商发财，关乎子孙后代长久的福运，莫过于唐家三爷最为深挚的期冀，那就是让唐家出现更多襟怀坦荡、卓尔不群的人才。义学堂不断扩大，唐三老爷有教无类，村邻之中凡有才能读书而无力延师者，则一概免费入学就读。为此，私塾改为义学堂后，他绞尽脑汁冥思苦想，为其大门亲撰对联一副：

　　勤以补拙，俭以养廉，身处世须留心二字；
　　书能破愚，诗能益智，愿儿孙常励志三余。

人如其名。我的唐三爷心若明镜，他比谁都清楚，富比王侯的唐家更需要盛开一种出淤泥而不染、凌世风而不败的精神之花。像皎洁荷莲，从来不着水，清净本因心，那应该是自然天成，从人心里长出来的奇葩。

唐敬忠： 落红满地归寂中

唐家四家合一，胞侄子嗣共同生活。人到暮年，我越发感到了亲情的重要。人们都说我承前启后，呕心沥血，亲手培植起了一个"数世同堂，伯仲叔季，笃美意堂"的名门望族。

这不用说，我待子侄一视同仁，如同己出。饮食起居，每每亲自点检，读书做人更加严格教诲。"丰"字以及"序"字辈以下的子孙，他们对待我们老辈，更是孝亲之至，毕恭毕敬。偌大一个唐家"门称清德，家号素封"，洋洋大观，和睦相融。

秋高气爽，我们唐家敬字辈老大的陵寝全部竣工。为庆贺这一浩大工程的完成，我唐家张灯结彩，大宴宾客和能工巧匠，还聘请了各地名优剧社，在村中大戏楼一连唱了三个月的大戏。

剧本曲目皆由我钦定，一色儿全是精忠报国和孝廉仁义的唱本，诸如《杨家将》《穆桂英挂帅》《岳飞》《四郎探母》《赵氏孤儿》《窦娥冤》等，反复上演，久唱不衰。我对此的解释是寓教于乐，让亲朋好友和乡里乡亲明辨是非善恶，变得灵醒；愿做好人。

然而，就在我们唐家人奔走相告，拱手相贺的热闹之际，我们这个大家庭突然丢失了一个举足轻重的人物。这个人不是别人，正是我的夫人——已经为人祖母的第五晞妍。

最初听到这个消息，我简直不相信自己的耳朵，反复追问，才知道真的找不到我这个隐退幕后的大当家。

闪过我脑际的第一个不祥之兆，就是当年向荷花被人绑架的翻版。可是仔细想想，陈骡子已死狱中，这几年唐家的生意空前繁荣，财势不断壮大，各级官府的倚重和达官显贵的另眼对待令世人自然也刮目相看心悦诚服。虽不能说没有一个冤家对头，但还不至于有敢冒天下之大不韪者，公然来跟我的唐家明火执仗作对吧？

当然，我也不敢掉以轻心。有道是店大主欺客，家大奴欺人，下人、雇工如此众多，难免万事周全。会不会再出现樊绩那样无意失言的纰漏者呢？我搜索枯肠，怎么也想不出个合理的解释。

我俨然如热锅上的蚂蚁，坐卧不宁。大小掌柜、长工短工，还有族里兄弟子孙，叫了一大院子，反复盘查询问，就是没人知道三奶奶的去向。

火烧眉毛的我在庄园里里外外急得团团乱转，不断让村邻亲友在村头沟垴到处寻找。所有管家执事的大小掌柜，也都带人分头行动了。他们西往南吕、野鸡红和白虎峪，北往职田镇及至我夫人的娘家，四处打听着她的下落。

第三天，正当我急不可耐差人报官时，大管家二英子带着家童急匆匆地赶回家，给我来报信了。老爷，不必兴师动众，三奶奶有音信了。

人到壮年的二英子今非昔比，变得骁勇健壮，且有一种大气若定的丈夫豪气。他将一方折叠成四四方方的白绫手帕递给我，然后压低声音说，三奶奶有话，请您务必放心，坦然地随我出游一趟。具体地方，她说暂时不便相告，也不希望别人知道。

我当即打开那方手绢，就看到了她在上面用正楷书写的两句古诗：花开花落不长久，落红满地归寂中。儿子、侄儿和孙子们凑上前来，齐声询问，三奶奶在哪儿呢？我摇一摇头，苦笑一声，几天来脸上的阴云愁雾转眼风吹云散，阴转晴了。我也无可奉告。我对他们说，总是平安着哩。不过，我毕竟知道了她没有什么不测，全家人也从我脸上的淡淡的笑容里看到了安心。

这老太婆，活到这把年纪了，倒是越活越有情趣了，竟跟我玩起了捉迷藏。我的两只眼睛眨了一眨，全部的心事都埋没进一道道密集的笑纹之中。下人们急忙着手备马套车，帮着二英子将我安安稳稳地送上了旅途。

花开花落不长久，落红满地归寂中。是啊，花自飘零水自流，树叶总是要掉的，太阳总是要落的。一路上，我都反复念叨着这两句深藏玄机的古诗，仍旧如堕五里雾中，茫然不知夫人的葫芦里到底卖的啥药，更不清楚她那朵即将枯萎的花朵，究竟"落红"何处。

二英子亲自赶车出村向南,接着又向东拐弯,下坡后很快就到了三水河谷底。莺歌轿车在川道弯弯曲曲的山路上颠簸着。河道里空气清新宜人,潺潺水流叮咚作响,如同琵琶弹拨,琴瑟和鸣。两边的山坡郁郁葱葱,尽是参天古木。有山雀野鸡不时从身边的树林里窜出来,又被我们的轿车惊动,慌忙不迭地扇动翅膀向远天飞去。

车至一座巍峨翠峰,山重水复,我已经不辨南北东西,却见眼前豁然凸显的竟是一片视域开阔的天然湖泊。湖光山色,美不胜收。湖水倒映着周围的杂花野树,更使原始林莽深邃、沉寂,弥漫着一种古老悠久的气息。

越往深处,森林越发生机勃勃,枝柯交错,葳蕤茂盛。整个世界,似乎都沉浸在一种神秘的静穆之中。

这是啥地方?我疑惑不解,一边东张西望惊异不已地问,一边又捋须点头,情不自禁地赞叹,山清水秀,幽雅恬静,看起来倒是不赖。

二英子还是笑而不答。

你个二英子,该不是跟你三奶奶一起戏弄我吧?我就看你们搞啥名堂,到底要把我这老头子骗到哪去!

自从荷花去世,我就把二英子从泾阳抽调回唐家,顶替他娘帮衬夫人掌管家务。也许是我有心要报答荷花对于我的舍身救命之恩吧,我还让二英子兼职做我的贴身侍从,几乎不离左右。现在,除了商贸经营,他又协助大侄儿丰辅全盘掌管着唐家里里外外的产业田地。我对他的深信不疑,全家人也都知道,他是我们最可靠和称职的管家。

二英子挥手屏退了跟随的两个家童,让他们调转马头原路返回。只等剩下他和我的时候,他才跳下车辕,从腰间抽出一条黑布头巾,突然单膝跪下,捧上黑头巾说,禀告三爷,三奶奶有特别叮咛,车到此处,务必请老爷您蒙上双眼才能前行。

哟,这给我演的是哪一出呀?《五典坡》,还是《回龙阁》?

二英子说,容小的谨守三奶奶的叮嘱。老爷且委屈一回,很快您就会明白的。

好吧,我一把老骨头了,任你们折腾去吧。我说完话,顺从地让二英子蒙上了双眼。车行不远,二英子就又让我下了车。

老爷,这一段路须得小的背上您老人家。您一定要听话,不要乱动,更不能偷偷拿下蒙头黑布。为了保险,小的还要将您老人家捆绑在我的身上,您千万忍耐一点儿,也就是一会儿工夫。

二英子说完,将一根长宽腰带把我后腰一揽,然后又在他和我身上紧紧地缠

绕了几道，下腰挺身之间就将我这一把老骨头给背起来了。

难道你还要把我背上天去不成？我颇觉好笑，也觉得好玩，忍不住揶揄道，量你小子也不会变成齐天大圣吧！

二英子兴致勃勃地接话，也许，跟上天差不多呢！他难得一次在我面前开了一句玩笑。说话间，只觉身体垂直向上，噌噌地一阵连贯攀爬，仿佛揽云追月。只听耳边风声呼呼，真的还有种腾云驾雾、直上九霄的感觉。

就在我刚刚有些晕眩不适，便感到二英子就地一蹲，喊了一句，这就到了。他很快解开缠腰，放下了我，随即也取掉了我头上的蒙眼的黑布。老爷，您转过头来看看。

我慢慢睁开了眼，感到陌生、惊异，甚至还有些恐惧。

咦，这是啥地方呀？展现在我面前的是一片云蒸霞蔚的仙境。放眼望去，远山近水尽在脚下。日近黄昏，西天泛起一堆瑰丽的火烧云霞。湖上升腾起一层轻纱薄雾，山峦笼罩在一片柔和安详的暮霭之中。而我和二英子简直就像是在半空俯瞰凡尘，恍惚、缥缈，令人难以捉摸。

我的天！我一时不胜感慨，笑着称道，上不接天，下不接地。这……到底是何方仙境？

天上人间，亦真亦幻。恭喜三爷……你进入福地了。夫人就在这时突然出现，让我喜出望外，不胜讶异。

哎呀，跟你活了一辈子，还真没想到你竟这么会成精呀！

晞妍迎上前来搀住了我，缓步将我引入仙境深处。越往里走，步移景换，我这才看出此处别有洞天。这半山悬崖绝壁之上，是一些年代久远的连环洞窟，入口极小，十分隐蔽；而内部却非同寻常，不仅宽阔，而且大小洞窟相互连通。

让我更为惊奇的是，洞里收拾得非常舒适到位。既有大小不等、造型别致的卧室、书房，也有宽敞的客厅、库房、厨房以及空气通畅、设备齐全的茅房。

原来，这几天你就躲在这里？我难以置信地问她，这是谁家的洞子？

晞妍把我请入一间小巧的卧室，让我坐进一把铺着豹皮的宽大圈椅，然后让贴身丫鬟献上一杯香茗。老爷没受惊吧？

你呀，害得我失魂落魄，这几天都没有睡好觉了。天知道，你跑到谁家这个仙人洞里享清闲来了。

我住的地方，除了我们唐家的还能有别人家吗？她看着我喝了口茶，神情自然，几句话熨帖得心，直让我觉着温暖无比。请三爷原谅，我采用这种方式禀告给你。说实话，你觉着这地方如何？

就一个字——妙！真的不错，很是清闲幽闭，雅致的处所，适合养老。

不仅是养老。晞妍在我对面坐定，望了一眼站在身边的丫鬟和二英子说，主要是隐蔽。包括修缮洞室的那些个工匠，他们只知道干活，并不知道这是啥地方，更不知在啥位置。进来时一律被蒙了双眼，回去时也是蒙眼送走。所以，除了二英子和杏儿他们几个，再无人知晓。

我将一把花白的胡子，点头赞许，我明白了夫人的良苦用心。

是的，自从三爷你从泾阳返回唐家，着手百年基业狠抓育人的时候，我也居安思危，开始想着给我们唐家找一个隐退之地。俗话说，人无远虑必有近忧，世事变化无常。你没听说，去年京城又发生了教民冲进紫禁城的事吗？想想，连皇上都有旦夕祸福，我们能不预防不测风云吗？

我觉得她言之有理，甚是欣慰，真诚地夸她道，我的三奶奶所言极是，也考虑得长远周到。知我者谓我心忧，不知我者谓我何求。你真乃我唐氏家族一颗福星啊！

她温婉一笑说，三爷过誉，我不过是为子孙后人多想了一步。你想想看，在陕西省，甚至中国西部，唐家迅速崛起，八十七座豪华庄园拔地而起，横空出世，远近闻名。其实，在规划和建设庄园的时候，我就想到了你当年从京城赴命参加千叟宴回来所说的那一句话——是福是祸，只能走着瞧了！也许，你当时就意识到得到天子恩宠是一把双刃剑，所以一直很低调，绝少拿皇上赐予的黄袍马褂以及龙头鸠杖来显摆。尽管这些东西，在你蒙受不白之冤时救你出狱，起过大用途，但它保证不了我们的后人平安、万世洪福啊！

我一时沉思无语，认真听着她的一番不凡见识，而心里不能不高看她。她接着说，尤其是这些年，你为几个儿子和侄儿也捐了朝廷的官职，还有几个晚辈也考取了一定的功名。我想，越是在这种时候，我们越要冷静，多防备一手。我在这里预存的粮食，百十口人食用三年五载都没有问题，还有一定的金银储备。

你说的对，居安思危，防患未然。我揉了揉眼道，只是亏你细心，竟是怎么知道这地方的呢？

《三水县志》曾有记载啊！她记性甚好，居然毫不费力地款款道来：三水河边，绝壁有洞，绵亘数里，栈道连云，石梯落霞，网户万启。她说，细论起来，这还有向荷花的一份功劳。她曾经查阅县志，后来就和我商议，带了几个贴身随从实地出游勘察了几次。这里距三水县城二十余里，在三水河岸东北方向。重峦叠嶂之中的悬崖峭壁上，凿了不少做工精细的洞窟，数量众多，排列规整，层次分明。远远望去，恰似镶嵌在绝壁上的一颗颗黑珍珠。

她兴致勃勃地说，山间杂树古藤遮蔽，外人已很难发现洞口。自古以来，就有人为避祸乱常躲于此，遂相继穿凿，先小后大，先下后上，共分三层。洞窟多达三百余孔，历经千年之久，坚固依旧。绝壁洞石窟群建于峭壁石崖，外露其窗，内隐其洞。洞内宽敞明亮，设有暗道，连接上下洞窟；洞外崖壁修有栈道，架有云梯，使之穴穴相通。旧址上有"宋金人避兵于此"之句，由此可以推断，该洞当创建于南宋之前。

原来如此。我频频点头。

听到这里，我向她竖起拇指，连声称道，好、好！你的确为我们唐家干了一件造福后人的大好事，功德无量啊！

晗妍被我夸得有些难为情，急忙半开玩笑地说，我们妇道人家，不过是个老母鸡，尽量给你暖窝孵好蛋呗。

不不不。我连忙挥手，可不能这么说，毫不矜夸，我在你身上好像才真正认识到了什么叫作女人！能够生儿育女的女人，也许算不上真正完美的女人。这个神圣而尊贵的称谓，大概只有能够让男人们挣回来的银子又生出银子的女人，方可匹配。

三爷是不是过奖了？

不。我的意思是，纵观人生，创业发家并不难，难的是持之以恒能够守之。因为时日一久，就难免不和官场有勾连。而官场中人心之险恶，争斗之残酷不言自喻那可真是险象环生，从来就不是正人君子的栖身之所啊！

她似懂非懂，不由得又问我，此话当怎么讲？

我咳了一声，清了清嗓门才说，自古以来，应该说，当官最难，当官也最易。难者，在于清正廉洁、一身正气，为国担当为民谋利；易呢，在于只要讨好上司，就可以徇私枉法、为所欲为，自己得到最大限度的利益。当然，也要失去一些东西，即做人的根本，变得丧尽天良，被千夫所指，留万世骂名。而且，在一个只有绝对权势话语权而没有真理、常识和怜悯的国度，你应该能看到，苟活着怎样的一群鲁莽、无助和荒唐的人哪……

我说到这里，又习惯地捋起胡须，不胜感慨地摇头叹息。所以后辈要尽可能洁身自好，少为官人。即使为官，首要一条，则要心正，不贪赃枉法，要两袖清风，千万不能辱没了我们唐家的世传家风。这才是正理正道呀！

就这样，我和我的夫人蜗居山洞放怀畅言，美餐野味，静享安闲，心无挂碍地当了几天"活神仙"。

第五晞妍： 一开始，一起走，一辈子……

不知不觉"洞中才三日，世上小半年"。初冬时节，我陪伴我的唐三爷下山。遗憾的是，此后就再也没去过绝壁洞子了。

因为不久后，他就走了，去了天上……

那天早上，我的唐三爷，用豁牙露齿的瘪嘴叼着他那杆历史悠久的铜头玛瑙嘴烟锅，一如往常平静地对着他最疼爱的六岁重孙子唐新杰，吐出了一句寡淡无味的话。

爷爷变孙子，就跟孙子变爷爷一模一样，是随时随地，都会应验的事儿啊……

发完这句不着边际、无人理睬的叹语，他悻悻地收起烟锅，将里头刚刚熄灭的烟丝，咣咣两下，在楠木圈椅的扶手上很响亮地磕掉，然后仰起脑袋，眯了一眼刚刚照到上半身的那个怯怯的太阳，就枕着靠背椅的横梁，在唐家庄院那片永远属于他的暖烘烘的旮旯里无忧无虑地呼呼大睡起来。

六岁的唐新杰还拉着三老太爷的手，漫不经心地欣赏着唐三爷子鹰爪样干瘪枯瘦长、布满了老年斑的手，端详着那根三老太爷经常用以挖自己的耳屎的半寸长的食指指甲。

三老太爷的呼噜声雷一样地响在他的耳畔。他不甚清楚，这三老太爷啥时养成了早饭以后坐在院子向阳处睡觉的习惯。

三老太爷睡得实在踏实、酣畅，好像一整夜长途跋涉没捞上觉睡。只是，这一天，他睡着了就再也没有醒来。

唐新杰听见他的喉管像吞咽了一勺热豆腐脑，呼噜噜地发出了一阵子怪响，接着就见三老太爷哧溜一下，身子便塌陷下去。右手紧握的那个铜头玛瑙嘴烟锅则咣啷一声掉在了院子里的青砖地上，而唐新杰正在把玩的那只"老鹰爪子"，也渐渐僵硬发凉，手指成了一根根短棍。

我的唐三爷就是那天走了，在太阳下晒暖暖时走的。他一定走得干脆利索，温暖而又幸福！

从那一天起，我忽然爱上了一种颜色，那就是黑色。我喜欢把房子关闭得严严实实的，不透一丝光亮。也许人生的某个阶段都会喜欢黑色，你确实愿意走近黑色。抗拒不了，也躲避不了。

黑色的平静！黑色的寂寞！我静静地睡着，静静地想他。因为我爱他，爱即思念，思念深埋于夜的底层！夜色浓如酽茶，苍老的弯月之下，唐敬忠，我头枕着你的名字浑然入睡！

我睡了很久很久。在半梦半醒的时候，我都念叨着同一个名字——唐敬忠。我的老爷，我的男人。

系古君子，笃行懋彰，惟公之德，堪与之行，克孝克友，如璋如珪，天道福善，既吉且昌，龙章叠锡，风浩频扬，绵绵后裔，福禄延长……

已到弥留之际的我，一遍遍心念口诵着他的墓志铭。依稀之间，我就看到了我的唐三爷，正笑吟吟地向我走来。

你还好吗？

当然。

你是来接我的吗？

他神采依旧，优雅地点头。

我希望跟你走，就像我当年渴望嫁给你那样。不过，这一次不是"失踪"，而是从唐家彻底消失对吧？那好，就容我再问你一句话，你得从实回答。

好的。

这一辈子，你没有和长嫂成亲而娶了我，有没有后悔？

没有。

这一辈子，你没有娶向荷花为妻而娶了我，你有没有后悔？

没有。

真的是这样吗？

是的。他认真地说，因为你们仨呀，本一个魂，我始终是这么看的。

我信。我很满意，也很幸福。你等一等，让我喊上荷花，也追上咱们的长嫂，咱们好一道里走……

我闭上了眼——真切地看见我成了荷花，而荷花也成了我。长嫂呢，则迈着凌波碎步，向我们款款走来。我们彼此不分，合三为一，衣香魅影，活色生香。我们紧随着唐三爷，飘飘欲仙，快乐地向云霄飞去。

如花美眷，流水似年。

一开始，一起走，一辈子……

第二十三章　我在天上

我是唐敬忠。其实我没有死，我一直在天上。

我在天上，又一直在凝视地上。

我没有死，因为我的故事还没有完。它们仍鲜活生香地存在着，活得杂花繁树，无休无止……

我欣欣然于我的唐家后人永不疲倦地对祖先的回忆与追思，所以，我又回来了。我没有故弄玄虚，来时的路，也就是去时的路。就好比生对应死、死对应生一样，算是灵魂的轮转吧！

回到过去，回到梦中，回到来时的路……这不，我又回家来了。真的，回到了唐家。

我陶醉于山乡旷野洗肺养眼的空气，留恋这里的清澈山泉，贪婪地感受着青草的气味儿、庄稼的气味儿。

这是一个秋意浓浓、残月如钩的晚上，我这个三水唐家的"黄褂子爷"，独自在云间徘徊，风中泪奔，伴随自己孤独的心踏上了真正意义的回乡之路。

唐家村的夜晚并不宁静。村委会的高音喇叭，几十年如一日响彻夜空。这个晚上，播放着一位当红歌星的歌曲。那声音嘶哑有力地吼唱着，在漆黑的夜空中摩擦出一些只能用心灵觉察的星火。

多少人走着却困在原地，多少人活着却如同死去，多少人爱着却好似分离，多少人笑着却满含泪滴……我该如何存在？谁知道我们该去向何处？谁明白生命已变为何物？

在这诘天问地的男声之中，我自觉心底干净，没有半点儿泥垢，更没有高于

头顶的一点儿奢望。我超然物外，一身轻松飘逸。我自以为，还揣着一颗希望负荷世间一切罪恶虚假的美好心灵。

穿过沉睡中的三水唐家，我向村东沟畔的万丈悬崖走去。那里既是深渊，更是曾经辉煌一时的转角楼的遗址。

转角楼，楼高三层，临风矗立，雄视沟壑，何等轩昂！它和七檩六椽厅（相当七间房子大的会议厅，用于全家人聚会，过年过节用于进行团拜和跪拜祖先）、戏楼、花园等，都曾代表着唐家民居最高的建筑艺术成就。如今，也跟我和我的祖先们一样，一去杳然，不复存在，只留下一片废墟，荒草萋萋。正如同《桃花扇》"余韵"中的《哀江南》所唱："眼看他起朱楼，眼看他宴宾客，眼看他楼塌了。这青苔碧瓦堆，俺曾睡风流觉，将五十年兴亡看饱。残山梦最真，旧境丢难掉。放悲声唱到老。"唉……

夜幕之下，现存的唐家庄园，造型精巧别致的铅色屋顶上脊卧兽飞，檐牙高啄，甚是妙绝，却惹出我多少眼泪轻抛啊！

这就是唐家，我的唐家，以一种遗址的身份傲然站立，神秘地面对着世界。空气清冽，萧瑟秋风在崖畔上摇着赤裸的枯枝，使它们簌簌发抖。我死去又依然活着的面孔也被吹得通红，似乎青春焕发。生命的活力与热情，再次撞进我的胸怀。

我不知道自己想干什么，想哭，还是想笑？我把眼泪用手背抹开，望着若隐若现的月亮，笑了起来。我对自己说，我不怕死，因为死已经把我变成了第三人称。我与我的唐家血脉同在。

此时，我形影相吊，孤立沟畔，让一钩银镰似的残月辉映我的思索，并且渐渐爬升天空，在薄薄的云彩中悠闲地穿行。像我铁样冷静的心，正在月闲云淡之下，自有一番艰难的深省。

村子里什么地方有人在拉二胡。胡琴的声音被歌手一连串的"天问"震慑和遮蔽，更显得凄楚迷茫，无所依存。

我忽然明白，这其实就是我的"存在"。一生的"存在"，既很真实确凿，也很虚无缥缈。抬头仰望星月辉映的苍穹，我在地上，也像在天上。我很寂寞，也很充实。我很理智，也很放纵。

有一阵劲风迎面拂来，忽然将我变成了一片枯黄的叶子。我在风中疯狂地旋舞，不知道最终飘落何处，只知道我来自三水唐家——那一棵赫赫有名的大树！

唔——

秋意纷纷秋风寒，

秋风瑟瑟秋叶残。
秋叶飘飘秋意深，
秋意深深又一年。
人生不过一秋叶，
落叶归根大梦还。
存亡原在一瞬间，
荣华富贵风流散。
知是易，知非难，
知耻才是难上难，
知足方为活神仙。
变无常，全赖天，
是非颠倒世事变，
天道人道一线牵。
不贪始觉身心轻，
醒来彻悟不算晚。
天下美色水中月，
世上金钱挣不完。
会笑是爱己，
放下为超凡！

2016 年 5 月 3 日 终稿于咸阳

后记

一些陈旧的新故事

领受这个经商题材的小说创作任务,同时以三水即现今名叫旬邑县唐家的发迹为原型展开故事,对于不谙商道的我,不失为一次严峻的挑战。我的故乡虽然距离唐家不远,但唐家几代人的创业发家史,包括所有过去和当今成功商贾以及他们林林总总经商发财的故事,对我来说却非常遥远。这大概正是我自我封闭、不愿言商、假装清高的直接后果。社会由农而商的历史变革如何影响着人类文明史发展的漫长进程?通过这次曲折采访和漫长创作,为我在这一方面的孤陋寡闻获得了一次及时和必要的补课。

三水唐家几代人经过二百多年卓有成效的不懈奋斗,终于成为享誉全国、富甲一方的西北大户,在秦商这个队伍中具有举足轻重的分量和不可替代的地位。这个大家族的故事不论从哪个角度切入,都可能成就一部引人入胜的大作。然而,面对海量的素材和历史资料,我真还有些老虎吃天般的茫然无措。选择三个女性和一个中心男人为主体的叙事攻略,本身也是唐家故事给我的启示。在我与唐氏后人的接触和交谈中,不止一次,他们不约而同地提到唐门女眷在发家史中的重要作用与特殊贡献。这些话语给我的小说构思打开了一扇窗户,仿佛有一束灵异的闪光从那里照射进来,顿时激活了那些沉默在岁月深处曾经光彩夺目的唐门女性。她们栩栩如生,活色生香,零距离地走过来,跟我连一个招呼都不打,直接就和读者见面,侃侃而谈了……

于是,让小说人物来讲故事——不但讲自己的故事,同时也讲他们之间的故事,似乎就成了这部小说水到渠成的必然选择。这算不算一点儿别具一格的特色?反正我自己觉得是这么回事。历史是现实的一面镜子。唐家的发家致富,其

实并没有什么秘不可宣的诀窍。应该说，除了顺势而为，遵循了社会发展的规律，最主要的还是坚守了诚信和善良这些个最起码的商业道德。古今一理，也许这正是他们的故事值得新说的意义所在。小说的深入和淡出，我东施效颦，借助一些魔幻小说的手法，旨在拉近和读者的距离。这不仅是写作的需要，最主要的是因为这些陈旧故事继续以新的面目，正在我们身边的百变人生中源源不断地延续着。唐门的兴盛与衰落，他们的秉承与疏误以及他们的家国情怀、爱恨情仇，我想都不难在我们这个时代背景下找到生动的对应。

  这部小说前后孕育五年有余，对我来说不啻于一个难产的孩子。虽然我不是女人，但却真切地感受到了女人产子的万般痛楚，当然也包括几易其稿、反复打磨终于诞生之后的一点儿回味无穷的甜蜜。这其中不乏众多"助产士"充分的重视和倾力的关照与支持，他们的名字理当值得一提：比如太白文艺出版社总编韩霁虹老师，申亚妮、刘涛、侯琳编辑，在书稿编辑加工过程中他们句斟字酌，多次为我提出建议，帮我反复打磨书稿，实在功不可没；其间，我还倾听过著名作家贾平凹、实力作家寇挥、著名小说评论家李星和文艺评论家常智奇等人提供的意见；在深入唐家采访期间，旬邑县志办刘敏卓主任和其儿子刘珂，秦静女士，唐家民俗展览馆馆长王玉贤，旬邑籍著名影视制作人何钦，还有吴新鹏、王玉婷、文静等人，亦曾给我以鼎力帮助；特别是唐氏第十一、十二代后人，西安建筑科技大学教授、高级工程师唐森本，原旬邑县环保局局长唐文彦，唐家村的老书记唐兴勤以及唐兴坤、唐宗林、唐宗发和我采访时的房东唐少良夫妇，都给了我力所能及的帮助。还应说到的是，具有一定阅读经验和审美品位的我的"老师样的老伴"胡南雪，以及"女儿样的徒弟"冯晓，在本书付梓之前都花费了很大精力，付出了辛勤的劳动，她们利用休息时间分别认真阅读书稿，细心为我把关，校正了许多具体错误，我在这里一并予以致谢。

2016 年 5 月 20 日于西安自由自宅